बदीउज़्ज़माँ

सय्यद मोहम्मद ख़्वाजा बदीउज़्ज़माँ का जन्म 30 सितम्बर, 1928 को बिहार के गया शहर में हुआ। उन्होंने हिन्दी और उर्दू में एम.ए. किया और ओडिशा के भद्रक कॉलेज में उर्दू के प्राध्यापक रहे। फिर 1956 में दिल्ली आए और भारत सरकार के राजभाषा विभाग से जुड़ गए। प्रगतिशील लेखक आन्दोलन से जुड़कर उन्होंने उर्दू और फिर हिन्दी साहित्य में क़दम रखा। विभाजन की पृष्ठभूमि में लिखा गया उनका उपन्यास 'छाको की वापसी' और प्रतीकात्मक शैली में लिखा गया उपन्यास 'एक चूहे की मौत' हिन्दी साहित्य की कालजयी कृतियाँ हैं। 'अपुरुष' और 'छठा तंत्र' उनके अन्य उल्लेखनीय उपन्यास हैं। एक विशाल कैनवस पर लिखा गया उपन्यास 'सभापर्व' उनके गुज़र जाने के बाद सामने आया। 'अनित्य', 'पुल टूटते हुए' और 'चौथा ब्राह्मण' उनके कहानी-संग्रह हैं। बदीउज़्ज़माँ उर्दू, हिन्दी, अंग्रेज़ी और ओड़िया भाषाओं के विद्वान थे और इन भाषाओं के श्रेष्ठ अनुवादक भी। वे उस पीढ़ी के नुमाइन्दे थे जिसने मुल्क, ख़ानदान और रिश्तों को टूटते देखा। उन्होंने अपनी क़लम के माध्यम से इस दुख को ज़ुबान दी। पूरा वक़्त साहित्य को दे सकें इसकी फ़ुर्सत ज़िन्दगी ने नहीं दी। उन्होंने 16 मई, 1986 को इस दुनिया को अलविदा कहा। वे अक्सर जिगर मुरादाबादी का यह शे'र गुनगुनाया करते थे—

जान कर मिनजुमला-ए-ख़ासाने-मयख़ाना मुझे,
मुद्दतों रोया करेंगे जामो-पैमाना मुझे।

बदीउज़्ज़माँ

एक चूहे की मौत

राजकमल पेपरबैक्स

पहला पुस्तकालय संस्करण
शब्दकार प्रकाशन, नई दिल्ली द्वारा
1971 में प्रकाशित

राजकमल पेपरबैक्स में
पहला संस्करण : 1984
दूसरा संस्करण : 2023

राजकमल पेपरबैक्स : उत्कृष्ट साहित्य के जनसुलभ संस्करण

राजकमल प्रकाशन प्रा. लि.
1-बी, नेताजी सुभाष मार्ग, दरियागंज
नई दिल्ली-110 002
द्वारा प्रकाशित

शाखाएँ : अशोक राजपथ, साइंस कॉलेज के सामने, पटना-800 006
पहली मंजिल, दरबारी बिल्डिंग, महात्मा गांधी मार्ग, प्रयागराज-211 001

वेबसाइट : www.rajkamalprakashan.com
ई-मेल : info@rajkamalprakashan.com

यश प्रिंटोग्राफिक्स
ग्रेटर नोएडा-201 310 (उत्तर प्रदेश)
द्वारा मुद्रित

मूल्य : ₹250

Ek Chuhe Ki Maut
Novel by Badiuzzaman

ISBN : 978-93-95737-27-2

आत्मकथ्य

मैं जब 'एक चूहे की मौत' लिख रहा था तो मुझे कतई तौर पर यह नहीं लगा था कि मैं कोई उपन्यास लिख रहा हूँ। कम-से-कम उन अर्थों में तो मैं उपन्यास नहीं ही लिख रहा था जिन अर्थों में ढेर सारे उपन्यास हिन्दी में लिखे गए हैं और लिखे जा रहे हैं। सच पूछिए तो उपन्यास लिखने के दौरान मैं एक प्रकार की अन्वेषण-प्रक्रिया से गुज़र रहा था। यह प्रक्रिया थी उस परिवेश को, उस माहौल को और उस दुनिया को जानने और समझने की जो न सिर्फ़ मेरे चारों ओर बिखरी हुई थी बल्कि जिसने मुझे अपने पंजों में बहुत मज़बूती से जकड़ भी रखा था। यह दुनिया ऊपर-ऊपर से देखने में जैसी लगती थी वह उसका असली रूप नहीं था। इस दुनिया की असलियत को समझने और पहचानने के लिए उन परतों को खुरचना ज़रूरी था जिन्हें उसने कवच-रूप में ओढ़ रखा था। लेकिन सवाल सिर्फ़ इस दुनिया की परतों को खुरचने और उसे अन्दर गहरे में जाकर देखने-पहचानने का नहीं था। सवाल अपने आपको भी जानने और पहचानने का था क्योंकि यह दुनिया मेरे भीतर भी दुबककर बैठ गई थी। मुझे इन दोनों दुनियाओं से जूझना था। बाहर की इस दुनिया से जूझने के साथ-साथ अपने आपको भी लहूलुहान करना था।

अगर मैं ऊपर-ऊपर से ही चीज़ों को देखकर महज़ सतह को ही छूकर सन्तुष्ट हो सकता (जैसा कि हिन्दी उपन्यास-लेखक के

साथ आमतौर पर होता है) तो मेरा काम सरल हो गया होता। साथ ही उपन्यास में वे सारे रोचक तत्त्व भी सिमट आते जो न सिर्फ़ हिन्दी उपन्यास की संरचना के प्रमुख अंग हैं बल्कि जिनके ज़रिये लेखक पाठकों तक पहुँचता है और लोकप्रिय बनता है। शुरू से ही मुझे लगा था कि मेरे उपन्यास में ऐसे रोचक तत्त्वों का नामोनिशान तक न होगा। अत: लोकप्रियता को लेकर मेरे मन में कोई भ्रम नहीं था। उलटे, मुझे लगा था कि पाठकों के लिए यह एक बेहद नीरस, उबाऊ और अपठनीय उपन्यास होगा।

लेकिन गत सात-आठ वर्षों के दौरान इस उपन्यास को लेकर जो तीव्र प्रतिक्रियाएँ हुई हैं और एक विवादास्पद कृति के रूप में इसके पक्ष-विपक्ष में जितना कुछ लिखा और कहा गया है वह सब मेरे लिए विस्मयकारी होने के साथ-साथ एक सुखद अनुभव भी रहा है। प्रबुद्ध पाठकों और आलोचकों ने जिस प्रकार उपन्यास की मूल संवेदना तक पहुँचने और उसे समझने की कोशिश की उससे मुझे तो बल मिला ही है, साथ ही यह उम्मीद भी बँधती है कि हिन्दी उपन्यास आज नहीं तो कल उन रूढ़ियों से अवश्य मुक्त होगा जिन्होंने एक लम्बे समय से उसकी प्रासंगिकता को संदिग्ध बना रखा है।

दूसरे संस्करण में मुझे कोई संशोधन-परिवर्धन करने की आवश्यकता अनुभव नहीं हुई। यह लगभग ज्यों-का-त्यों ही छप रहा है।

—बदीउज़्ज़माँ

187, राउज एवेन्यू
नई दिल्ली-110 002
1979

एक

वह एक छोटा चूहेमार था—तीसरे दर्जे का।

एक लम्बी सुरंग थी जो दिन-भर अनगिनत चूहे उसके सामने उगलती रहती। वह एक-एक करके इन चूहों को मारता। अभी चूहों का एक ढेर ख़त्म भी न होने पाता कि दूसरा ढेर उसके सामने आ धमकता। दाएँ-बाएँ दो गहरे गड्ढे थे। बाईं तरफ़ के गड्ढे में ज़िन्दा चूहे इकट्ठे होते रहते। हर चूहे की कमर में एक लाल धागा बँधा होता। लाल धागे को खोलकर एक नन्ही बरछी की मदद से वह चूहे को मार डालता और फिर लाल धागा उसी तरह कमर में बाँधकर उसे दाईं तरफ़ के गड्ढे में डाल देता। गड्ढे में फेंकने से पहले वह अच्छी तरह देख लेता कि चूहे में कुछ जान तो नहीं रहती। उसकी कारगुज़ारी का कमाल इस बात में था कि कोई चूहा जीवित न रहने पाए।

शाम होते-होते मरे हुए चूहों का एक टीला-सा उसके सामने बन जाता। वह बटन दबाता और यह टीला, जो उसकी दिन-भर की मेहनत का नतीजा होता, देखते-ही-देखते उसकी आँखों से ओझल हो जाता। तब वह बाईं तरफ़ के गड्ढे पर एक दृष्टि डालता और हताश हो उठता। इस अर्से में जाने कितने चूहे वहाँ पर इकट्ठे हो जाते।

शुरू-शुरू में चूहे मारने में उसे बड़ी कठिनाई होती थी। उसने पहले कभी सोचा भी नहीं था कि चूहे मारना उसकी नियति बनकर रह जाएगा। वैसे उसके घर में भी दो-चार चूहे थे जैसे कि आमतौर पर हर घर में होते ही हैं। ये चूहे अक्सर घर की चीज़ों का नुक़सान कर देते जैसा कि चूहे आमतौर पर करते ही हैं। कभी कपड़े काट डालते और कभी अनाज का सफ़ाया कर देते। उसकी माँ अक्सर उससे

कहा करती, “इन चूहों को मार डालो।” लेकिन माँ की बात पर कभी भी उसने कोई ध्यान नहीं दिया। उसके दिमाग़ में शेर, चीता—यहाँ तक कि आदमी को मार डालने की बात तो आती थी, लेकिन चूहे मारना भी कोई काम हो सकता है, यह उसने कभी नहीं सोचा था।

बचपन से जवानी तक उसने अजीबोग़रीब दुनिया की सैर की थी जहाँ वह ख़ुद को कभी अर्जुन महसूस करता और कभी भीम। विशाल पर्वत उसकी मुट्ठियों में आ जाते और बड़े-से-बड़ा समुद्र भी उसकी एक छलाँग से अधिक न होता। फिर ऐसा हुआ कि उसकी मुट्ठियाँ सिमटती गईं और पर्वत और समुद्र उसे बहुत बड़े दिखाई देने लगे। वह निरन्तर छोटा होता गया और उसे अपने अस्तित्व के इर्द-गिर्द आग की तेज़ लपटें दिखाई देने लगीं। इस घेरे से निकलना उसके लिए ज़रूरी हो गया। वह बड़े-बड़े स्वप्न देखता रहा था। कभी ख़ुद को किसी अलिफ़लैलवी महल में पाता। सुन्दर परियाँ और भीमकाय ग़ुलाम उसके आगे हाथ बाँधे खड़े रहते। फिर यह महल ग़ायब हो जाता। पर बहुत देर तक उसके मन में ख़ुशी की लहरें उठती रहतीं। कभी लगता, वह किसी लम्बे-चौड़े रास्ते से शानदार सवारी में गुज़र रहा है। दोनों तरफ़ खड़े आदमियों की भीड़ उसका अभिवादन कर रही है। फिर यह दृश्य भी लुप्त हो जाता। कभी ख़ुद को बहुत सजे-सजाए कमरे में बैठा महसूस करता—सोफ़ा, कालीन, टेलीफ़ोन, ख़िदमतगारों की क़तारें। फिर दूसरे दृश्यों की तरह यह दृश्य भी ग़ायब हो जाता। तरह-तरह के स्वप्न वह देखता रहता। अक्सर ऐसा होता कि वह किसी स्वप्न में खोया हुआ है और सहसा माँ या छोटी बहन की आवाज़ ने उसे चौंका दिया। सारा तिलिस्म एकाएक टूट जाता। लेकिन उसका सुखद प्रभाव बहुत देर तक बाक़ी रहता।

स्वप्न देखने की इस आदत में उसकी माँ का भी बड़ा हाथ था। वह बेटे के बारे में जाने क्या-क्या सोचती रहती थी। पति के मरने के बाद वह दिन-रात बेटे के बारे में ही सोचती रहती थी। पति को याद करके वह कभी ठंडी साँसें भरती तो साफ़ पता चल जाता कि ऐसा महज़ दिखावे के लिए करती है और दिल में कहीं वह अपने को किसी भारी जंजाल से मुक्त समझ रही है।

माँ और बाप को लेकर उसकी बचपन की स्मृतियाँ या तो बड़ी नीरस थीं या बहुत भयावह। शराब के नशे में धुत्त उसका बाप रात-गए घर लौटता। चीख़-

पुकार, मार-धाड़। रोज़ का यह दस्तूर था। वह बहुत तंग आ गया था। बरसात की वह रात जब मूसलाधार वर्षा हो रही थी, उसकी आँखों में अक्सर घूम जाती। ख़ून में तर-बतर शरीर को देखकर उसकी माँ ने हाथों की चूड़ियाँ तोड़ डाली थीं और दहाड़ें मार-मारकर रोने लगी थीं। माँ की देखा-देखी वह भी रोने लगा था। क्षण-भर के लिए उसके मन में एक ख़याल चमका था और बिजली की तरह चमककर बुझ गया था। वह आज तक नहीं समझ सका कि इस तरह का अमानवीय विचार उसके मन में कैसे आया। कहाँ तो वह पिता की मृत्यु पर माँ की तरह शोकातुर था और कहाँ उसके मन में बड़े रहस्यमय ढंग से यह विचार आया और गुज़र गया था कि चलो अच्छा हुआ, रोज़-रोज़ की मुसीबत से जान छूटी।...वह जब भी इसके बारे में सोचता तो कुछ सहम-सा जाता जैसे कोई अपराध करते पकड़ा गया हो।

उसका बाप उसे और उसकी माँ को बड़ी बेरहमी से मारता था। यहाँ तक कि उसकी छोटी बहन भी, जो उस समय बहुत छोटी थी, अक्सर बाप की क्रूरता का निशाना बनती थी। उसके मन में बाप के प्रति क्रोध की भावना पलने लगी थी। परन्तु इतना सब होते हुए भी माँ के लिए उसके मन में कभी दया-भाव नहीं आया। उसे हैरत होती कि माँ ने उसके लिए इतना कुछ किया। पति के अत्याचार से मुक्त होने के बाद भी उसे आराम नसीब नहीं हुआ। उसे अब घर के ख़र्च का भी इन्तज़ाम करना पड़ता था। पति ने जो कुछ कमाया उसे शराब पर उड़ा दिया। रुपये-पैसे की बहुत तंगी रहती थी। लेकिन वह किसी-न-किसी तरह गृहस्थी की गाड़ी खींच रही थी। वह वक़्त से बहुत पहले बूढ़ी दिखाई देने लगी थी। इन सबके बावजूद उसे अपनी माँ पर कभी तरस नहीं आया। उसके मन में कहीं यह बात बैठ गई थी कि कष्ट झेलना माँ की नियति है और इस नियति को वह क्या—कोई भी नहीं बदल सकता। हाँ, अपनी छोटी बहन के लिए उसके मन में कुछ महत्त्वाकांक्षाएँ ज़रूर थीं। जब अपने भावी जीवन का कोई नक़्शा बनाता तो उसमें छोटी बहन का स्थान ज़रूर होता।

पर सारे नक़्शे एक-एक करके बिगड़ते रहते। उसकी माँ, जो उसकी तरह ही सुखी जीवन के स्वप्न देखने की आदी थी, आख़िर एक रोज़ चल बसी। माँ के मरने के बाद उसने स्वप्न देखने छोड़ दिए। उसकी शिक्षा अभी अधूरी थी। पढ़ाई

में अब उसका मन नहीं लगता था। उसे अब काम की तलाश थी जिसमें चार पैसे मिल सकें और वह अपना और बहन का पेट भर सके। बड़ी दौड़-धूप के बाद उसे चूहे मारने क़ा यह काम मिला था। उसने ज़िन्दगी के जो नक़्शे बनाए थे, उनमें चूहे मारने के काम की उसने कभी कल्पना नहीं की थी। लेकिन उसके सामने कोई विकल्प नहीं था। चूहे मारो या भूखों मरो। भूखों मरने के मुक़ाबले में चूहे मारना उसे अच्छा लगा।

चूहे मारने का काम शुरू में उसे कुछ ऐसा बुरा भी नहीं लगा था। उसे यह देखकर सन्तोष हुआ था कि सिर्फ़ वही नहीं है जो दिन-भर चूहे मारता रहता है। उसकी तरह हज़ारों-लाखों आदमी चूहे मारने के काम में लगे हुए हैं। यह काम पहले-पहल उसे ख़ासा मुश्किल भी लगा था। चूहे मारने की एक निश्चित प्रणाली थी जिसे अच्छी तरह समझ लेना ज़रूरी या। इस बात की आज़ादी नहीं थी कि जिस तरह चाहो चूहे मार डालो। निर्धारित तरीक़े से ही चूहे को मारना पड़ता था। चूहे मारने के बारे में अनेक नियम-उपनियम बने हुए थे जो मोटे-मोटे ग्रन्थों में संगृहीत थे। इन ग्रन्थों को पढ़कर ही उसे पता लगा कि जिस काम को वह इतना आसान समझता था, वह दरअसल कितना जटिल और पेचीदा था। हाँ, यह ज़रूर था कि एक बार सब नियम-उपनियम अच्छी तरह से समझ में आ जाएँ तो फिर काम बहुत आसान भी हो जाता था। चूहे भी तरह-तरह के थे। मोटे चूहे, दुबले चूहे, लाल चूहे, पीले चूहे, सफ़ेद चूहे, साधारण चूहे, असाधारण चूहे, गुप्त चूहे, अगुप्त चूहे—गरज यह कि हज़ारों क़िस्म के चूहे थे और इन सबको मारने के लिए, अलग-अलग नियम निर्धारित किए गए थे।

इन नियमों का कठोरता से पालन करना पड़ता था। इनका थोड़ा उल्लंघन भी बहुत आपत्तिजनक माना जाता था और उल्लंघन करनेवाले को सज़ाएँ दी जाती थीं। उल्लंघन की प्रकृति के मुताबिक सज़ाएँ भी अलग-अलग क़िस्म की थीं। इनके लिए भी नियम बने हुए थे।

चूहे मारने के नियम वैसे तो बहुत पुराने थे। लेकिन समय-समय पर इनमें संशोधन-परिवर्तन होते रहते थे, यद्यपि इन नियमों के ढाँचे में कोई बुनियादी परिवर्तन नहीं होता था। इनकी हैसियत किसी पुरानी ऐतिहासिक इमारत की थी जिसमें

मामूली मरम्मत तो की जा सकती है लेकिन जिसकी पुरातनता को सुरक्षित रखना ज़रूरी होता है। चूहेमारों के लिए केवल यह ज़रूरी नहीं था कि वे चूहे मारने के सभी मूल नियम याद रखें, बल्कि यह भी ज़रूरी था कि इन नियमों में होनेवाले संशोधन को भी याद रखें। कभी संशोधन का ख़याल किए बिना नियम के पुराने रूप के मुताबिक़ कोई चूहे को मार डालता तो उसे सख़्त मुसीबत का सामना करना पड़ता।

नियमों और उनके संशोधनों पर इतना अधिक बल दिया जाता था कि अक्सर इनका उद्‌देश्य ही समाप्त हो जाता था। कहा जाता था कि जो भी नियम बनाए गए हैं या समय-समय पर उनमें जो भी संशोधन होते हैं, उन सबका मक़सद यही है कि चूहों को मारने में आसानी हो और उन्हें मारने में कम-से-कम समय लगे। लेकिन नियमों के अक्षरश: पालन से अक्सर यह मक़सद पूरा न हो पाता यानी नियमों के अनुसार चूहों को मारने में अधिक समय लगता जबकि नियमों से हटकर उन्हें कम समय में मारा जा सकता था। लेकिन ऐसा करने की सख़्त मनाही थी। चाहे समय ज़्यादा लगे, चाहे चूहे पूरी तरह से मारे न जा सकें, लेकिन नियमों का पालन ज़रूर किया जाए, उन्हें किसी स्थिति में भंग न किया जाए। कारगुज़ारी इस बात में मानी जाती थी कि नियमों के दायरे में रहकर ही चूहे मारे जाएँ।

सभी चूहेमार नियमों के हौवे से त्रस्त रहते थे। चूहे को मारने के बाद उसे नीचे से ऊपर तक और उलट-पलटकर अच्छी तरह देख लेते कि कहीं ग़लत नियम और क़ायदे से तो उसे नहीं मारा गया है। लेकिन इत्मीनान फिर भी न होता। नियम-क़ायदे इतने ज़्यादा थे और अक्सर इनमें इतना बारीक फ़र्क़ होता कि किस चूहे पर कौन-सा नियम या क़ायदा लागू होगा, इसके बारे में ग़लतफ़हमी और ग़लत फ़ैसले की गुंजाइश हमेशा बनी रहती थी।

शुरू-शुरू में उससे भी ऐसी ग़लतियाँ अक्सर हो जाया करती थीं और उसे मुश्किल स्थिति का सामना करना पड़ा था। एक बार उसने एक मोटे चूहे को दुबले चूहे पर लागू होनेवाले क़ायदे से मार डाला था जिस पर उसे बहुत डाँट-फटकार सुननी पड़ी थी। इसी तरह एक बार उसने गुप्त चूहे पर अगुप्त चूहे का नियम लागू कर दिया था। इस पर भी बहुत बड़ा तूफ़ान उठ खड़ा हुआ था। वह तो कहिए कि नया-नया था, इसलिए कोई कड़ी सज़ा नहीं दी गई, वरना उसे निकाल बाहर

किया जा सकता था। लेकिन अब उससे ऐसी बड़ी ग़लतियाँ नहीं होतीं। चूहे को देखते ही संगत नियम उसके दिमाग़ में चक्कर काटने लगता है। जिस तरह कोई भूखा आदमी खाने की चीज़ को देखकर उस पर झपट पड़ता है, उसी तरह वह भी चूहे को देखते ही उसे निर्धारित रीति से मारने में लग जाता है। चूहे मारने की दक्षता का प्रमाण भी यही है कि चूहे को देखते ही उस पर लागू होनेवाला नियम दिमाग़ में आ जाए और हाथ अपना काम करने लगें।

इन नियमों और क़ायदों की शिक्षा बड़े व्यापक स्तर पर दी जाती थी। नियमों के विशेषज्ञों के व्याख्यान होते थे जिनमें बताया जाता था कि चूहे कितने प्रकार के होते हैं? कौन-सा चूहा अधिक महत्त्वपूर्ण होता है, और कौन-सा कम? किस चूहे को किस तरह मारना चाहिए? चूहा जब मर जाए तो उसे कहाँ भेजना चाहिए? मरे हुए चूहों को किस प्रकार और कितने अर्से तक सुरक्षित रखना चाहिए (सुरक्षित रखने की अवधि चूहे के महत्त्व पर निर्भर थी)। रजिस्टर में ज़िन्दा चूहों का इन्दराज कैसे होना चाहिए और मुर्दा चूहों का कैसे? ये रजिस्टर किस प्रकार के होने चाहिए? इनमें कितने और कौन-कौन-से ख़ाने रखे जाने चाहिए? हरेक ख़ाने में क्या-क्या बातें लिखी जानी चाहिए? चूहों की आवाजाही का उल्लेख किस रजिस्टर में होना चाहिए और उसमें चूहों के बारे में क्या-क्या लिखा जाना चाहिए? कोई चूहा जब खो जाए तो उसका पता चलाने के लिए क्या कार्रवाई करनी चाहिए? खोया हुआ चूहा मिल जाने पर क्या कार्रवाई की जानी चाहिए? ज़िन्दा और मरे हुए चूहों में क्या भेद है? कब मान लेना चाहिए कि चूहा वास्तव में मर चुका है? मरे हुए चूहों की आवश्यकता किन स्थितियों में पड़ सकती है? मरे हुए चूहे किस प्रकार और कहाँ से प्राप्त किए जा सकते हैं? तत्काल मारे गए चूहों और पुराने मरे हुए चूहों में क्या सम्बन्ध हो सकते हैं? इन सम्बन्धों का पता कैसे लगाया जा सकता है और पता चलने पर क्या कार्रवाई की जानी चाहिए? इन व्याख्यानों में ये तमाम बातें बड़ी तफ़सील से बताई जाती थीं।

सब व्याख्यान और सभी नियम-विनियम चूहे के इर्द-गिर्द घूमते थे। उसे पहले बड़ी हैरत होती थी कि चूहा जैसा छोटा और मामूली जीव भी इतना महत्त्वपूर्ण हो सकता है कि उस पर हज़ारों पृष्ठों के ग्रन्थ लिखे जाएँ और लम्बे-लम्बे व्याख्यान दिए जाएँ। उन व्याख्यानों को सुनकर पहले-पहल उसका सिर चकरा उठा था।

उसे लगा था कि चूहे के बारे में इतनी सारी बातें उसके दिमाग़ में नहीं समा सकतीं और उसका दिमाग़ फट जाएगा। उसका काम व्याख्यान सुन लेने पर ही ख़त्म नहीं होता था, हालाँकि इन नीरस व्याख्यानों को सुनना भी कोई कम मुश्किल काम नहीं था। व्याख्यानों में बताई गई बातें चूहेमारों के दिमाग़ में घुसी हैं या नहीं—यह जानने के लिए समय-समय पर परीक्षा ली जाती थी। पहली परीक्षा में वह बुरी तरह असफल रहा था। उसे चेतावनी दी गई थी कि व्याख्यानों के प्रति उसकी रुचि ऐसी ही रही तो उसे निकाल बाहर किया जाएगा। दरअसल बात यह थी कि स्वप्न देखने और फ़ुज़ूल बातों के बारे में सोचने की उसकी आदत अभी बिलकुल ख़त्म नहीं हुई थी।

उसके दिमाग़ में अभी भी एक कीड़ा कुलबुलाता रहता था कि चूहे मारने का काम उसे हमेशा नहीं करना है और किसी-न-किसी रोज़ उसे इससे छुटकारा मिल जाएगा। उसकी माँ मरते वक़्त छोटी बहन को उसके सुपुर्द कर गई थी। वह तब बहुत छोटी थी। उसकी देखभाल, शिक्षा और पालन-पोषण का भार उस पर आ पड़ा था। उसे अपनी इतनी चिन्ता नहीं थी जितनी छोटी बहन की। दस-बारह साल में उसकी बहन लिख-पढ़ लेगी। तब वह उसकी शादी कर देगा। अपनी यह ज़िम्मेदारी पूरी कर लेने पर वह अपना जीवन नए सिरे से शुरू कर सकता है। इसी उम्मीद के सहारे वह चूहेख़ाने में अपने दिन गुज़ार रहा था। काम भी उसे उतना बुरा नहीं लगा था जितना उसने पहले समझा था। थोड़ी-बहुत सड़ाँध तो इस काम में होगी ही। लेकिन कुल मिलाकर उसे अपना काम इतना बुरा भी नहीं लगा था।

फिर यह व्याख्यानों का सिलसिला शुरू हुआ। चूहे मारने का काम तो फिर भी ग़नीमत था। पर चूहे मारने के तरीक़ों और चूहों के भेदोपभेद के बारे में ये लम्बे-लम्बे भाषण बहुत उबाऊ थे और भूलभुलैया जैसे लगते थे। उन्हें सुनकर उसे बचपन में सुना हुआ एक महात्मा का प्रवचन याद आने लगता। महात्मा जी घंटों आत्मा और परमात्मा के सम्बन्ध पर बोलते रहे थे। वह उनका भाषण सुनकर उठा था तो उसके दिमाग़ पर एक अजीब-सी धुन्ध छाई हुई थी। महात्मा जी की कोई बात उसके पल्ले नहीं पड़ी थी। चूहों के बारे में ये भाषण सुनते समय इसी तरह की धुन्ध उसके दिमाग़ पर छाने लगती।

चूँकि ये भाषण घंटों नहीं, बल्कि हफ़्तों-महीनों लगातार चलते रहते थे, इसलिए दिमाग़ पर जमी हुई धुन्ध जलते हुए लावे में बदलने लगती थी। उसे महसूस होता कि यह लावा उसके भेजे को फाड़कर निकल जाएगा। लेकिन निकाल बाहर किए जाने की चेतावनी सुनकर उसके होश ठिकाने आ गए। उसने दूसरी बातों के बारे में सोचना छोड़ दिया। सोते-जागते वह अब हमेशा चूहों और उन्हें मारने के तरीक़ों के बारे में सोचने लगा। उसने व्याख्यानों के नोट्स लेने शुरू कर दिए। घर जाकर वह इन नोट्स को पढ़ता। सिर्फ़ नोट्स ही नहीं, चूहों पर मोटे-मोटे ग्रन्थ भी वह पढ़ने लगा। बारीक अक्षरों में छपे हुए ये ग्रन्थ बहुत पुराने थे। इनका काग़ज़ पीला पड़ गया था। इनके पन्ने सूखे पत्तों की तरह खड़खड़ाते थे। पन्नों को बहुत सावधानी से उलटना-पलटना पड़ता था कि कहीं फट न जाएँ। प्रत्येक पृष्ठ पर दर्जनों पतली-पतली पर्चियाँ चिपकी रहती थीं।

ये ग्रन्थ बहुत पहले छपे थे और दुबारा छपने की नौबत नहीं आई थी। लेकिन चूहों के बारे में और उन्हें मारने की विधियों के बारे में अनुसन्धान निरन्तर होता रहता था। इसके फलस्वरूप जो नए निष्कर्ष ग्रहण किए जाते, जो नए नियम बनते या पुराने नियम में जो संशोधन होते वे सब पर्चियों में लिखकर ग्रन्थ में यथास्थान जोड़ दिए जाते। इस तरह हर ग्रन्थ में हज़ारों पर्चियाँ चिपकी रहती थीं। इन पर्चियों के कारण ग्रन्थ को पढ़ने में बड़ी बाधा उत्पन्न होती थी। परन्तु इन पर्चियों को नज़रअन्दाज़ नहीं किया जा सकता था। इनके बग़ैर ग्रन्थ अधूरे थे और चूहों के बारे में पूरी जानकारी नहीं दे सकते थे।

उसे बड़ी उलझन होती। लेकिन उसने भी संकल्प कर लिया था कि चाहे जो हो वह अपने मन को इधर लगाएगा और चूहों के बारे में सारी जानकारी प्राप्त करके ही दम लेगा। चूहों पर व्याख्यान सुनना, ग्रन्थ पढ़ना और इन्हीं के बारे में दिन-रात सोचते रहना—बस यही काम रह गया था। अब वह किसी और बात के बारे में सोचता ही नहीं था। उसकी यह तरकीब कारगर रही। थोड़े समय के अन्दर ही उसका दिमाग़ और बातों से ख़ाली हो गया और उसमें चूहों के बारे में बहुत सारी बातें भरने लगीं।

जैसे-जैसे वह इन ग्रन्थों को ध्यानपूर्वक पढ़ता गया वैसे-वैसे एक बेहद पुरअसरार दुनिया उसके सामने फैलती चली गई। यह दुनिया बड़ी वैविध्यपूर्ण थी।

यह बहुत-से हिस्सों में बँटी हुई थी। अक्सर ये हिस्से एक-दूसरे से बिलकुल भिन्न दिखाई देते। लेकिन अन्दर से कहीं ये सब एकता के सूत्र में बँधे हुए थे। यह दुनिया चूहे की धुरी पर घूमती थी। चूहा इस दुनिया की समस्त गतिविधियों का नियामक था। चूहा ही वह कुंजी था जिससे इस दुनिया के दरवाज़े खुल सकते थे। चूहे के महत्त्व को स्वीकार किए बिना इस दुनिया को समझना असम्भव था। उसने यह बात समझ ली थी और यह दुनिया अब उसे दिलचस्प दिखाई देने लगी थी।

व्याख्याता जो चूहों और उन्हें मारने के तरीक़ों के बारे में इतने लम्बे-लम्बे व्याख्यान देता था, गंजे सिरवाला एक बड़ा चूहेमार था। चूहों के बारे में शायद ही कोई ऐसी बात हो जो उससे छिपी हो। वह चूहों का वर्णन इतने विस्तार से करता कि उसकी याददाश्त पर हैरत होती थी। अपने भाषण में वह चूहों का ज़िक्र इस तरह रस ले-लेकर करता मानो चूहे न हों उसकी कोई मनपसन्द मिठाई हो। उसकी आँखें चमकने लगतीं और चेहरे पर अजीब रौनक आ जाती। यह व्याख्याता भी बहुत पहले तीसरे दर्जे का एक छोटा चूहेमार था और तरक़्क़ी करते-करते यहाँ तक पहुँचा था।

उसने ख़ुद ही यह बात बताई थी और छोटे चूहेमारों का उत्साह बढ़ाने के लिए कहा था : "मेहनत से चूहे मारते रहने और चूहों के बारे में जानकारी बढ़ाते रहने से आप भी मेरी तरह बुलन्दी पर पहुँच सकते हैं।"

उसे यह जानकर ख़ुशी हुई थी कि चूहे मारने के काम में भी आदमी इतना ऊँचा उठ सकता है। लेकिन एक पुराने छोटे चूहेमार ने उसकी उम्मीदों पर ओस डाल दी थी। उसने कहा था : "बेकार की बातें हैं। कोई छोटा चूहेमार अब ऐसे ख़्वाब नहीं देख सकता। वह और ज़माना था। थोड़े-से चूहेमार थे और थोड़े-से चूहे। फिर चूहों की संख्या एकाएक बहुत बढ़ गई। इससे छोटे चूहेमारों को भी बड़े चूहेमार बनने का मौक़ा मिल गया। अब ऐसी स्थिति नहीं है।"

"चूहों की संख्या तो अब भी बढ़ रही है।" उसने सहकर्मी से कहा।

"हाँ, बढ़ तो रही है। लेकिन चूहेमार भी तो बहुत हैं। फिर आगे बढ़ना इतना आसान भी नहीं रहा।"

उसका यह सहकर्मी दस वर्ष से तीसरे दर्जे का छोटा चूहेमार था और बहुत दिनों तक उसे दूसरे दर्ज का चूहेमार बनने की भी उम्मीद नहीं थी।

"अब तीसरे दर्जे के जो छोटे चूहेमार आ रहे हैं वे तीस साल में भी पहले दर्जे के चूहेमार नहीं बन सकते।" उसके सहकर्मी ने बताया था।

जब इतने पुराने चूहेमारों की यह स्थिति थी तो उसे क्या उम्मीद हो सकती थी। उसे तो चूहेख़ाने में आए अभी एक साल भी नहीं हुआ। यह सब सोचकर उसका मन फिर चूहों की तरफ़ से उचटने लगता। यह काम छोड़कर कोई और काम करना चाहिए। लेकिन कोई और काम कहाँ मिलता था। चूहे मारने का यह काम भी कितनी मुश्किलों से मिला था। उसकी बहन अभी पढ़ रही थी। फिर उसकी शादी भी करनी है। जब तक इस भार से मुक्त नहीं हो जाता तब तक वह कोई ख़तरा मोल नहीं ले सकता।

चूहेख़ाने की इमारत बहुत शानदार थी। इसकी ऊँचाई आसमान को छूती थी। बाहर से यह एक बहुत बड़े ख़ुशनुमा डिब्बे की तरह दिखाई देती थी। बाहर से देखने पर यह ख़याल भी नहीं हो सकता था कि इसके अन्दर इतने सारे चूहे भरे पड़े हैं। चूहेख़ाने का सदर दरवाज़ा रोज़ सवेरे खुलता। चूहेमारों की भीड़ रोज़ सदर दरवाज़े में दाख़िल होती और शाम को इसी दरवाज़े से बाहर निकलती। सदर दरवाज़े पर बड़ा सख़्त पहरा रहता। नंगी तलवारें हाथ में लिये दो पहरेदार सदर दरवाज़े पर हमेशा मौजूद रहते। हर चूहेमार गले में एक घंटी लटकाए रहता। चूहेख़ाने में प्रवेश पाने के लिए इस घंटी का होना बहुत ज़रूरी था। घंटी के बग़ैर कोई चूहेमार सदर दरवाज़े में दाख़िल नहीं हो सकता था। कभी कोई चूहेमार गले में घंटी लटकाना भूल जाता तो उसे बड़ी परेशानी होती। पहरेदार उसे सदर दरवाज़े में घुसने न देते। वह लाख ख़ुशामद करता, रोता-गिड़गिड़ाता, लेकिन पहरेदार का दिल न पसीजता। उसकी तो यह ड्यूटी थी कि जिसके गले में घंटी हो उसे चूहेख़ाने में जाने दे और जिसके गले में घंटी न हो उसे अन्दर न घुसने दे। आमतौर पर चूहेमार घंटी गले में लटकाकर ही आते थे।

लेकिन कभी-कभार कोई चूहेमार गले में घंटी लटकाना भूल भी जाता था। ऐसे चूहेमारों की सहायता के लिए सदर दरवाज़े पर ही एक आदमी तैनात रहता था। उसका काम था कि बग़ैर घंटी पहने जो चूहेमार आए उसकी अच्छी तरह शिनाख़्त कर ले और जब इसका विश्वास हो जाए कि वह वास्तव में चूहेमार है तो

उसे दिन-भर के लिए एक घंटी दे दे। यह घंटी सिर्फ़ उसी रोज़ के लिए होती थी। शाम को जाते समय वह घंटी लौटानी पड़ती थी। अगले रोज़ उसे अपनी पुरानी घंटी गले में लटकानी पड़ती। बात यह थी कि चूहेख़ाने में सिर्फ़ चूहेमारों को ही जाने की इजाज़त थी। तमाम चूहेमारों पर कड़ी निगाह रखनी पड़ती थी, ख़ासतौर से छोटे चूहेमारों पर।

छोटे चूहेमार चूहेख़ाने में ही चूहे मार सकते थे। लेकिन जब चूहे बहुत ज़्यादा हो जाते और चूहेख़ाने के समय में सबको मारना सम्भव न होता तो ख़ास इजाज़त से छोटे चूहेमार चूहों को अपने घर भी ले जा सकते थे। सदर दरवाज़े पर पहरेदार अच्छी तरह छानबीन कर लेता कि चूहे बाहर ले जाने की अनुमति ली गई है या नहीं। ख़ूब इत्मीनान कर लेने के बाद ही वह चूहेमार को चूहों के साथ बाहर जाने देता। बड़े चूहेमारों के साथ ऐसा कोई बन्धन नहीं था। उन्हें अपने साथ चूहे ले जाने के लिए किसी की इजाज़त नहीं लेनी पड़ती थी। छोटे चूहेमारों को यह हक़ नहीं था कि बड़े चूहेमारों की अनुमति लिये बग़ैर चूहे अपने घर ले जा सकें। ये चूहे बड़ी क़ीमती सम्पत्ति माने जाते थे। एक चूहा भी इधर-उधर हो जाता तो बड़ा हंगामा उठ खड़ा होता। जिस चूहेमार के पास से चूहा गुम हो जाता उसकी जान पर बन आती। हर तरफ़ खोये हुए चूहे की ढुँढ़िया पड़ जाती। चूहा मिलने पर ही चूहेमार के दम-में-दम आता।

चूहेख़ाने में आमतौर पर यह विश्वास किया जाता था कि चूहों की आवाजाही की व्यवस्था इतनी उत्तम और दोषरहित है कि उनके खोने का सवाल ही पैदा नहीं होता। इसलिए जब कभी कोई चूहा खो जाता तो इसे चूहेमार की गफ़लत और लापरवाही का नतीजा समझा जाता या यह मान लिया जाता कि चूहेमार ने जान-बूझकर किसी मतलब से चूहा उड़ा लिया है। चूहा खो जाने पर चूहेमार पर लापरवाही का इल्ज़ाम लगाया जाए या उसकी नीयत पर शुब्हा किया जाए—यह चूहे की क़िस्म पर निर्भर था। चूहा मामूली दर्जे का होता तो मान लिया जाता कि चूहेमार की लापरवाही से गुम हुआ है। अगर कोई महत्त्वपूर्ण चूहा होता तो चूहेमार की नीयत पर सन्देह किया जाता। उसके पास से भी कई बार चूहे गुम हो चुके थे।

चूहेख़ाने में आए उसे तीन वर्ष हुए थे कि एक चूहा उससे खो गया। दुर्भाग्य से यह चूहा ऐसा-वैसा न था, यानी ऐसा था कि उसकी नीयत पर शक किया जा

सकता था। उससे फ़ौरन पूछा गया : "चूहा क्या हुआ?" उसे अच्छी तरह याद था कि चूहे को मारकर वह आगे भेज चुका है। लेकिन चूहा जहाँ भेजा गया था वहाँ पहुँचा नहीं था। उसे बड़े चूहेमार के सामने हाज़िर किया गया।

चूहेख़ाने में काम करनेवाले सभी लोग वैसे तो चूहेमार कहलाते थे, लेकिन ये कई वर्गों में बँटे हुए थे। मोटे तौर पर दो बड़े वर्ग थे। एक वर्ग छोटे चूहेमारों का था जिसमें पहले, दूसरे और तीसरे दर्जे के छोटे चूहेमार आते थे। दूसरा वर्ग था बड़े चूहेमारों का। बड़े चूहेमार भी सब-के-सब एक दर्जे के नहीं थे। ये भी अलग-अलग दर्जों में बँटे हुए थे। लेकिन चूहेमार छोटे हों या बड़े, सबका काम चूहे मारना ही था। छोटे चूहेमार चूहों को मारकर बड़े चूहेमारों के पास भेजते थे। बड़े चूहेमार इन चूहों को दुबारा मारते। छोटे चूहेमार के भेजे हुए चूहों में कोई चूहा ज़िन्दा रह जाता तो बड़ा चूहेमार या तो उसे ख़ुद मार डालता या छोटे चूहेमार को बुलाकर डाँटता : "तुमने इसे ठीक तरह से नहीं मारा। ले जाओ, अच्छी तरह से मारकर लाओ।"

आमतौर पर दूसरा तरीक़ा ही बड़े चूहेमारों को पसन्द था। उनकी दृष्टि से यह आवश्यक भी था क्योंकि उनका एक काम यह भी था कि छोटे चूहेमारों के काम में कोई ग़लती हो तो उन्हें फ़ौरन टोक दें। ऐसा न करने से छोटे चूहेमार अपने काम में लापरवाही बरत सकते थे या आरामतलब हो सकते थे। इसलिए यह ज़रूरी था कि बड़े चूहेमार छोटे चूहेमारों के काम पर कड़ी निगाह रखें और उनकी ग़लतियों पर उन्हें हमेशा डाँटते-फटकारते रहें।

चुनाँचे जैसे ही कोई बड़ा चूहेमार किसी छोटे चूहेमार को याद करता तो छोटा चूहेमार फ़ौरन समझ जाता कि चूहे मारने में उससे ज़रूर कोई ग़लती हो गई है। वह डरते-डरते बड़े चूहेमार के सामने जाता और उसकी डाँट-फटकार सुनकर वापस आ जाता। अक्सर ऐसा भी होता कि ग़लती छोटे चूहेमार की न होती। लेकिन बड़े चूहेमार से छोटे चूहेमार बहस नहीं कर सकते थे। यह क़ायदे के ख़िलाफ़ था। बड़े चूहेमार जो भी कहते थे, ठीक कहते थे और छोटे चूहेमारों का फ़र्ज़ था कि उसे आँख मूँदकर मान लें। कभी-कभार कोई सनकी चूहेमार इस नियम का उल्लंघन कर बैठता तो उसकी शामत आ जाती थी।

छोटे चूहेमारों के बारे में कहा जाता था कि उनकी चमड़ी मोटी होनी चाहिए, यानी बड़े चूहेमारों के तमाम नख़रे बर्दाश्त करने की आदत उन्हें होनी चाहिए।

छोटे चूहेमार बड़े चूहेमार के पास भीगी बिल्ली बनकर जाते थे और भीगी बिल्ली बनकर ही लौटते थे। उन्हें बड़े चूहेमार से सवाल-जवाब करने की इजाज़त नहीं थी। बड़ा चूहेमार कोई ग़लत बात कह रहा हो तो भी छोटे चूहेमार का फ़र्ज़ होता कि वह उसे ख़ामोशी से सुनता रहे।

आमतौर पर बड़े चूहेमार के सामने छोटे चूहेमार का बिलकुल ख़ामोश रहना ही अच्छा आचरण माना जाता था। अगर किसी छोटे चूहेमार की आदत ही ऐसी होती कि वह अपनी ज़बान पर ताला न लगा सकता तो वह बीच-बीच में इस तरह के कुछ मासूम वाक्य बोल सकता था : "जी हुज़ूर," "बहुत सही फ़रमाया हुज़ूर ने" वग़ैरह-वग़ैरह।

लेकिन इन वाक्यों का प्रयोग बड़े चूहेमार के मूड को देखकर ही किया जा सकता था। अगर बड़ा चूहेमार नाराज़ होकर कुछ कह रहा हो तो ऐसी हालत में इन वाक्यों का प्रयोग अनुचित और बुद्धिहीनता का लक्षण माना जाता था। ऐसी स्थिति में गर्दन झुकाए सब कुछ ख़ामोशी से सुनते रहना ही अक़्लमन्दी की बात मानी जाती थी।

जब बड़े चूहेमार के सामने हाज़िर होने का हुक्म उसे मिला तो वह समझ गया था कि ज़रूर कोई गड़बड़ हुई है। दस्तूर के मुताबिक़ वह डरा-डरा और सहमा-सहमा बड़े चूहेमार के कमरे में पहुँचा। अभी वह कमरे में पूरी तरह दाख़िल भी नहीं हुआ था कि बड़े चूहेमार की ग़ज़बनाक आवाज़ उसके कानों से टकराई। वह सचमुच दहल गया था। बड़े चूहेमार से आँखें मिलाने का साहस उसमें नहीं था। निगाह नीची किए वह बड़ी मुश्किल से लड़खड़ाते क़दमों के साथ बड़े चूहेमार के क़रीब पहुँच सका था।

"बोलते क्यों नहीं? चूहा नम्बर आठ सौ तीस क्या हुआ?" बड़े चूहेमार ने अपना सवाल दुहराया। उसके ग़ुस्से में कोई फ़र्क़ नहीं आया था।

वह बड़े असमंजस में पड़ गया था। बड़ा चूहेमार सवाल का जवाब चाहता था। लेकिन जवाब उसके ग़ुस्से को बढ़ा सकता था और ख़ामोश रहना भी कठिन हो रहा था। दोनों विकल्प ख़तरे का संकेत दे रहे थे।

"मैं पूछता हूँ, चूहा नम्बर आठ सौ तीस क्या हुआ?" उसे लगा था, बड़े चूहेमार की आवाज़ से छत फट जाएगी।

"हुज़ूर के पास भेजा था।" जान पर खेलकर उसने जवाब दे दिया था।

"झूठ बकते हो। मेरे पास नहीं भेजा तुमने। बुलाओ रजिस्टर-नवीस को।"

रजिस्टर-नवीस को हाज़िर किया गया। रजिस्टर-नवीस का काम था चूहों की आवाजाही को रजिस्टर में दर्ज करना। कौन-सा चूहा किस चूहेमार के पास है, इसका पता रजिस्टर से तुरन्त चल जाता था। रजिस्टर में दर्ज हुए बग़ैर कोई भी चूहा किसी के पास नहीं पहुँच सकता था। यही नियम था। यह नियम वास्तव में था भी बहुत अच्छा। अच्छा ही नहीं, आवश्यक भी था। रोज़ हज़ारों-लाखों चूहे इधर से उधर होते रहते थे। इनकी आवाजाही को दर्ज न करने से घोर अराजकता फैल सकती थी। चूहेमारों का, ख़ासतौर पर छोटे चूहेमारों का क्या भरोसा। चूहों को मारने की बजाय वे उन्हें इधर-उधर फेंक-फाँक दें तो उन्हें कैसे पकड़ा जा सकता है।

लेकिन कभी-कभार रजिस्टर-नवीस भी ग़लती कर बैठते थे। मिसाल के तौर पर कोई चूहा 'क' को भेजा गया है लेकिन रजिस्टर में 'ख' का नाम लिखा हुआ है। अब 'क' लाख क़समें खाए कि चूहा उस तक नहीं पहुँचा, लेकिन उसकी बात कभी सच नहीं मानी जाएगी। स्थिति स्पष्ट तभी होगी जब 'ख' ख़ुद उस चूहे को रजिस्टर-नवीस के पास इस सन्देश के साथ वापस भेज दे कि यह चूहा उसका नहीं है।

रजिस्टर-नवीस ने रजिस्टर लाकर दिखा दिया। चूहे के इन्दराज के सामने उसका नाम दर्ज था। इसका मतलब है कि चूहा उसके पास ही था। यानी चाहे उसके पास न हो लेकिन माना यही जाएगा कि उसके पास है। ज़रूर रजिस्टर-नवीस ने कोई भूल की है, उसने सोचा। लेकिन वह बड़े चूहेमार के सामने यह नहीं कह सकता था। जब तक कि कोई और बात ही साबित न हो जाए तब तक रजिस्टर का इन्दराज ही प्रामाणिक माना जाएगा।

वह बड़ी बेबसी की हालत में नीची निगाहों से बड़े चूहेमार की मेज़ पर बेतरतीबी से रखे हुए चूहों को देख रहा था। एकाएक उसकी दृष्टि एक चूहे की दुम पर अटक गई जो चूहों के ढेर के भीतर से झाँक रही थी। केवल दुम देखकर चूहे को पहचान लेना कितना मुश्किल काम है, लेकिन उस रोज़ जाने कैसे चूहे की दुम को देखकर उसे यही लगा कि हो-न-हो यह वही चूहा है जिसके बारे में पूछताछ की जा रही है।

"हुज़ूर, वह रहा चूहा आठ सौ तीस नम्बर का।" वह चीख़ पड़ा। उसका अनुमान सही था। वास्तव में वह आठ सौ तीस नम्बर का ही चूहा था। वह इस इलज़ाम से तो बच गया कि उसने चूहा ग़ायब कर दिया है या इधर-उधर फेंक दिया है। परन्तु उसे निर्दोष नहीं माना गया। बड़े चूहेमार का ग़ुस्सा कुछ कम तो ज़रूर हो गया था लेकिन बिलकुल ठंडा नहीं हुआ था।

"चूहे को ठीक ढंग से भेजा करो।" बड़े चूहेमार ने कहा।

"और तुम भी दो चूहों को एक ही चूहा न समझ लिया करो।" बड़े चूहेमार ने रजिस्टर-नवीस से कहा था।

दरअसल बात यह थी कि आठ सौ तीस नम्बर का चूहा, जो बहुत दुबला और मुनहनी-सा था, एक मोटे चूहे के साथ कुछ इस तरह चिपक गया था कि वह अलग चूहा दिखाई नहीं देता था। रजिस्टर-नवीस ने मोटे चूहे को तो दर्ज कर लिया, लेकिन उसके साथ कोई और चूहा भी जुड़ा हुआ है, यह वह न देख सका।

उसने अपनी बहन को सारा क़िस्सा सुनाया तो वह ख़ूब हँसी थी।

"एक मामूली-से चूहे को लेकर इतना तूफ़ान खड़ा किया जाता है। जैसे चूहा न हुआ कोई हीरा हो गया। भैया, तुम चूहे मारने का काम छोड़ क्यों नहीं देते?" उसकी बहन बोली थी।

बहन की बातों पर उसे हँसी आ गई थी। इसे कुछ पता नहीं। किताबों और संगीत की दुनिया में खोयी रहती है। इन दो के अलावा किसी और चीज़ से इसे मतलब नहीं। इसे क्या मालूम, चूहे मारने का काम भी कितनी मुश्किल से मिलता है। आज वह छोड़ दे तो हज़ारों इसके लिए लालायित हो उठें। उसकी हालत भी वही हो जो 'ग' की हो गई थी। चूहेख़ाने से निकलकर कोई भी चैन से नहीं रह सकता।

दो

बड़ा ही सिरफिरा और बददिमाग़ था यह 'ग' भी। जाने क्या समझता था ख़ुद को। चूहे मारने में ज़रा भी मन नहीं लगाता था। कहता था : "बहुत घिन आती है इस

काम से।" उसका मन लगता था चित्र बनाने में। कहाँ चूहे मारना और कहाँ चित्र बनाना। दोनों काम कैसे साथ-साथ चल सकते थे। 'ग' सब चूहेमारों को बड़ी घृणा की दृष्टि से देखता था।

"तुम सब चूहे मारते-मारते ख़ुद भी चूहे बन गए हो।" वह कहा करता था।

सभी छोटे चूहेमार उससे मन-ही-मन जलते थे और बड़े चूहेमार से उसकी शिकायतें करते रहते थे। 'ग' किसी की परवाह नहीं करता था, यहाँ तक कि बड़े चूहेमार की भी नहीं। सभी छोटे चूहेमार कितना डरते-डरते बड़े चूहेमार के पास जाते थे लेकिन 'ग' बड़े चूहेमार के सामने भी छाती फुलाकर जाता और इस तरह बातें करता जैसे उसमें और बड़े चूहेमार में कोई फ़र्क़ ही न हो। तमाम छोटे चूहेमार दाँतों-तले उँगलियाँ दबा लेते। उन्होंने अपने वर्ग में काहे को कभी ऐसा आदमी देखा होगा। 'ग' का आचरण छोटे चूहेमारों जैसा था ही नहीं। अजीब-अजीब हरकतें करता था वह। कभी बहुत-से चूहों को मुट्ठी में भरकर ऊपर उछाल देता और ज़ोर का ठहाका लगाकर कहता : "देखो, देखो, तुम्हारे चूहे किस तरह उड़ रहे हैं।" हालाँकि ये चूहे उसके ही होते, किसी और के नहीं। चूहेमार कानाफूसी के अन्दाज में कहते : "सनकी है सनकी।"

सभी चूहेमार अपने चूहों का बड़ा ख़याल रखते थे। उन्हें अपने चूहों से बड़ा लगाव था। कोई चूहा इधर-उधर न हो जाए। उस पर धूल न जमने पाए। उन्हें अपनी सन्तान की भी इतनी चिन्ता न होती थी जितनी इन चूहों की। चूहों के प्रति उनका अनुराग वास्तव में उस अनुराग से भिन्न था जो सन्तान के प्रति होता है। इसमें भय की मिलावट भी थी। शायद चूहों से उनका लगाव भय का ही एक प्रच्छन्न रूप था। उनके मन में कहीं यह डर समाया हुआ था कि चूहों की तनिक-सी उपेक्षा भी बहुत बड़े अनर्थ का कारण बन सकती है। इस भय की तीव्रता को दबाने का एक ही उपाय उनकी समझ में आता था। वे चूहों से और ज़्यादा चिपट जाते जैसे कोई शिशु डरकर माँ से चिपट जाता है। लेकिन डर उनका साथ नहीं छोड़ता था। वह साये की तरह उनसे चिपटा रहता। 'ग' इन सबसे बिलकुल अलग था। कोई भय जैसे उसे सालता नहीं था। चूहों की तो उसे जरा भी परवाह नहीं थी। ऐसा नहीं था कि वह चूहे मारता ही न हो। चूहे तो उसे भी मारने पड़ते थे। लेकिन वह चूहों को अपने ही तरीक़े से मारता था, उन तरीक़ों से नहीं जिनका

प्रयोग दूसरे चूहेमार करते थे और जो चूहेख़ाने के नियम-क़ायदों के मुताबिक़ थे। वह कहा करता था :

"चूहों को मारना ही तो है। किस तरीक़े से मारते हो, इसका क्या महत्त्व है?"

ज़ाहिर है कि उसका रवैया बहुत आपत्तिजनक था। वह चूहेख़ाने में युगों से प्रचलित कार्य-प्रणाली को ही चुनौती दे रहा था। यह बात कैसे बर्दाश्त की जा सकती थी। कुछ दिनों तक तो लोग समझते रहे कि नया-नया है, दो-चार बार बड़े चूहेमार की डाँट-डपट पड़ेगी तो होश ठिकाने आ जाएँगे। लेकिन उसके होश ठिकाने नहीं आ रहे थे। वह बड़े चूहेमार के सामने भी बत्तीसी निकाले जाता और उससे इतनी धृष्टता से बात करता कि सब हैरत से एक-दूसरे का मुँह ताकने लगते। बड़े चूहेमार ने अपने आज़माये हुए कारगर तरीक़े से डराया-धमकाया। लेकिन जब इसका भी कोई असर नहीं हुआ तो बड़ा चूहेमार ख़ुद भी थोड़ा डर गया। उसे यह ख़तरा महसूस होने लगा कि बार-बार वह 'ग' को डाँटता-डपटता रहा और 'ग' ढिठाई से उसे जवाब देता रहा तो कहीं दूसरे छोटे चूहेमार भी शोख़ी पर न उतर आएँ। उसने 'ग' को बुलाना और डाँटना-डपटना बन्द कर दिया।

इस बात को लेकर छोटे चूहेमारों में तरह-तरह की बातें होती रहीं। "देखना वह 'ग' की ऐसी ख़बर लेगा कि बच्चा याद करेगा।" एक ने कहा। "डाँटने-डपटने से दिल का बुख़ार निकल जाता है। 'ग' तो मूर्ख है। उसे क्या मालूम उस पर कैसी आफ़त आनेवाली है।" दूसरे ने कहा। "बड़े चूहेमार से भी कोई इस तरह बात करता है। अपनी औकात तो पहचाननी चाहिए।" तीसरे ने कहा। "बे-ग़ैरत है बदमाश। इसको न तो अपनी इज़्ज़त का ख़याल है और न दूसरों की इज़्ज़त का। अब बड़े चूहेमार नाराज़ हो गए हैं न। मालूम हो जाएगा आटे-दाल का भाव।" चौथे ने कहा।

बड़ा चूहेमार छोटे चूहेमार को उसकी किसी ग़लती पर डाँट-डपट देता तो छोटा चूहेमार इत्मीनान की साँस लेकर उसके कमरे से निकलता। डाँट-फटकार का मतलब था कि बड़े चूहेमार को जो कुछ कहना था वह कह चुका है। अब आगे कुछ नहीं होगा। लेकिन ग़लती होने पर बड़ा चूहेमार बुलाकर डाँटे-फटकारे नहीं तो समझ लेना चाहिए कि कोई बड़ी आफ़त आनेवाली है। 'ग' के लिए ऐसा

ही कोई ख़तरा पल रहा है, सबको इसका पूरा विश्वास था। लेकिन 'ग' को जैसे कोई ख़बर थी ही नहीं।

उसने 'ग' को समझाने की बहुत कोशिश की। सनक और पागलपन के बावजूद 'ग' का व्यक्तित्व उसे कुछ आकर्षक लगता था। उसमें कुछ ऐसी रेखाएँ उसे दिखाई देती थीं जो कभी उसके अपने व्यक्तित्व में भी थीं, किन्तु जो अब बिलकुल मिट चुकी थीं। 'ग' सबसे बिलकुल अलग था। वह भी ख़ुद को कभी औरों से बिलकुल अलग समझता था। उसका ख़याल था कि वक़्त के साथ 'ग' भी बदल जाएगा जिस तरह वह ख़ुद बदल चुका है। लेकिन 'ग' के रवैये में कोई सुधार नहीं हो रहा था, बल्कि दिन-प्रतिदिन और बिगड़ता जा रहा था। इस तरह तो चूहेख़ाने में उसका रहना मुश्किल हो जाएगा। 'ग' का आचरण उसे भी पसन्द नहीं आता था। लेकिन वह उसकी कमज़ोरियों के बारे में सहानुभूतिपूर्ण ढंग से सोचता था। 'ग' भी चूहेख़ाने में अगर किसी का कुछ लिहाज़ करता था तो उसी का। 'ग' ने उसे अपने कुछ चित्र दिखाए थे। इन चित्रों का सिर-पैर कुछ उसकी समझ में नहीं आया था। बड़ी बेतुकी तसवीरें थीं उसकी। उसने एक चित्र बनाया था जिसका शीर्षक था 'चूहेमार'। हालाँकि किसी भी प्रकार से यह चूहेमार का चित्र नहीं माना जा सकता था। ज़्यादा-से-ज़्यादा बहुत ग़ौर से देखने पर एक मरियल-से चूहे की धुँधली आकृति उभरती थी। चूहेमार आख़िर को इंसान तो थे। इस चित्र में इंसान की आकृति तो थी ही नहीं। सचमुच 'ग' बिलकुल पागल था, पागल।

"तुमने चित्र तो बनाया है चूहे का और शीर्षक रखा है चूहेमार। ऐसा क्यों?" उसने 'ग' से पूछा था।

"तुम नहीं समझ सकते। तुम्हें चूहेमार इंसान नज़र आते हैं न। इसीलिए ऐसा कहते हो। ये इंसान कहाँ हैं? ये तो चूहे हैं, चूहे।" 'ग' ने उसका मज़ाक़ उड़ाते हुए कहा था।

वह चुप हो गया था। 'ग' से बहस करना व्यर्थ था। पागल आदमी से क्या बहस की जा सकती है।

वह अक्सर सोचता था, 'ग' चित्र बनाना छोड़ दे तो चूहेख़ाने के वातावरण में वह खप सकता है।

"तुम चित्र बनाना छोड़ क्यों नहीं देते?" उसने 'ग' से पूछा था।

"चित्र बनाना छोड़ दूँ! क्या मैं छोड़ भी सकता हूँ कभी? तुम समझते हो मुझे चित्र बनाने का शौक़ है? क्या मैं इन्हें अपनी इच्छा से बनाता हूँ। चित्र तो ख़ुद-ब-ख़ुद बन जाते हैं। मुझे तो पता भी नहीं होता कब और कैसे बन गए।" 'ग' ने पागलों की तरह जवाब दिया था।

"कम-से-कम चूहे मारने में तुम्हें अधिक रुचि लेनी चाहिए। इस तरह तो चूहेख़ाने में तुम्हारा रहना मुश्किल हो जाएगा।" उसने 'ग' को समझाने की कोशिश की थी।

"क्या तुम समझते हो कि चूहेख़ाने में मैं अपना जीवन बिताना चाहता हूँ। माँ के ख़याल से टिका हुआ हूँ, वरना कभी का छोड़ चुका होता। उसके मरने की राह देख रहा हूँ। इधर वह मरी नहीं कि मैंने चूहेख़ाना छोड़ा नहीं।" 'ग' बोला था।

'ग' की बात सुनकर उसे क्रोध आ गया था। माँ के बारे में उसके विचार कितने क्रूरतापूर्ण थे। माँ की मृत्यु की प्रतीक्षा करना—कैसा निर्मम आचरण था। भला माँ के बारे में कोई कभी इस तरह सोचता है। लेकिन दूसरे ही क्षण उसे लगा कि 'ग' का ऐसा सोचना बहुत विचित्र भी नहीं कहा जा सकता। क्या अपनी माँ के प्रति वह भी उदासीन नहीं रहा था?

क्या कभी उसने अपनी माँ के लिए वह सब महसूस किया है जो किसी गहरे लगाव के बाद ही आदमी महसूस कर सकता है? लेकिन शायद वह अपनी माँ के प्रति उतना निर्मम भी नहीं रहा जितना कि 'ग' है। लेकिन इसका कारण भी शायद उसका अपना लिजलिजापन है। निर्मम होने के लिए भी इच्छाशक्ति की आवश्यकता होती है। और उसमें इच्छा-शक्ति का अभाव है। यह बात वह बहुत दिनों से महसूस करता आया है।

'ग' को समझाना-बुझाना बेकार था। पागलों की अपनी एक दुनिया होती है जो औरों के लिए झूठी सही, पर उनके लिए बड़ी सच्ची और वास्तविक होती है। उसने थककर 'ग' को उसके हाल पर छोड़ दिया।

एक रोज़ 'ग' ने आकर ख़बर दी, "माँ मर गई। अब मैं स्वतंत्र हूँ।"

'ग' का लहजा रोज़-जैसा था। उसमें कोई असाधारणता नहीं थी। उसकी समझ में नहीं आया कि वह 'ग' को बधाई दे या उसके प्रति संवेदना प्रकट करे।

"अब मैं चूहेख़ाना छोड़ दूँगा।" 'ग' ने कहा।

और सचमुच उसने चूहेख़ाना छोड़ दिया।

बहुत दिनों तक 'ग' की कोई ख़बर नहीं मिली। कुछ दिनों तक छोटे चूहेमारों में उसकी चर्चा होती रही। फिर सब लोग उसे भूल-भाल गए।

कई महीने बाद एक रोज़ बाज़ार में 'ग' से अचानक ही उसकी भेंट हो गई। 'ग' को देखकर उसे बहुत दुख हुआ। क्या हालत हो गई थी उसकी। दाढ़ी बढ़ी हुई, सिर के बाल उलझे हुए। आँखें अन्दर को धँस गई थीं। लगता था, वह बरसों से बीमार है। जो लोग चूहे मारने का काम नहीं कर सकते उनकी यही हालत हो जाती है, उसने सोचा। अच्छा-ख़ासा काम से लगा था। लगा रहता तो काहे को यह दुर्गति होती।

"क्या कर रहे हो आजकल?" उसने पूछा।

"तसवीरें बनाता हूँ। जानते हो चूहेख़ाना छोड़ देने के बाद मैंने ढेर सारे चित्र बनाए हैं।" 'ग' ने बड़े इत्मीनान से जवाब दिया जैसे वह अपनी स्थिति से सन्तुष्ट हो।

दोनों एक सस्ते चायख़ाने में जाकर बैठ गए। यहाँ ज़्यादातर 'ग' की तरह के लोग ही उसे नज़र आए।

"तुम्हारा ख़र्च कैसे चलता है?" उसने 'ग' से पूछा।

"किसी-न-किसी तरह चल जाता है।" 'ग' ने बहुत संक्षेप में उत्तर दिया था। लगता था, वह इस विषय पर ज़्यादा बातचीत करना नहीं चाहता। उसने भी ज़्यादा कुरेदना उचित नहीं समझा। उसे देखकर कोई भी सहज ही अनुमान लगा सकता था कि उसे पैसों की तंगी होगी।

'ग' ज़्यादातर अपने चित्रों के बारे में ही उससे बात करता रहा। वह सिर्फ़ 'ग' को सुनता रहा। उसे चित्रों की बहुत कम जानकारी थी। ख़ासतौर पर 'ग' के चित्र तो उसे बहुत बेतुके लगते थे। शायद इसलिए कि वह उन्हें समझ नहीं पाता था। कम-से-कम 'ग' का तो यही ख़याल था।

"तुम ऐसे चित्र क्यों नहीं बनाते जिन्हें लोग समझ सकें और देखकर ख़ुश हों।" उसने 'ग' से कहा।

'ग' उसकी बात पर ख़ूब हँसा था। उसके गन्दे पीले दाँत बहुत बदनुमा लग रहे थे और उनकी बदबू उसे अपने नथुनों में घुसती महसूस हुई थी।

"तो तुम भी वही कहते हो जो सब कहते हैं। आख़िर को चूहेमार हो न! फिर चूहे ही क्यों न मारने लगूँ।" 'ग' बोला था।

पागल कहीं का। इसे कोई सलाह देना व्यर्थ है। एकाएक उसे प्रसिद्ध चित्रकार 'प' का ख़याल आया था। उसने 'प' का नाम सुन रखा था। देखूँ 'प' के चित्रों के बारे में 'ग' के क्या विचार हैं।

"तुमने 'प' के चित्र तो देखे होंगे?" उसने 'ग' से पूछा।

"अरे, तुम उसका ज़िक्र कर रहे हो। 'प' का! वह भी कोई चित्रकार है! चूहेमार है वह तो, चूहेमार!" 'ग' उसके सवाल पर बहुत ज़ोर से हँसा था।

"चूहेमार सिर्फ़ वही नहीं होता जो चूहेख़ाने में चूहे मारता है। 'प' तसवीरें नहीं बनाता, चूहे मारता है। समझे?" 'ग' ने उसे समझाने की कोशिश की थी।

इस सिड़ी से बात करना बेकार है। कुत्ते की मौत मरेगा यह। उसे 'ग' के बारे में यह सोचकर बहुत दुख हुआ था।

कई महीने बीत गए। 'ग' से उसकी भेंट न हो सकी। उससे मिलने की इच्छा भी नहीं हुई। चूहेख़ाने की ज़िन्दगी एक ही लीक पर चलती थी। दिन चूहे मारने में बीत जाता। शाम को थका-हारा वह घर पहुँचता। बहन जानती थी कि दिन-भर चूहे मारते रहने के कारण वह किसी विषय पर बात करने के क़ाबिल नहीं रहता। इसलिए वह भी उससे ज़्यादा बात नहीं करती थी। वह आख़िर उससे बात करती भी तो क्या करती? उसकी रुचि या तो किताबों में थी या संगीत में। उसे सितार बजाने का बहुत शौक़ था। किताबों से जो वक़्त बचता उसमें वह सितार बजाती रहती। कभी वह भी संगीत में रुचि लेता था। बहुत पुरानी बात थी। उसके बाप ने एक बैंजो लाकर उसे दिया था। तब वह बहुत छोटा था। थोड़े समय में ही वह बैंजो बहुत अच्छा बजाने लगा था। फिर उसके बाप की मृत्यु हो गई और घर में आर्थिक कष्ट का सिलसिला शुरू हो गया। एक रोज़ वह बैंजो बजा रहा था तो माँ से किसी बात पर उसका झगड़ा हो गया। उसने ग़ुस्से में बैंजो ज़मीन पर दे मारा। जाने अब बैंजो घर में है भी या नहीं। शायद पुराने सामान में कहीं पड़ा हो। कभी-कभी जब वह बहुत उदास होता या ऊब हावी होने लगती तो उस बैंजो की याद सताने लगती। जाने अब वह बैंजो बजा भी सकेगा या नहीं? शायद उसकी उँगलियाँ अब सिर्फ़ चूहे मार सकती हैं, बैंजो नहीं बजा सकतीं।

इस मनोदशा में विचित्र इच्छाएँ उस पर हावी होने लगतीं। कुछ ऐसा हो जो बिलकुल असाधारण हो, विलक्षण हो, रोज़ जो कुछ होता है उससे एकदम भिन्न हो। कोई भयंकर भूकम्प, जलप्लावन, विध्वंस—कुछ हो जो रोज़-रोज़ की एकरसता को तहस-नहस करके रख दे। वह ऐसी बातें क्यों सोचता है? इसकी तह में जाने की वह कोशिश करता। क्या इसका कारण वह भय है जो सब चूहेमारों के मन में बैठा रहता है? क्या सभी चूहेमार ऐसी बातें सोचते रहते हैं? या सिर्फ़ उसके मन में ही ऐसे ऊटपटाँग विचार उठते हैं। ऐसे क्षणों में वह 'ग' से बड़ी निकटता अनुभव करता। 'ग' से मिलने को जी चाहता। 'ग' की वजह से चूहेख़ाने के माहौल में थोड़ी ताज़गी महसूस होती थी। वह और चूहेमारों की तरह हर वक़्त चूहों की बात नहीं करता था। वह चूहों की बात या तो करता ही नहीं था और अगर करता भी था तो बड़ी घृणा और उपहास-भरे स्वर में। उसकी बातों से कम-से-कम चूहेख़ाने की एकरसता तो टूटती थी। चूहे मारना कोई बुरा काम न सही, लेकिन यह एकरसता उसे बहुत खलती थी। उसे सड़े हुए पानी की गन्ध का एहसास होने लगता। 'ग' से मिलने के लिए उसका दिल तड़प उठता।

ऐसी ही मन:स्थिति में वह उस रोज़ 'ग' से मिलने के लिए उस चायख़ाने में पहुँचा था। 'ग' एक कोने में बैठा उसे मिल गया था। वह बहुत परेशान दिखाई दे रहा था। लगता था, कोई गहरा दुख उसे घुन की तरह खा रहा है। आन्तरिक यातना की छाप उसके चेहरे पर साफ़ नज़र आ रही थी। क्या चूहेख़ाना छोड़ना सचमुच कोई अपराध है जिसकी सज़ा इस तरह भुगतनी पड़ती है? उस रोज़ 'ग' को देखकर उसके मन में यह सवाल उठा था।

"अच्छे हो न ?" उसने 'ग' से पूछा।

"ख़ाक अच्छा हूँ। तुम मुझे चूहे मारने का काम दिला सकते हो?" 'ग' बोला।

अब आटे-दाल का भाव मालूम हुआ है! बड़ा शेखी बघारता फिरता था। अब फिर चूहे मारना चाहता है। 'ग' के बारे में यह सहज प्रतिक्रिया उसे दूसरे ही क्षण बड़ी क्रूरतापूर्ण लगी थी। अपनी नीचता पर उसे शर्म-सी महसूस हुई थी। वह भीतर कहीं 'ग' से बहुत जलता भी है। 'ग' में एक साहस है, कुछ कर गुज़रने का उन्माद है जो उसमें नहीं है। अपने लिजलिजेपन के बारे में सोचकर वह झेंप-सा गया था, लेकिन 'ग' को चूहेख़ाना कभी स्वीकार नहीं करेगा।

"कम-से-कम मुझे आधे दिन के लिए ही चूहे मारने का काम मिल जाए। यह ज़्यादा अच्छा होगा। इस तरह मुझे चित्र बनाने का समय भी मिलेगा।" 'ग' ने कहा।

लेकिन यह और भी कठिन था। चूहेख़ाने में आधे दिन काम करने का रिवाज नहीं था। वहाँ पूरे दिन काम करना पड़ता था। हालाँकि वह ख़ुद कभी-कभी सोचता था कि अगर नियम-क़ायदों पर इतना ज़ोर न दिया जाए तो आधे दिन में—बल्कि इससे भी कम समय में—उतने ही चूहे मारे जा सकते हैं जितने दिन-भर में मारे जाते हैं। लेकिन चूहेख़ाने में नियम-क़ायदों की अवहेलना नहीं की जा सकती थी।

"यार, लगता है कि दुनिया में चूहेमार बनकर ही ज़िन्दा रहा जा सकता है।" 'ग' के स्वर में बड़ा नैराश्य था।

"तुम्हारी तसवीरों का क्या हाल है?" उसने विषय बदलने की ख़ातिर 'ग' से पूछा था।

"मेरी तसवीरों के ग्राहक ही नहीं हैं। मेरी तसवीरें लोगों की समझ में नहीं आतीं।"

"मैंने पहले भी तुम्हें सलाह दी थी। ऐसे चित्र बनाने का क्या लाभ जो लोगों की समझ में नहीं आते।" उसने 'ग' को फिर समझाना चाहा था।

"मैं और तरह के चित्र नहीं बना सकता। यह मेरी मजबूरी है। लेकिन मुझे विश्वास है कि एक-न-एक दिन लोग मेरे चित्रों को ज़रूर समझेंगे। तुमने वान गॉग का नाम सुना होगा। उसके चित्र भी लोगों की समझ में नहीं आते थे। पर उसके मरने के बाद उसकी तसवीरों की धूम मच गई।" 'ग' के स्वर में फिर आत्मविश्वास आ गया था।

उसके मन में 'ग' के प्रति ईर्ष्या-भाव जागने लगा। घोर नैराश्य के बीच भी वह भविष्य के प्रति कितना आश्वस्त है। विषम परिस्थितियाँ उसे चकनाचूर कर देना चाहती हैं, लेकिन भीतर से वह कहीं इतनी शक्ति महसूस करता है कि टूटकर भी वह नहीं टूटता। चूहेख़ाना छोड़ना भी उसकी संकल्प-शक्ति का ही प्रमाण था। चूहेख़ाने में एक बार घुसने के बाद उसे छोड़ना क्या कोई आसान काम है। मछली जाल में फँसकर छटपटा तो सकती है लेकिन जाल की पकड़ से स्वयं को मुक्त नहीं कर सकती। धीरे-धीरे हर चूहेमार चूहेख़ाने की ज़िन्दगी का इस तरह आदी हो जाता है कि उसे छोड़कर जाने की बात उसके मन में नहीं उठती। आमतौर पर

ऐसा ही होता था। कभी-कभार ही कोई चूहेमार इतना साहसिक क़दम उठाता कि चूहेख़ाने पर लात मारकर चल देता।

चूहेख़ाने के लिए यह बड़ी असाधारण घटना होती। चूहेख़ाने की ज़िन्दगी लाख बुरी सही, लेकिन उसमें एक निश्चिन्तता थी, एक ठहराव था, एक प्रकार का स्थायित्व था जो चूहेख़ाने के बाहर की दुनिया में दुर्लभ था। भय और आतंक की उस परत के बावजूद जो मन पर हमेशा चढ़ी रहती थी हर चूहेमार के मन में कहीं यह विश्वास बैठा हुआ था कि उसे चूहेख़ाने में ही रहना है।

चूहेख़ाने और चूहेमारों की ज़िन्दगी आमतौर पर एक ही गति से चलती थी। लेकिन कभी-कभी उसमें भी लहरें उठती थीं। मिसाल के तौर पर जब तीसरे दर्जे का कोई चूहेमार दूसरे दर्जे का छोटा चूहेमार बन जाता या दूसरे दर्जे का छोटा चूहेमार पहले दर्जे का छोटा चूहेमार बन जाता तो चूहेख़ाने में हलचल-सी मच जाती। ख़ासतौर पर जब कोई छोटा चूहेमार बड़ा चूहेमार बन जाता तो चूहेख़ाने में उसकी ख़ूब चर्चा होती थी। सभी छोटे चूहेमार इस नए बड़े चूहेमार को ईर्ष्या की दृष्टि से देखते। बड़ा चूहेमार बन जाना सभी छोटे चूहेमारों की महत्तम आकांक्षा थी। वे इसे बहुत बड़ी उपलब्धि मानते थे। उनका ऐसा सोचना ठीक भी था।

बड़ा चूहेमार बनते ही उसकी हैसियत में बहुत बड़ा फ़र्क़ आ जाता था। बड़ा चूहेमार बनते ही उसका वर्ग-परिवर्तन हो जाता था। काम तो वही करना पड़ता था जो सब चूहेमार करते थे यानी चूहे मारना। चूहेख़ाने में यह काम तो करना ही पड़ता था। लेकिन बड़े चूहेमार को जो प्रतिष्ठा, आदर-सम्मान और रुतबा मिलता था वह छोटे चूहेमार को नसीब नहीं था। छोटे चूहेमार बड़ी हसरत से बड़े चूहेमार को देखते थे। बड़ा चूहेमार बनने की अदम्य आकांक्षा होते हुए भी उन्हें यह स्वप्न जैसा लगता था—ऐसा स्वप्न जो कभी साकार नहीं होगा। वे बड़ी हसरत से सोचते, 'क्या कभी हमारे नाम भी चूहेनामे में छपेंगे?'

बड़े चूहेमारों के नाम चूहेनामे में छपते थे। यह बहुत बड़ी बात मानी जाती थी। चूहेख़ाने में जो भी महत्त्वपूर्ण घटना घटती उसका उल्लेख चूहेनामे में होता था। चूहेख़ाने की सभी बड़ी ख़बरें चूहेनामे में दी जाती थीं। चूहेनामे को पढ़कर यह मालूम किया जा सकता था कि चूहेख़ाने में क्या हो रहा है। कोई बड़ा चूहेमार

चूहेख़ाने में नियुक्त किया जाता या कोई छोटा चूहेमार बड़ा चूहेमार बन बैठता तो इसका ऐलान चूहेनामे में तुरन्त कर दिया जाता। इतना ही नहीं, बड़े चूहेमारों की गतिविधियों की सूचना नियमित रूप से चूहेनामे में दी जाती थी। छोटे चूहेमारों के बारे में शायद ही कभी कोई ख़बर चूहेनामे में छपती थी। छोटे चूहेमार किसी गिनती में नहीं थे। उनकी यह हैसियत कहाँ थी कि चूहेनामे में उनका ज़िक्र किया जाए। लेकिन जब कभी कोई छोटा चूहेमार किसी अपराध के कारण चूहेख़ाने से निकाल बाहर किया जाता तो इसका ऐलान चूहेनामे में ज़रूर कर दिया जाता। ऐसा करने का विशेष कारण था। कोई छोटा चूहेमार किसी बड़े जुर्म में चूहेख़ाने से निकाल दिया जाता तो न सिर्फ़ यह कि उस चूहेख़ाने के दरवाज़े उसके लिए हमेशा-हमेशा के लिए बन्द हो जाते बल्कि दूसरे सभी चूहेख़ानों के दरवाज़े भी उसके लिए बन्द हो जाते थे। चूहेख़ाने तो सैकड़ों-हज़ारों की संख्या में थे। कोई एक चूहाख़ाना तो था नहीं कि निकाल बाहर किए जाने पर चूहेमार को उसमें घुसने न दिया जाता। चूहेनामे में ऐलान हो जाने पर सब चूहेख़ानों को ख़बर हो जाती थी और निकाला गया चूहेमार किसी भी चूहेख़ाने में क़दम नहीं रख सकता था। चूहेमारों के आतंकित रहने की एक वजह शायद यह भी थी। वे जानते थे कि उनसे कोई बड़ा अपराध हो गया तो किसी भी चूहेख़ाने में उन्हें घुसने नहीं दिया जाएगा।

वह जिस चूहेख़ाने में काम करता था वह सबसे बड़ा चूहाख़ाना था। चूहेख़ाने भी तरह-तरह के थे। एक तो उसका चूहेख़ाना था जहाँ हज़ारों चूहेमार थे। फिर इससे छोटे चूहेख़ाने थे जहाँ चूहेमारों की संख्या सैकड़ों में थी। फिर इनसे भी छोटे चूहेख़ाने थे। और कई चूहेख़ाने तो इतने छोटे थे कि इनमें पन्द्रह-बीस चूहेमार से ज़्यादा नहीं थे। इन छोटे-बड़े चूहेख़ानों में कितने चूहेमार काम करते होंगे, इसका अनुमान लगाना सम्भव नहीं था।

सब चूहेख़ाने उसने देखे भी नहीं थे। कोई भी चूहेमार यह दावा नहीं कर सकता था कि वह सब चूहेख़ाने देख चुका है। सब चूहेख़ाने किसी एक स्थान पर तो थे नहीं। ये दूर-दूर तक हज़ारों मील के इलाक़े में फैले हुए थे। फिर ऐसी बात भी नहीं थी कि सब आपस में एक-दूसरे से किसी-न-किसी प्रकार जुड़े हों। अधिकांश का तो एक-दूसरे से कोई सम्पर्क था ही नहीं। परन्तु सबसे बड़े चूहेख़ाने के बारे

में कहा जाता था कि दूसरे सभी चूहेख़ानों से इसका ख़ास रिश्ता है। लेकिन इस सम्बन्ध को साफ़-साफ़ देख पाना और समझ सकना सचमुच बड़ा मुश्किल था।

वह अक्सर इसके बारे में सोचता तो सारी व्यवस्था उसे बड़ी रहस्यमय लगती। अनायास ही उसकी विचारधारा ब्रह्मांड की ओर मुड़ जाती जिसका तंत्र उसे चूहेख़ानों के तंत्र जैसा नज़र आता। जिस तरह परम सूक्ष्म सत्य स्थूल वास्तविकताओं की मोटी परतों से ढका रहता है और इन परतों को चीरकर उस तक पहुँचना असम्भव-सा हो जाता है उसी तरह चूहेख़ानों के इस तंत्र में अन्तर्निहित सत्य की पकड़ भी बहुत कठिन थी।

कभी उसे लगता जैसे इस तंत्र के रहस्य को उसने पा लिया है। पर दूसरे ही क्षण उसे महसूस होता कि वह किसी छलावे की तरह फिर लुप्त हो चुका है। यह सारा व्यापार कभी-कभी तो अत्यधिक व्यर्थ और अर्थहीन लगता। चूहे और चूहेमार दोनों ही निरर्थक लगते। आख़िर इतने सारे चूहे क्यों हैं? इनका क्या प्रयोजन है? इन्हें मारने का क्या लाभ है? मारना ही है तो सब एक बार में ही क्यों न मार दिए जाएँ? इस तरह चूहों को निरन्तर मारते रहने की क्या सार्थकता है? इतने चूहे आख़िर कहाँ से आ जाते हैं? कितने निरीह, निष्प्राण और बेजान लगते हैं ये चूहे! इनसे कहीं अधिक दम तो उन चूहों में हैं जो चूहेख़ाने के बाहर रहते हैं। वे कुछ करते तो हैं। और कुछ नहीं तो नुक़सान ही पहुँचाते हैं। उन्हें मारो तो चीख़ते-चिल्लाते हैं। अपनी रक्षा की कोशिश करते हैं। चूहेख़ाने के चूहों की तरह नहीं कि लाख मारिए, कोई प्रतिरोध नहीं करेंगे। चीख़ें-चिल्लाएँ, बचाव का प्रयत्न करें तो मारने में कुछ मज़ा भी आए।

बहुत पहले जब वह स्कूल में पढ़ता था, तो उसने अंग्रेज़ी की एक कविता पढ़ी थी, चूहों के बारे में। 'हैमलिन' नगर के चूहों पर लिखी गई यह कविता उसे बहुत अच्छी लगी थी। चूहे 'हैमलिन' नगर के लिए बड़ी विकट समस्या बन गए थे। वे सारी फ़सल चट कर जाते थे और नगरवासियों को दाने-दाने को तरसना पड़ता था। चूहों के कारण सारे नगर में हाहाकार मचा हुआ था। क्या स्त्री, क्या पुरुष, क्या वृद्ध, क्या बालक—सब इनसे आतंकित थे। इस विपत्ति से मुक्ति पाने का कोई रास्ता उन्हें दिखाई नहीं देता था। तब एक बाँसुरी बजानेवाले ने उन्हें इस संकट से उबारा। उसकी बाँसुरी की आवाज़ में कुछ ऐसा चमत्कार था कि हैमलिन

नगर के तमाम चूहे उसके इर्द-गिर्द इकट्ठे हो गए। चूहे, जिनका रूप कुछ समय पहले तक इतना विनाशकारी था कि सारा नगर उनसे त्रस्त था, संगीत की मधुर ध्वनियों से इस प्रकार अभिभूत हो गए कि अपनी विवेक-शक्ति तक खो बैठे। वे बाँसुरी की आवाज़ के पीछे मुग्ध होकर बढ़ते गए—यहाँ तक कि नदी ने उन्हें हमेशा-हमेशा के लिए अपनी गोद में समेट लिया। क्या कोई बाँसुरी-वादक चूहेख़ाने के इन चूहों को भी समुद्र में नहीं डुबो सकता? इस मनोदशा में उसे सब कुछ व्यर्थ दिखाई देता। सिर्फ़ चूहे ही नहीं, सारी दुनिया और उसकी हर चीज़ व्यर्थ लगती।

लेकिन यह मनोदशा बहुत देर तक नहीं रहती थी। वह बहुत सोचता रहता है। यह उसकी आदत बन गई है। निरन्तर सोचते रहने के कारण ही उसे चूहे इतने निरर्थक और प्रयोजनहीन लगते हैं। वास्तव में ऐसा नहीं है। कोई भी चूहा अर्थहीन नहीं है। और यह बात है कि हर चूहे की अर्थवत्ता का उसे ज्ञान नहीं है। हो भी नहीं सकता। चूहे तो लाखों की संख्या में हैं। और जितने चूहे हैं उतने ही अर्थ हैं। हरेक चूहे का कोई-न-कोई अर्थ है। सब चूहों के अर्थ वह नहीं जानता। लेकिन इसका यह मतलब तो नहीं हो सकता कि उनका कोई अर्थ ही नहीं है। यदि ये निरर्थक होते, इनकी कोई उपयोगिता न होती, कोई सार्थकता न होती तो इन्हें इतना महत्त्व कैसे मिल सकता था? इनके पीछे इतने सारे लोग क्यों भागते? यह तो हो सकता है कि कुछ चूहों का महत्त्व बहुत अधिक हो, कुछ का उनसे कम और कुछ का और भी कम। लेकिन किसी भी चूहे को बिलकुल महत्त्वहीन नहीं माना जा सकता। दरअसल चूहों के महत्त्व से ही चूहेमार के महत्त्व का अनुमान लगाया जाता था। जो चूहेमार बड़े चूहे मारते उनका महत्त्व अधिक था। चूहे जितने बड़े होते थे उसी अनुपात से चूहेमार की अहमियत का अन्दाज़ा लगाया जाता था।

कई चूहेमार थे जो उसकी तरह ही तीसरे दर्जे के छोटे चूहेमार थे। लेकिन उसके मुक़ाबले में उनका रुतबा ज़्यादा था। उन्हें ऐसे चूहे मिले हुए थे जो अधिक महत्त्वपूर्ण माने जाते थे। वे जब उससे या उसकी तरह के दूसरे अभागे छोटे चूहेमारों से बात करते तो उनके स्वर में अहंकार की साफ़ मिलावट होती। हालाँकि इन सबका एक ही दर्जा था यानी ये सभी तीसरे दर्जे के छोटे चूहेमार थे। लेकिन चूहेख़ाने में एक दर्जेबन्दी तो वह थी जो बिलकुल साफ़, सुनिश्चित और प्रत्यक्ष

थी। जैसे छोटे चूहेमार पहले, दूसरे और तीसरे दर्जों में बँटे हुए थे या जैसे बड़े चूहेमारों की दर्जेबन्दी थी।

लेकिन इस प्रत्यक्ष और स्थूल वर्गीकरण के अलावा कई और तरह की दर्जेबन्दियाँ भी थीं जिनका आधार इतना सुस्पष्ट और सुनिश्चित नहीं था। एक दर्जेबन्दी तो वही थी जो चूहों के महत्त्व के आधार पर दिखाई देती थी। हालाँकि इस तरह की दर्जेबन्दियाँ औपचारिक नहीं थीं और चूहेख़ाने की मान्यता इन्हें प्राप्त नहीं थी। चूहेख़ाने के नियम-क़ायदों के अनुसार इनका न तो कोई अस्तित्व था और न कोई महत्त्व। इस तरह की दर्जेबन्दियाँ चूहेमारों की मानसिक स्थितियों की उपज थीं। चूहेख़ाने के नियमों के मुताबिक़ जो दर्जेबन्दी मान्य थी वह बिलकुल साफ़ थी। तीसरे दर्जे के सभी छोटे चूहेमार तीसरे दर्जे के ही माने जाते थे—इससे कोई बहस नहीं थी कि किस चूहेमार को किस तरह के चूहे मारने पड़ते हैं। इसी तरह दूसरे दर्जे के सब छोटे चूहेमार चूहेख़ाने की दृष्टि में दूसरे दर्जे के ही छोटे चूहेमार थे।

चूहेख़ाने के लिए यह मुमकिन भी नहीं था कि चूहेमारों के स्वभाव, मन:स्थितियों और भावनाओं के अनुसार उन्हें अनगिनत वर्गों में बाँट सके। इस तरह की दर्जेबन्दी करना चूहेख़ाने के लिए सम्भव नहीं था। यदि सम्भव होता तो भी इस प्रकार का वर्गीकरण स्थायी नहीं हो सकता था। मन:स्थितियाँ और भावनाएँ तो नए-नए रूप ग्रहण करती रहती हैं। इन्हें किसी ठोस, चिरस्थायी और व्यापक वर्गीकरण का आधार कैसे बनाया जा सकता है। इसी कारण से चूहेख़ाने के जितने भी नियम-क़ायदे थे, जो भी परिपाटियाँ थीं और जो भी तौर-तरीक़े थे उनमें भावना का कोई दख़ल नहीं था। ये क़ायदे और परिपाटियाँ इस तरह बनी थीं कि सब चूहेमारों पर लागू हो सकें—चाहे स्वभाव, मनोवृत्ति और भावनाओं की दृष्टि से वे एक-दूसरे से कितने ही अलग क्यों न हों। इनका एक प्रयोजन यह भी था कि चूहेमारों की स्वभावगत और चारित्रिक विशिष्टताओं और विभिन्नताओं को ख़त्म करके एक स्तर पर ले आया जाए। चूहेख़ाने का सामान्य वातावरण भी इस प्रयोजन की सिद्धि में सहायक होता था। नए चूहेमारों की स्थिति सड़क बनाने के लिए बिछाये गए पत्थरों-जैसी थी। जिस तरह समतल सड़क के निर्माण के लिए पत्थर के इन छोटे-बड़े टुकड़ों का पिस जाना आवश्यक होता है उसी तरह चूहेमारों को भी चूहेख़ाने

के माहौल में खपने के लिए अपनी स्वभावगत और भावनागत विशिष्टताओं की बलि देनी पड़ती थी। यह परिवर्तन चूहेख़ाने के वातावरण के समानकारी प्रभाव से अपने आप ही होता रहता था और चूहेमारों को ख़बर तक नहीं होती कि वे कब और कैसे बिलकुल बदल गए।

पर चूहेमार आख़िर थे तो इंसान ही। बहुत कुछ बदलने और चूहेमार के चौखटे में फिट होने के बाद भी भावनाओं से बिलकुल मुक्त नहीं हो पाते थे। मोटे तौर पर तो कहा जा सकता था कि चूहेख़ाने में कुछ अर्से तक रहने के बाद ही वे इंसान से चूहेमार बन जाते थे। पर इंसान से चूहेमार बनने की यह प्रक्रिया थोड़ी पेचीदा थी और जब तक यह प्रक्रिया पूरी नहीं हो जाती थी तब तक चूहेमार न तो पूरी तरह चूहेमार ही बन पाता था और न ही पूरी तरह इंसान ही रह पाता था। सौ फ़ीसदी चूहेमार बन जाने पर भी अक्सर उसके भीतर का आदमी उस पर हावी होने लगता था। चूहेमार का फ़ायदा भी दरअसल इसी बात में था कि वह इंसान को चूहेमार पर हावी न होने दे। पर राख में दबी हुई चिनगारी की तरह कभी उसके भीतर का इंसान उभर आता और वह चूहेख़ाने में ऐसा आचरण करने लगता जिसकी आशा चूहेमारों से नहीं की जाती थी।

जब किसी छोटे चूहेमार को कोई बड़ा चूहेमार दूसरे छोटे चूहेमारों की अपेक्षा अधिक पसन्द करने लगता तो छोटे चूहेमारों में खलबली मच जाती थी। वे उससे मन-ही-मन जलने लगते। उसके सामने तो कुछ न कहते, पर पीठ-पीछे उसकी ख़ूब निन्दा करते। छोटे चूहेमार सब कुछ बर्दाश्त कर सकते थे लेकिन यह सहन नहीं कर सकते थे कि बड़े चूहेमार की किसी छोटे चूहेमार पर विशेष कृपा-दृष्टि हो। यह मनोवृत्ति उन छोटे चूहेमारों की भी थी जो तीस-तीस साल से चूहेख़ाने में काम कर रहे थे। ईर्ष्याभाव किसी भी स्थिति में उनका साथ नहीं छोड़ता था। हालाँकि चूहेख़ाने के नियमों के अनुसार कोई बड़ा चूहेमार किसी छोटे चूहेमार को दूसरे छोटे चूहेमारों से ज़्यादा पसन्द करने का हक़दार नहीं था। बड़े चूहेमार की दृष्टि में तमाम छोटे चूहेमार एक-से थे। वे कोई पक्षपात नहीं कर सकते थे। छोटे चूहेमारों से व्यवहार करते समय उन्हें हमेशा एक दूरी बनाए रखनी पड़ती थी। वे उनसे ज़्यादा घुल-मिल नहीं सकते थे। बड़े चूहेमारों और छोटे चूहेमारों के बीच एक ख़ास तरह की दूरी और अलगाव का होना बहुत ज़रूरी माना जाता था।

छोटे चूहेमारों का सारा भविष्य बड़े चूहेमारों के रवैये पर निर्भर था। वे ही इनके भाग्य के विधाता थे। छोटे चूहेमारों के प्रति तटस्थ और निर्वैयक्तिक दृष्टिकोण रखने के लिए यह ज़रूरी था कि वे इनसे ज़्यादा मेल-जोल न रखें। बड़े चूहेमार साल के आख़िर में अपने मातहत छोटे चूहेमारों के काम का मूल्यांकन करते थे।

साल-भर के काम का यह लेखा-जोखा बड़ा महत्त्व रखता था। इस सिलसिले में बड़े चूहेमार छोटे चूहेमारों की कारगुज़ारी के बारे में जो कुछ लिख देते वह भाग्य-रेखा की तरह अटल होता। उसके ख़िलाफ़ कहीं कोई सुनवाई नहीं होती थी। सुनवाई का सवाल ही कहाँ उठता था जब छोटे चूहेमारों को बहुत दिनों तक इसकी ख़बर भी नहीं होती थी। चूहेख़ाने की दृष्टि में यह लेखा-जोखा बिलकुल निष्पक्ष और वस्तुपरक होता था। यानी बड़े चूहेमारों की सम्मति छोटे चूहेमारों की वर्ष-भर की कारगुज़ारी का बिलकुल सच्चा और वास्तविक नक़्शा पेश करती थी। इसलिए इसके ग़लत होने या इस पर आपत्ति करने का सवाल ही नहीं उठता था।

पर छोटे चूहेमारों का दृष्टिकोण थोड़ा अलग था। उनका विचार था कि उनके काम का लेखा-जोखा दरअसल उनके काम पर आधारित नहीं होता। उसमें बहुत-सी ऐसी बातों का दख़ल होता है जिनका चूहेख़ाने के काम से कोई ताल्लुक़ नहीं है। लेकिन यह एक ऐसा दावा था जिसे वे साबित नहीं कर सकते थे, यद्यपि इसकी सत्यता में उन्हें पूर्ण विश्वास था। आख़िर वे साबित भी किस तरह कर सकते थे जब बड़े चूहेमार और बातों का उल्लेख ही नहीं करते थे। उनकी सम्मति तो सिर्फ़ चूहे मारने की योग्यता के बारे में होती थी। जैसे "चूहे मारने में ठीक-ठाक है," "चूहे मारने में उत्कृष्ट," "बहुत समझ-बूझकर चूहे मारता है," "बहुत उच्चकोटि का चूहेमार है," "साधारण कोटि का चूहेमार है," "सन्तोषजनक ढंग से चूहे मार लेता है" इत्यादि।

प्राय: ये सम्मतियाँ लगभग एक-सी लगती थीं। परन्तु इनमें परस्पर बड़ा सूक्ष्म भेद था। इस प्रकार के प्रत्येक वाक्य का अपना विशेष अर्थ था जो अक्सर उसके अभिधार्थ से काफ़ी भिन्न होता था। मिसाल के तौर पर "सन्तोषजनक ढंग से चूहे मार लेता है" का सीधा अर्थ तो यही लिया जा सकता है कि चूहे मारने के लिए जितनी योग्यता अपेक्षित है वह चूहेमार में मौजूद है। पर दरअसल इसका अर्थ

यह नहीं होता था। इसका अर्थ होता था कि चूहेमार का काम बस सन्तोषजनक है अर्थात् कोई ख़ास अच्छा नहीं है। हाँ, उसका काम इतना ख़राब भी नहीं है कि चूहेख़ाने से उसे निकाल बाहर किया जाए। चूहेमारों के काम के बारे में दी जानेवाली सम्मतियों की शब्दावली और शब्द-योजना सुस्पष्ट और सुनिश्चित होते हुए भी कई प्रकार की अर्थ-छायाओं से युक्त होती थी।

छोटे चूहेमारों में अक्सर ही इन बातों को लेकर बहस-मुबाहसे चलते रहते थे। छोटे चूहेमारों का आमतौर पर यही ख़याल था कि बड़े चूहेमारों की सम्मतियाँ कारगुज़ारी को देखकर नहीं, बल्कि व्यक्ति को देखकर दी जाती हैं। इसी कारण से छोटे चूहेमार बड़े चूहेमारों को ख़ुश करने और उनकी हिदायतों पर अमल करने में कोई कसर नहीं छोड़ते थे। उनकी मानसिक स्थिति बड़े चूहेमारों की मानसिक स्थिति से नियंत्रित होती थी। अगर बड़ा चूहेमार ख़ुश है तो छोटा चूहेमार ख़ुश है। वह नाराज़ है तो यह भी दुखी है। बड़े चूहेमार की एक मुस्कराहट छोटे चूहेमार के बड़े-से-बड़े दुख हर लेती थी। इन सम्बन्धों का असर छोटे चूहेमारों के पारिवारिक जीवन पर भी पड़ता था। चूहेख़ाने से घर लौटने पर छोटे चूहेमार अपने बाल-बच्चों के साथ कैसा व्यवहार करते हैं, यह इस बात पर निर्भर था कि बड़े चूहेमार ने दिन में उनके साथ कैसा व्यवहार किया है। इस तरह बड़े चूहेमारों की अमलदारी केवल चूहेख़ाने तक सीमित नहीं थी। वह छोटे चूहेमारों के घरों तक फैली हुई थी।

उसे चूहेख़ाने का वातावरण अक्सर राजतंत्र की तरह पेचीदा और षड्यंत्रपूर्ण लगता था जहाँ शब्द अपने सरल, सीधे-सादे और प्रत्यक्ष अर्थ खो देते हैं। इस वातावरण को समझने में बहुत समय लग जाता है। वास्तव में इसे पूरी तरह समझ पाना कभी सम्भव नहीं होता। शुरू-शुरू में वह शब्दों के सीधे अर्थ ही ग्रहण करता था। उसकी गहराइयों में उतरने की न तो कोई आवश्यकता महसूस होती थी और न ही उसमें इसकी सामर्थ्य थी। धीरे-धीरे वह समझने लगा कि शब्दों के कुछ ऐसे अर्थ भी होते हैं जो वास्तव में उन शब्दों में नहीं होते। सभी चूहेमार बज़ाहिर आपस में बड़ा मैत्री भाव रखते थे और आपस की बातचीत में जिन शब्दों का व्यवहार करते थे उनसे बड़े सद्भाव की सुगन्ध आती थी। आरम्भ में इस स्थिति से बड़ी ख़ुशी महसूस हुई

थी। उसने सोचा था, क्या हुआ जो चूहे मारने का काम मिला। काम गन्दा सही, लेकिन लोग तो अच्छे हैं। आपस में कितना भाईचारा है। एक-दूसरे के प्रति कितना स्नेहभाव है। दरअसल वह चूहेख़ाने में बहुत डरते-डरते और बड़ी आतंकित स्थिति में दाख़िल हुआ था। जाने उसके साथ कैसा व्यवहार किया जाए। एक नई, सर्वथा अपरिचित दुनिया के प्रति मन में जो भय होता है वह उसके मन में भी था। लेकिन चूहेख़ाने में आने के बाद तुरन्त ही उसे महसूस होने लगा कि उसका भय बिलकुल निराधार था। सभी चूहेमार उससे अच्छी तरह से मिले। किसी ने उसे आतंकित करने या परेशान करने की कोशिश नहीं की। लेकिन जल्दी ही उसे मालूम हो गया कि मैत्री का यह वातावरण बहुत ही नक़ली और झूठा है। इस नक़ली वातावरण के भीतर घोर शत्रुता और दुश्मनी के कीड़े कुलबुला रहे हैं। दोस्ती और मुहब्बत से भरे जुमलों के आवरण में छिपे हुए उन कीड़ों को न देख पाने का सीधा मतलब था कि चूहेख़ाने में गुज़र होना मुश्किल है।

असलियत की तह तक पहुँचने में कोई चूहेमार दूसरे चूहेमार की मदद नहीं करता था। हर चूहेमार अपने अनुभव से ही इस निष्कर्ष पर पहुँचता था और ख़ुद भी वैसा ही आचरण करने लगता था जैसा कि दूसरे चूहेमार करते थे। कभी-कभी उसे यह स्थिति बहुत खलने लगती। क्या यह सम्भव नहीं है कि इस आवरण को नोच फेंका जाए। मन में सद्भाव नहीं है तो ऊपर से इसका दिखावा करने की क्या आवश्यकता है। पर ऐसे विचार क्षणिक होते। वह स्वयं महसूस करने लगता कि चूहेख़ाने में चूहेमार जो कुछ करते हैं वही सहज है, वही स्वाभाविक है। उससे हटकर जो कुछ किया जाएगा वह असहज होगा, असामान्य होगा और इसीलिए उपहासजनक भी। लेकिन क्या दूसरे चूहेमारों के मन में भी क्षण-भर के लिए ही सही, ऐसे विचार उठते हैं? उसने कई बार अपने साथी चूहेमारों के मन को टटोलने की कोशिश की। उसे यही महसूस हुआ कि कोई और चूहेमार ऐसी ऊटपटाँग बातें नहीं सोचता।

सब उसकी बातों को सुन-भर लेते और मुस्कराकर रह जाते जैसे उसकी बातों में कोई वज़न ही न हो, जैसे उसकी बातें किसी नादान बच्चे की बातें हों, जिसे दुनिया और उसके लोगों का कुछ पता नहीं होता। तब उसे अपने आप पर झुँझलाहट होती। उसे लगता, चूहेख़ाने के माहौल के मुताबिक़ वह ख़ुद को अब

तक नहीं बना सका है और यह बड़ी असन्तोषजनक स्थिति है। वह चूहेमारों की मानसिक स्थिति और मनोवृत्ति के बारे में तटस्थ भाव से सोचने की कोशिश करता और अनायास ही उसे बचपन की एक घटना याद आ जाती। तब वह आठ-नौ साल का रहा होगा। आम बच्चों की तरह पतंग उड़ाने और कटी हुई पतंग लूटने का उसे भी बहुत शौक़ था। एक बार एक कटी पतंग लूटने के लिए वह बेतहाशा भाग रहा था। लेकिन एक लड़का तीन-चार क़दम उससे आगे था। पतंग इस लड़के की पकड़ में आनेवाली ही थी कि उसने पीछे से लंगी मार दी। लड़का मुँह के बल गिर पड़ा। उसने आगे बढ़कर पतंग लूट ली थी।

उसे लगता, चूहेख़ाने में भी कटी हुई पतंगें लूटने का सिलसिला है और जो आगे है उसे पीछे खींचने और ख़ुद आगे बढ़ जाने की युक्ति उसी तरह सही है जिस तरह उसका आगे दौड़ते हुए लड़के को लंगी मारना सही था। सब चूहेमार पतंग लूटने के लिए दौड़ रहे थे। लेकिन पतंगें बहुत थोड़ी थीं और चूहेमार बहुत थे। दो-चार को ही पतंगें मिलतीं। बाक़ी थक-हारकर बैठ रहते। क्षण-भर के लिए उनके मन में विक्षोभ और विरोध की भावना उभरती, फिर इस तरह शान्त हो जाती कि पराजय का एहसास तक बाक़ी न रहता। चूहेमारों में जहाँ ईर्ष्या भाव अधिक था, वहाँ उनकी सहन-शक्ति भी असीम थी। बड़े-से-बड़े अपमान, बड़ी-से-बड़ी यंत्रणा, बड़ी-से-बड़ी हार को झेल लेने का उनमें अद्‌भुत सामर्थ्य था। इसमें शक नहीं कि ऐसी समस्त प्रतिकूलताएँ और विषमताएँ उनके व्यक्तित्व पर अपना प्रभाव छोड़ जाती थीं। पर यह प्रभाव बहुत थोड़ी मात्रा में निरन्तर दिए जानेवाले विष की तरह उनके शरीर और आत्मा में घुलता रहता था।

बड़े चूहेमार और छोटे चूहेमार के सम्बन्ध के बारे में सोचते रहने पर उसके दिमाग़ में आम की चूसी हुई गुठली का चित्र आ जाता था जिससे अनगिनत मक्खियाँ चिपकी रहती हैं। चूसी हुई गुठली में इतनी मिठास कहाँ रहती है कि सब मक्खियों को तृप्त कर सके। बड़े चूहेमारों के लिए भी यह सम्भव नहीं था कि वे सभी छोटे चूहेमारों को सन्तुष्ट कर सकें। वे थोड़े-से चूहेमारों को ही फ़ायदा पहुँचा सकते थे और इन थोड़े-से चूहेमारों का चुनाव उन्हें बहुत बड़ी भीड़ में से करना पड़ता था। यह कोई आसान काम नहीं था। जहाँ तक चूहे मारने का सम्बन्ध है सभी छोटे चूहेमार लगभग समान कुशलता से यह काम कर लेते थे। उन्नीस-बीस

का अन्तर हो सकता है। वास्तव में इससे अधिक फ़र्क़ नहीं था। पर छोटे चूहेमारों के काम की टीका-टिप्पणी करते समय यह दृष्टिकोण अपनाना सम्भव नहीं था। इस दृष्टिकोण को अपनाने में एक बड़ा ख़तरा था। इसका मतलब यह होता कि सभी छोटे चूहेमार लगभग एक-सी योग्यता रखते हैं। वस्तुस्थिति तो यही थी। पर सैद्धान्तिक रूप से इसे स्वीकार कर लेने से छोटे चूहेमारों में निश्चिन्तता की भावना पैदा हो सकती थी! वे सोच सकते थे कि चूहे मारने में वे पूरी तरह दक्ष हैं और इस दिशा में उन्हें अधिक प्रयत्न करने की आवश्यकता नहीं है।

चूहेख़ाने का आग्रह था कि चूहेमारों को चूहे मारने की योग्यता निरन्तर बढ़ाते रहना चाहिए। चूहेख़ाना यह मानने को तैयार नहीं था कि चूहे मारने की योग्यता की भी कोई अधिकतम सीमा हो सकती है। उसका ख़याल था कि यह योग्यता निरन्तर बढ़ती रहनी चाहिए और बड़े चूहेमारों का फ़र्ज़ था कि छोटे चूहेमारों में चूहे मारने की योग्यता बढ़ाते रहने की भावना पैदा करें। बड़े चूहेमारों की मुश्किल यह थी कि तटस्थ होकर देखने से उन्हें तमाम छोटे चूहेमार एक-से ही नज़र आते थे। पर चूहेख़ाने की हिदायतों के मुताबिक़ उन्हें तमाम छोटे चूहेमारों को उनकी कारगुज़ारी के आधार पर कई वर्गों में बाँटना पड़ता था। हरेक बड़े चूहेमार को कम-से-कम तीस-पैंतीस छोटे चूहेमारों की कारगुज़ारी पर अपनी सम्मति देनी पड़ती थी और प्रत्येक को उनकी कारगुज़ारी के आधार पर किसी-न-किसी वर्ग में रखना पड़ता था। साल-भर तक किस चूहेमार ने कितने चूहे मारे हैं और इन चूहों को मारने में कब-कब उसने विशेष योग्यता का परिचय दिया है—इन सब बातों को तफ़सील से याद रखना किसी भी बड़े चूहेमार के लिए मुमकिन नहीं था। साल के आख़िर में छोटे चूहेमार के बारे में जो धारणा उसके मन में बनती थी उसके आधार पर ही वह उसकी कारगुज़ारी के बारे में अपनी सम्मति दे देता था।

ज़ाहिर है कि यह सम्मति कारगुज़ारी और चूहे मारने की योग्यता तक सीमित होते हुए भी दरअसल कुछ और बातों पर भी आधारित होती थी। सभी छोटे चूहेमार बड़े चूहेमार के इर्द-गिर्द मँडराते रहते थे। हरेक छोटा चूहेमार यही चाहता था कि बड़े चूहेमार की सम्मति उसके बारे में सबसे अच्छी हो। बड़े चूहेमार की दृष्टि में ख़ुद को सबसे अच्छा चूहेमार साबित करने के लिए यह ज़रूरी था कि वह दूसरे छोटे चूहेमारों को बड़े चूहेमार की नज़रों से गिराने की भरपूर कोशिश करे। इस तरह

तमाम छोटे चूहेमार बड़े चूहेमार को अपनी तरफ़ खींचने की कोशिश में लगे रहते थे। यह उनके लिए ज़िन्दगी और मौत का सवाल था। बड़ा चूहेमार उनकी मुट्ठी में आ जाए तो उनका बेड़ा पार हो सकता है। इसके बग़ैर उनका कोई भविष्य नहीं है। एक रस्साकशी थी जो दिन-रात चूहेख़ाने में चलती रहती थी। ऐसी हालत में बड़े चूहेमार के लिए तटस्थ होकर सोच पाना सचमुच बड़ा कठिन था। फिर बड़े चूहेमार की अपनी दूसरी चिन्ताएँ और ज़िम्मेदारियाँ भी थीं। छोटे चूहेमार की कारगुज़ारी पर सम्मति देना तो उसके अनगिनत कामों में से एक काम था।

बड़ा चूहेमार भी कोई निरंकुश शासक नहीं था। उसके ऊपर उससे भी बड़े चूहेमार थे जिनको उसे ख़ुश रखना पड़ता था, जिस तरह छोटे चूहेमार उसे ख़ुश रखने की कोशिश करते थे। बड़ा चूहेमार भी अपने ऊपर के बड़े चूहेमार से उसी तरह त्रस्त रहता था जिस तरह छोटे चूहेमार उससे त्रस्त रहते थे।

इस दृष्टि से देखने पर बड़ा चूहेमार भी उसे बहुत दयनीय दिखाई देता। उसे लगता, चूहेख़ाने में कोई भी सर्वशक्ति-सम्पन्न नहीं है। सबकी अपनी-अपनी परिसीमाएँ हैं। सम्पूर्ण प्रभुत्व अगर है तो केवल उन नियम-क़ायदों का जिन्हें चूहेख़ाने की मान्यता मिली हुई है। इन नियम-क़ायदों के अनुसार जो कुछ होता है वह ठीक है। इनकी अवहेलना करते हुए जो कुछ किया जाए वह ग़लत है, अमान्य है।

चूहेख़ाने की दिनचर्या ऐसी थी कि बहुत दिनों तक उसे 'ग' का ख़याल तक नहीं आया। चूहे इस तरह दिमाग़ पर छाये रहते थे कि अक्सर अपने बारे में भी सोचने की फ़ुरसत न मिलती थी। ठीक-ठीक याद भी नहीं आ रहा था कि उससे कब मुलाक़ात हुई थी। शायद कई महीने गुज़र चुके थे। जाने वह किस हाल में है। पिछली बार जब वह मिला था तो बहुत परेशान दिखाई दिया था। चूहेख़ाने में फिर काम करने को राज़ी होने का मतलब ही यह था कि वह हर तरफ़ से नाउम्मीद हो चुका है। महज़ तसवीरें बनाने से पेट तो नहीं भर सकता। तसवीरों के ग्राहक भी तो होने चाहिए। मुश्किल यह थी कि 'ग' के चित्र किसी को पसन्द ही नहीं आते थे। पसन्द भी कैसे आएँ, जब उनकी समझ में ही नहीं आते। चित्र पसन्द न आएँ तो लोग ख़रीदें क्यों? तसवीरें तो शौक़ की चीज़ हैं। इन्हें ख़रीदना कोई ज़रूरी तो

है नहीं। और जब ख़रीदना ही हो तो लोग ऐसी तसवीरें क्यों न लें जो उनकी समझ में आ सकती हों। 'ग' के चित्र जब लोगों की समझ में ही नहीं आते तो उन पर वे अपना पैसा क्यों ख़र्च करें। अगर 'ग' की यह बात मान भी ली जाए कि जो लोग तसवीरें ख़रीदते हैं उनके पास पैसा तो होता है लेकिन दिमाग़ नहीं होता, तो भी इससे यह कहाँ सिद्ध होता है कि उन्हें 'ग' की तसवीरें ख़रीदनी चाहिए। माना कि उनमें चित्रों को समझने की योग्यता नहीं होती और वे चित्र सिर्फ़ इसलिए ख़रीदते हैं कि समाज में उन्हें कला का गुणग्राही और पारखी समझ लिया जाए। ऐसी स्थिति में उनके लिए और भी आवश्यक हो जाता है कि वे ऐसे चित्रकारों की कृतियाँ ख़रीदें जो प्रसिद्ध हों, जिन्हें समाज जानता हो। 'ग' को समाज नहीं जानता। कला की दुनिया में उसका कोई नाम नहीं है। उसके चित्रों से घर को सजाना मूर्खता नहीं तो और क्या है। समाज में जो प्रतिष्ठित है, उसकी प्रतिष्ठा को स्वीकारने और उसका सम्मान करने से ही आप समाज में समादृत हो सकते हैं, उसकी निन्दा या उपेक्षा करने से नहीं।

इस विषय पर 'ग' से उसकी अक्सर ख़ूब बहस होती। वह ऐसी खरी-खरी सुनाता कि 'ग' तिलमिला उठता। उसे बाद में दुख भी होता। उसे अपने आप पर आश्चर्य होता कि 'ग' के प्रति वह इतना निर्मम क्यों हो जाता है, जबकि वह भीतर से कहीं उसे बहुत पसन्द भी करता है। उसे लगता, 'ग' ख़याली और काल्पनिक दुनिया में रहता है जिसका असली दुनिया से कोई वास्ता नहीं है। उसे उसकी आत्म-प्रवंचना पर ग़ुस्सा आ जाता। 'ग' वास्तविकताओं से आँखें क्यों नहीं मिला सकता? लेकिन 'ग' के पास अगर उसकी यह ख़याली दुनिया भी न हो, आत्म-प्रवंचना भी न हो तो वह जीवित कैसे रह सकता है। जीने के लिए उसे शक्ति कहाँ से मिल सकती है। बाहर की दुनिया उसके अस्तित्व को स्वीकार नहीं करती। यदि वह स्वयं भी अपने अस्तित्व को स्वीकार न करे तो उसे सहारा कहाँ से मिल सकता है?

'ग' के प्रति उसका रुख़ एक-सा नहीं रहा है। यह उसने हमेशा महसूस किया है। कभी तो वह उससे बहुत लगाव महसूस करता है और कभी उसके प्रति निर्मम हो जाना ही उसे अच्छा लगता है। अलग-अलग क्षणों में ये दोनों स्थितियाँ ही उसे सहज लगती हैं। शायद उसके अन्दर भी एक 'ग' था जो मर चुका है पर जो उसे अब भी आकृष्ट करता है। शायद उसके अन्दर का 'ग' मरा नहीं है। शायद वह

अब भी जीवित है। वह अब तक क्यों नहीं मरा, यह सोचकर उसे झुँझलाहट होती है, क्रोध आता है। 'ग' के प्रति जो लगाव वह महसूस करता है.उसका केन्द्र-बिन्दु शायद वह स्वयं है, 'ग' नहीं।

चूहेख़ाने में ही उसने सोच लिया था कि वह आज 'ग' से मिलने ज़रूर जाएगा। पिछली बार 'ग' ने उससे चूहेख़ाने में दुबारा काम करने की इच्छा प्रकट की थी तो उसने उसे कोई जवाब नहीं दिया था। जवाब देने की स्थिति में वह था भी कहाँ? तीसरे दर्जे का छोटा चूहेमार इसमें क्या सहायता कर सकता है? उसके बस में कुछ था ही नहीं। छोटे चूहेमारों की नियुक्ति बड़े चूहेमार करते हैं। किसी भी बड़े चूहेमार से उसकी इतनी घनिष्ठता नहीं थी कि उससे कह सकता। फिर छोटे चूहेमारों की जगह भी बहुत कम ख़ाली होती हैं। और जगहें ख़ाली होती भी हैं तो उनके लिए वह रस्साकशी होती है कि कुछ न पूछिए। एक जगह हो तो हज़ारों उम्मीदवार उसके लिए लालायित रहते हैं। छोटे चूहेमारों के सगे-सम्बन्धियों को तो कोई पूछता ही नहीं। बड़े चूहेमारों के अपने उम्मीदवारों के लिए ही चूहेख़ाने में काफ़ी जगहें नहीं होतीं। ऐसी स्थिति में दूसरों के लिए क्या उम्मीद हो सकती है।

फिर भी बहुत निकट के एक-दो छोटे चूहेमारों से उसने 'ग' का ज़िक्र किया था। लेकिन मुश्किल यह थी कि 'ग' से कोई भी चूहेमार ख़ुश नहीं था। जिसने भी सुना उसने कानों पर हाथ धर लिये। और सिर्फ़ छोटे चूहेमार ही 'ग' से रुष्ट होते तो एक बात भी थी। बड़े चूहेमार भी 'ग' से नाराज़ थे। किसी छोटे चूहेमार की हिम्मत नहीं थी कि बड़े चूहेमार से 'ग' की सिफ़ारिश कर सके।

वह घर पहुँचा तो उसकी बहन ने कहा कि उसके स्कूल में संगीत का कार्यक्रम है जो रात-भर चलेगा। उसकी बहन चाहती थी कि वह भी चले। लेकिन वह 'ग' से मिलना चाहता था। यह भी अच्छा हुआ, उसने सोचा। घर लौटने की कोई जल्दी नहीं रहेगी। वह दिल खोलकर 'ग' से बातें कर सकता है।

चायख़ाना हमेशा की तरह खचाखच भरा हुआ था। उसने चारों तरफ़ निगाह दौड़ाई। 'ग' कहीं दिखाई नहीं दिया। कहीं उठकर गया होगा। अभी आ जाएगा। यह सोचकर वह एक कोने में बैठ गया। लोग ज़ोर-ज़ोर से बातें कर रहे थे। सिगरेट के धुएँ और साँसों की गन्ध से वातावरण में बड़ी घुटन थी। फिर भी यहाँ

ज़िन्दगी की हलचल थी जो उसे बहुत अच्छी लगी। चायख़ाने में बैठे तमाम लोग बहुत फटीचर मालूम दे रहे थे। ग़रीबी और संघर्ष ने अपनी अमिट रेखाएँ उनके चेहरों पर अंकित कर रखी थीं। पर उनकी दृष्टि अग्रोन्मुख थी, उसे ऐसा लगा। इस चायख़ाने में 'ग' के ऐसे लोग ही आकर बैठते हैं, जिनके दिमाग़ में 'ग' की तरह कोई-न-कोई फ़ितूर होता है।

'ग' का अब तक पता नहीं था। जाने कहाँ चला गया। चायख़ाने का मालिक शायद बता सके। उसने उससे पूछा तो मालूम हुआ कि 'ग' का कई हफ़्तों से कोई पता नहीं है। कहीं शहर छोड़कर तो नहीं चला गया। पर जाने से पहले उसे ज़रूर ख़बर करता। 'ग' शहर से दूर एक गन्दी बस्ती में रहता था। वह वहाँ कभी नहीं गया था। उससे हमेशा इसी चायख़ाने में भेंट होती थी। 'ग' दिन-भर सड़कों की ख़ाक छानता रहता या इस चायख़ाने में बैठा रहता। बहुत रात गए घर लौटता। ऐसे आदमी के घर जाने का क्या फ़ायदा। 'ग' के बारे में उसे अब चिन्ता होने लगी थी। इतने दिनों तक वह कहाँ ग़ायब रह सकता है। कहीं बीमार न हो। पिछली बार जब मिला था तो बहुत कमज़ोर और बीमार दिखाई देता था। उसके घर ही जाना होगा। शायद घर पर भी न मिले। लेकिन पास-पड़ोस से कुछ हाल तो मालूम हो जाएगा।

तीन

सचमुच बड़ी गन्दी बस्ती थी यह। बीच से एक गन्दा नाला बहता था। उसके दोनों तरफ़ टूटे-फूटे मिट्टी के घर थे। बदबू से उसका सिर चकराने लगा। ऐसे ग़लीज़ माहौल में भी लोग रहते हैं। जाने 'ग' कैसे रहता है यहाँ? यहाँ तो साँस लेना भी मुश्किल है। चूहेख़ाने ने चूहेमारों के लिए बड़ी साफ़-सुथरी बस्तियाँ बना रखी थीं। 'ग' का घर उसे आसानी से मिल गया। आवाज़ देने पर एक दुबली-पतली औरत बाहर निकली। लालटेन की मद्धिम रोशनी में उसका चेहरा साफ़ दिखाई नहीं दे रहा था। फिर भी उसके चेहरे पर दुख की छाप देखी जा सकती थी। उम्र कुछ ज़्यादा नहीं थी, लेकिन लगता था, कष्ट और दुख ने उसकी उम्र में कुछ वर्ष जोड़ दिए

हैं। यह औरत कौन हो सकती है। 'ग' ने तो कभी उससे किसी औरत का ज़िक्र नहीं किया था।

"मैं 'ग' से मिलना चाहता हूँ।" उसने स्त्री से कहा।

"अन्दर आ जाइए।" स्त्री इतना कहकर पीछे मुड़ गई।

वह उसके पीछे-पीछे चलने लगा। छोटी-सी अँगनाई पार करके दोनों एक बोसीदा तंग कोठरी में दाख़िल हुए। अन्दर बहुत घुटन थी। दीवार में मिट्टी के रद्दे जगह-जगह से उखड़ गए थे, जिससे दीवार में गड्ढे पड़ गए थे। सीलन की गन्ध से कोठरी में क्षण-भर रहना भी मुश्किल लग रहा था। जाने 'ग' इस माहौल में कैसे रहता है, उसने मन में सोचा। कोठरी में एक खाट रखी थी जिस पर मैला-कुचैला बिस्तर बिछा था। एक तरफ़ चटाई पर रंग के डिब्बे और बुरुश बिखरे पड़े थे। सामने दीवार से एक अधूरी तसवीर टिकी हुई थी। लगता था तसवीर बनाते-बनाते 'ग' अभी उठकर बाहर गया है। इसी बीच स्त्री ने बिस्तर झाड़कर ठीक कर दिया था। उसने लालटेन एक स्टूल पर रख दी थी।

"बैठिए।" स्त्री ने खाट की तरफ़ इशारा करते हुए कहा और वह ख़ुद नीचे चटाई पर बैठ गई।

" 'ग' शायद बाहर गया है। कब तक लौटने की उम्मीद है?" उसने खाट पर बैठते हुए पूछा।

स्त्री ने कोई उत्तर नहीं दिया। वह चटाई का कोई तिनका तोड़ने की कोशिश में लगी रही। लालटेन की रोशनी उसके चेहरे पर पड़ रही थी। उसका रंग साँवला था। बहुत दुबली-पतली और लम्बोतरा चेहरा। वह किसी भी दृष्टि से ख़ूबसूरत नहीं कही जा सकती। पर उसकी आँखें बड़ी-बड़ी थीं और उनमें एक अजीब-सी उदासी थी, जिससे उसका चेहरा कुछ आकर्षक दिखाई देता था।

"आप चूहेख़ाने में काम करते हैं न?" स्त्री कुछ देर चुप रहने के बाद बोली।

"जी हाँ। पर आप कैसे जानती हैं? हम दोनों शायद पहली बार मिले हैं।"

"जी हाँ। मैंने आपको इससे पहले कभी नहीं देखा। लेकिन 'ग' अक्सर आपका ज़िक्र करता था।" स्त्री ने होंठों पर एक उदास मुस्कुराहट लाते हुए कहा।

"ज़िक्र करता था, क्या मतलब? क्या वह कहीं चला गया है? आपका उससे क्या रिश्ता है?" उसने आश्चर्य से पूछा।

"मैं अभी सब कुछ बताती हूँ। दरअसल मैं ख़ुद आपके पास आना चाहती थी।" स्त्री इतना कहकर ख़ामोश हो गई और बाहर अँधेरे में देखने लगी।

उसे यह मौन बहुत खलने लगा। जाने यह स्त्री 'ग' के बारे में क्या समाचार सुनाने जा रही है। कहीं 'ग' चल तो नहीं बसा। अक्सर 'ग' के बारे में सोचते हुए उसे लगा था कि वह किसी रोज़ एकाएक ही इस दुनिया से चल बसेगा। जिस तरह उसका व्यक्तित्व असाधारण है, उसी तरह उसकी मौत भी असाधारण होगी। 'ग' के विषय में साधारण, सहज मृत्यु की कल्पना उसके लिए कठिन होती थी। 'ग' ने उससे एक बार कहा भी था, "जब तक मैं जीने के लिए स्वयं को विवश महसूस करता हूँ तब तक ही मैं जीवित रहना चाहता हूँ।"

"आपको यह सुनकर दुख होगा कि 'ग' ने आत्महत्या कर ली।" स्त्री आख़िरकार मौन को तोड़ते हुए बोली।

तो उसका अनुमान सही था। 'ग' असाधारण रूप से जीया और असाधारण रूप से मरा। उसे इसी तरह मरना भी चाहिए था। 'ग' अगर उस तरह से मरता जिस तरह से हज़ारों-लाखों आदमी मरते हैं तो उसे शायद आश्चर्य होता। वह जैसे यह ख़बर सुनने के लिए तैयार बैठा था। फिर भी उसे लगा कि 'ग' की मौत से उसके जीवन में एक शून्य आ गया है जो शायद कभी दूर न हो सके। चूहेख़ाने में बहुत दिनों तक दोनों साथ रहे थे। चूहेख़ाना छोड़ देने के बाद भी 'ग' से उसका सम्पर्क बना रहा। चूहेख़ाने की ज़िन्दगी जब उसके लिए असह्य होने लगती तो वह 'ग' की तरफ़ भागता था। उससे मिलकर, उसकी बातें सुनकर उसे अपनी ज़िन्दगी में भी कुछ ताज़गी, कुछ नएपन का एहसास होने लगता। उसके जीवन की एकरसता टूटने लगती। शायद 'ग' में कुछ ऐसा था जो कभी उसमें भी रहा था लेकिन अब नहीं था। इस कमी का एहसास उसे 'ग' की तरफ़ भागने पर मजबूर करता था। 'ग' में उसे शायद वह सब कुछ नज़र आता था जो वह स्वयं बनना चाहता था लेकिन बन नहीं सका था।

"मुझे बहुत अफ़सोस है। 'ग' मेरा बड़ा अच्छा मित्र था। उसने आत्महत्या क्यों कर ली?" उसने स्त्री से पूछा।

"आप तो 'ग' को बहुत दिनों से जानते हैं?" स्त्री ने उसके सवाल का जवाब देने की बजाय उससे सवाल कर दिया।

"जी हाँ, मैं उसे बहुत दिनों से जानता हूँ। चूहेख़ाने में तो वह साल-डेढ़ साल ही रहा। लेकिन उसके बाद भी हम दोनों अक्सर मिलते रहे। पर यह कैसी अजीब बात है कि हम दोनों कभी भी एक-दूसरे के घर नहीं गए। और आज जब मैं उसके घर आया हूँ तो वह इस दुनिया में नहीं रहा।"

"लेकिन 'ग' की ज़िन्दगी क्या कुछ कम अजीब थी?" स्त्री कुछ देर के लिए रुकी और उसकी तरफ़ देखने लगी जैसे उससे अपनी बात का समर्थन चाहती हो। उसके मौन को सहमति समझते हुए स्त्री ने अपनी बात जारी रखी, "डेढ़-दो साल की अवधि कोई लम्बी अवधि तो नहीं होती। पर इस अर्से में 'ग' को समझने की मैंने बहुत कोशिश की। अक्सर मुझे ऐसा लगा भी कि मैं उसे पूरी तरह समझती हूँ। पर यह मेरी भूल थी। जब कभी मुझे यह भ्रम होता कि मैंने उसे समझ लिया है तो कोई ऐसी बात ज़रूर हो जाती जिससे मेरा भ्रम चकनाचूर हो जाता। मुझे बहुत आघात पहुँचता। लेकिन 'ग' से अलग होना, उसका साथ छोड़ देना मेरे लिए सम्भव न होता। उन क्षणों में भी जब 'ग' के लिए मेरे मन में अत्यधिक घृणा होती मेरे लिए उसे छोड़ने का निर्णय करना मुश्किल हो जाता। मुझे यह सब सोचकर ख़ुद बड़ा आश्चर्य होता है।

"जब मैं स्वयं को ही नहीं समझ पा रही थी तो दूसरे व्यक्ति को समझने का दावा कितना ग़लत था। पर यह सब तो मैं अब सोचती हूँ। 'ग' जब जीवित था तो मैं अपने बारे में सोच ही नहीं पाती थी। वह मुझ पर इस तरह हावी हो गया था कि तटस्थ होकर अपने बारे में या उसके बारे में भी कुछ सोच सकना मेरे लिए मुमकिन नहीं था। आप यक़ीनन 'ग' को कहीं ज़्यादा अर्से से जानते हैं। लेकिन उसे जितने निकट से जानने-समझने का अवसर मुझे मिला उतना शायद आपको नहीं मिला। आपने तो उसका दबा हुआ रूप ही देखा है। आप कल्पना नहीं कर सकते कि अपने असली रूप में वह कितना क्रूर और निर्मम था।"

"शायद आपका ख़याल सही हो। 'ग' की निर्ममता के बारे में मैं कोई कल्पना नहीं कर सकता। विषम परिस्थितियों से लड़ते और इस संघर्ष में टूटते हुए व्यक्ति का जो रूप हो सकता है वही रूप मेरे सामने रहा है। उसका साहस, तेज़ आँधी में भी अपना दीया जलाये रखने की उसकी कोशिश—चाहे यह कोशिश कितनी ही बालोचित और मूर्खतापूर्ण क्यों न हो—मेरे लिए आकर्षण का बिन्दु रही है। 'ग'

चाहता तो चूहेख़ाने में रह सकता था। चूहेख़ाने में और चाहे कुछ न हो लेकिन रोटी की समस्या वह हल कर देता है। चूहेख़ाने से निकलने के बाद 'ग' को हमेशा आर्थिक कष्टों का सामना करना पड़ा। मैंने चूहेख़ाना छोड़ने को मना किया था। मैं जानता था वहाँ से निकलने के बाद कुछ भी निश्चित नहीं होता। मुझे लगता था, चूहेख़ाने के बाहर की दुनिया और भी बेरहम और बेदर्द है। पर इस दुनिया का अपना आकर्षण भी है। स्वयं मुझे इस दुनिया में छलाँग लगाने की इच्छा हुई है। पर इतना साहस कभी नहीं हो सका कि चूहेख़ाने को छोड़कर इस दुनिया में कूद पड़ूँ। 'ग' में यह साहस था।"

"आप जिसे साहस कहते हैं, मैं उसे बचपना समझती हूँ। 'ग' ने चूहेख़ाने के बारे में बताया था। मैंने उससे कहा था कि चूहेख़ाने का सुरक्षापूर्ण जीवन छोड़कर उसने बड़ी मूर्खता की थी। उसका ख़याल था कि चूहेख़ाने में रहकर वह चित्र बनाने का काम अच्छी तरह नहीं कर सकता था। सवाल समय का नहीं था। चूहे कुछ इस तरह दिमाग़ पर हावी हो जाते थे कि चित्र बनाने की इच्छा ही नहीं होती थी। मुझे उसकी दलील में कोई वज़न नहीं लगता था। चूहेख़ाने से निकलने के बाद चूहों को अपने ऊपर क्यों हावी होने दिया जाए। ऐसा मानसिक अनुशासन के अभाव के कारण ही हो सकता है। यदि आदमी अपने मन को इस प्रकार अनुशासित कर सके कि चूहेख़ाने में तो वह चूहों के बारे में सोचता रहे लेकिन चूहेख़ाना छोड़ने के बाद उन्हें अपने पास फटकने न दे तो उसे अपनी रुचि के दूसरे काम करने में कोई कठिनाई नहीं होगी। 'ग' को मेरा तर्क ग़लत लगता था। वह कहता था, 'तुमने कभी चूहे मारने का काम नहीं किया। तुम अनुमान नहीं लगा सकतीं। चूहेख़ाने के चूहे तुम्हारा कभी साथ नहीं छोड़ सकते। सोते-जागते वे तुम्हें परेशान करेंगे, रातों की नींद हराम कर देंगे। तुम समझती हो मैंने इन्हें दूर रखने की कोशिश नहीं की। मैंने हमेशा ही इन्हें तुच्छ, महत्त्वहीन और नगण्य माना, इनको उपहास की वस्तु समझता रहा। पर इससे भी कुछ नहीं बना। चूहे मुझसे हमेशा चिपटे रहे। आख़िरकार मैं इसी नतीजे पर पहुँचा कि चूहेख़ाने में रहते हुए चूहों के आधिपत्य से बचना असम्भव है।' मुझे 'ग' का रवैया बच्चों जैसा लगता था। जिस चीज़ के प्रति आप कोई लगाव महसूस नहीं करते वह आपके मन पर किस तरह हावी हो सकती है। आप भी चूहेख़ाने में काम करते हैं। आख़िर चूहेख़ाने के चूहों में ऐसी

क्या बात है कि वे आदमी को इस तरह अपने शिकंजे में जकड़ लेते हैं? क्या वे बहुत ख़ौफ़नाक और भयावह दीखते हैं?" स्त्री ने उसे प्रश्नवाचक दृष्टि से देखा।

"जी नहीं! चूहेख़ाने के चूहे जरा भी ख़ौफ़नाक या डरावने नहीं दीखते। वे तो बहुत मरियल और बेजान नज़र आते हैं। पर बहुत सारे चूहे मिलकर जिस वातावरण की सृष्टि करते हैं या जो प्रभाव उत्पन्न करते हैं वह निस्सन्देह भय का वातावरण या प्रभाव है। मैं यह नहीं कहता कि यह भय उस प्रकार का है जो किसी हिंस्र पशु या किसी ख़ौफ़नाक जानवर को देखकर मन में पैदा होता है। यह भय बहुत अधिक मुखर होता है और इस भय का स्वरूप भी बहुत स्पष्ट होता है। यह भय जिस तीव्रता से मन में उत्पन्न होता है उतनी ही शीघ्रता से लुप्त भी हो जाता है। परन्तु चूहेख़ाने के चूहे मन में जो भय पैदा करते हैं उसका स्वरूप इतना स्पष्ट नहीं होता। अक्सर तो यह महसूस भी नहीं होता कि आपके मन में कोई भय मौजूद है। पर यह आपका साथ कभी नहीं छोड़ता। वास्तव में यह भय कहीं अधिक घातक है। यह शरीर में घुलते हुए ज़हर की तरह सारे व्यक्तित्व में व्याप्त हो जाता है। यह भय सिर्फ़ चूहों का भय बनकर नहीं रहता। हर चीज़ से आदमी डरने लगता है। उन चीज़ों से भी जिनसे दरअसल उसे कोई ख़तरा नहीं होता। मेरे ख़याल में कोई चीज़ अपने आप में ख़ौफ़नाक नहीं होती। जो भी चीज़ आपके दिल में ख़ौफ़ पैदा कर दे वह आपके लिए ख़ौफ़नाक हो जाती है।"

"लेकिन इन चूहों से इतना डर क्यों महसूस होता है? आप ख़ुद कहते हैं कि वे बहुत मरियल और बेजान होते हैं। फिर इनसे डरने का क्या कारण हो सकता है?" स्त्री ने पूछा।

"यह बताना बहुत मुश्किल है। इस भय के कई पहलू हैं। हो सकता है कि मेरे मामले में इस भय का जो पहलू क्रियाशील हो वह दूसरे व्यक्ति के मामले में क्रियाशील न हो। वह किसी और ही पहलू से आक्रान्त हो। चूहेख़ाने के चूहे एकाएक आपको भयभीत नहीं करते। किसी शेर या किसी और हिंस्र पशु को देखकर आपका मन एकाएक दहल उठता है। इन चूहों के मामले में ऐसा नहीं है। शुरू में आदमी इनसे बिलकुल नहीं डरता। थोड़ी उलझन ज़रूर होती है। शुरू-शुरू में वह इन्हें समझने-बूझने की कोशिश करता है। इन्हें मारने की अनगिनत विधियों को समझना पड़ता है। इस प्रक्रिया में थोड़ी-बहुत उलझन होती ही है जो स्वाभाविक

है। जब आदमी चूहों और इन्हें मारने के तौर-तरीक़ों से अच्छी तरह परिचित हो जाता है तो वह महसूस करने लगता है कि इस काम में अब कोई नयापन नहीं रहा। तब वह इन चूहों से ऊबने लगता है। यही ऊब आगे चलकर भय का रूप ले लेती है। परन्तु यह केवल एक रुख़ है। कभी ऐसा भी होता है कि आदमी चूहों से ऊबने की स्थिति से बचने के लिए इनमें अधिक-से-अधिक रुचि लेने की कोशिश करने लगता है। परन्तु वह इन चूहों में जितनी अधिक रुचि लेता है उतना ही वह इनके शिकंजे में फँसने लगता है और एक ऐसी स्थिति आ जाती है जब चूहे पूरी तरह से उसे अपनी सत्ता के घेरे में क़ैद कर लेते हैं। यह स्थिति भी चूहों के प्रति आतंक और भय पैदा कर देती है।

"एक और स्थिति भी है जो 'ग' ने आपको बताई है। चूहों की लाख अवहेलना की जाए, चाहे जितना उपहास किया जाए वे आपका साथ नहीं छोड़ते। आपकी अवहेलना, आपके उपहास से दरअसल उनका कुछ भी नहीं बिगड़ता। उनकी तरफ़ आपका रवैया चाहे कुछ भी हो उन पर कोई असर नहीं पड़ता। चूहों को इसकी जरा भी चिन्ता नहीं होती कि चूहेमार उनके बारे में क्या सोचते हैं। एक दृष्टि से वे चूहेमारों के वश में होते हैं। परन्तु एक दृष्टि से ही ऐसा कहा जा सकता है। देखा जाए तो चूहे अपने आप में कोई महत्त्व नहीं रखते। उनकी कोई स्वतंत्र सत्ता नहीं होती। अपने आप में वे भयावह भी नहीं होते। उनमें उतना दम भी नहीं होता जितना चूहेख़ाने के बाहर के चूहों में होता है। लेकिन अपनी पीठ पर वह एक पूरे तंत्र का बोझ उठाए हुए हैं। इस तंत्र का एहसास होने पर ही उनकी शक्ति और उनकी भयावहता को महसूस किया जा सकता है।"

"आपकी बातें मुझे बहुत अजीब लगती हैं। 'ग' भी चूहेख़ाने के बारे में बड़ी विचित्र बातें कहता था। आप कहते हैं कि ये चूहे अपनी पीठ पर एक पूरे तंत्र का बोझ उठाए हुए हैं। फिर इन्हें मारना क्यों ज़रूरी होता है? यह कितनी हास्यास्पद स्थिति है कि जो चूहे तंत्र को सहारा देते हैं, उसे अपनी पीठ पर उठाए हैं उन्हें ही तंत्र ख़त्म करना चाहता है, उन्हें मारने के लिए इतने सारे चूहेमार रखता है। मुझे तो यह चूहेख़ाना पागलख़ाना जैसी कोई चीज़ लगता है।" स्त्री इतना कहकर हँसने लगी। उसे स्त्री के दाँत बहुत सफ़ेद, चमकदार और ख़ूबसूरत लगे। यह 'ग' को कितना चाहती है, उसने सोचा। 'ग' के बारे में की गई शिकायतों से भी उसका

प्रेमभाव छलका पड़ रहा था। 'ग' बड़ा सौभाग्यशाली था। उसे ईर्ष्या-सी हुई। काश! कोई स्त्री उसे इस तरह चाह सकती।

"आप बुरा तो नहीं मान गए चूहेख़ाने को पागलख़ाना कह देने पर। मैंने मज़ाक़ में कहा था। मैंने चूहेख़ाने में कभी काम नहीं किया और मुझे वहाँ के तौर-तरीक़े मालूम नहीं हैं।"

उसने स्त्री को ग़ौर से देखा। उसका चेहरा फिर गम्भीर बन गया था। लेकिन हँसी जो चमक छोड़ जाती है वह उसके चेहरे पर अब भी दिखाई दे रही थी। स्त्री का चेहरा उसे पहली बार ख़ूबसूरत लगा।

"नहीं, इसमें बुरा मानने की क्या बात है। आप तो चूहेख़ाने में कभी रहीं नहीं। जो लोग चूहेख़ाने में वर्षों से काम कर रहे हैं वे भी यह दावा नहीं कर सकते कि वे चूहेख़ाने को पूरी तरह समझते हैं। चूहेख़ाने का वातावरण ही कुछ ऐसा है। कभी-कभी तो मैं भी महसूस करता हूँ कि चूहेख़ाना एक अच्छा-ख़ासा पागलख़ाना है जहाँ चूहेमार पागलों की तरह चूहे मारने के निरर्थक कार्य में लगे रहते हैं। पर वास्तव में ऐसा नहीं है। पागल जो कहते या करते हैं वह तर्कसंगत और विवेकसम्मत नहीं होता। मेरा मतलब है कि सामान्य अर्थों में और प्रचलित धारणाओं के सन्दर्भ में वह तर्क-संगत और विवेक-सम्मत नहीं होता। ज़ाहिर है कि पागलों के भी अपने तर्क होते हैं, उनका भी अपना विवेक होता है जिसमें उनका पूर्ण विश्वास होता है, जिसके औचित्य के विषय में वे उसी प्रकार आश्वस्त होते हैं जिस प्रकार हम अपने तर्क और विवेक के प्रति आश्वस्त होते हैं। परन्तु चूहेख़ाने में जो कुछ होता है उसे पागलों का व्यापार समझना चूहेख़ाने के तंत्र को न समझ सकने का नतीजा है। चूहेख़ाने के तंत्र के पीछे जो तर्क है वह किसी पागल के दिमाग़ की उपज नहीं कि हमारी समझ में न आ सके। पर यह तंत्र इतना व्यापक है, इसके इतने पक्ष हैं कि इसका सम्पूर्ण बोध जरा मुश्किल से होता है। दरअसल इसे पूरी तरह समझ लेने के बाद भी यह एहसास बाक़ी रहता है कि उसका कोई-न-कोई कोना हमारी आँखों से ओझल रह गया है।

"शायद मैं अपनी बात ठीक ढंग से नहीं कह पा रहा हूँ। मैं एक मिसाल देकर अपनी बात समझाने की कोशिश करूँगा। आपने कोई बड़ा कारख़ाना देखा है? कोई ऐसा कारख़ाना जहाँ हज़ारों आदमी काम करते हैं और बड़ी-बड़ी मशीनें काम में

लाई जाती हैं। वहाँ हर आदमी के ज़िम्मे एक ख़ास काम होता है। वह रोज़ सुबह से शाम तक या शाम से सुबह तक यही काम करता रहता है। उसका सम्बन्ध सिर्फ़ इसी काम से होता है। वह यंत्रवत् यह काम करता रहता है। फ़र्ज़ कर लीजिए कि उसके सामने हज़ारों-लाखों बोतलें निरन्तर गुज़रती रहती हैं। उसका काम है कि जो बोतल गन्दी नज़र आए उसे निकालकर अलग रख दे और बाक़ी बोतलों को आगे गुज़रने दे। वैसे उसे इसकी जानकारी भी होती है कि बोतलें कहाँ से आती हैं और किधर को जाती हैं। लेकिन उसका प्रत्यक्ष सम्बन्ध सिर्फ़ उन बोतलों से है जो उसके सामने से गुज़रती हैं। जो बोतलें उसके सामने नहीं आतीं या आगे बढ़ जाती हैं उनके बारे में कुछ सोचना उसके लिए ज़रूरी नहीं होता। उसका सारा ध्यान उन बोतलों पर ही केन्द्रित रहता है जो उसके सामने से होकर गुज़रती हैं। उसका काम एक व्यापक तंत्र का बहुत मामूली और छोटा-सा हिस्सा होता है। यह हिस्सा अपने आप में पूर्ण नहीं होता और दूसरे हिस्सों पर उसकी दृष्टि हमेशा नहीं रहती। रह भी नहीं सकती, क्योंकि वह रोज़ सुबह से शाम तक या शाम से सुबह तक इसी छोटे अपूर्ण हिस्से से जूझता रहता है। यह स्वाभाविक ही है कि अपने काम के प्रति उसके मन में अक्सर एक तरह की निरर्थकता का एहसास पैदा हो।

"चूहेख़ाना भी इसी तरह का एक तंत्र है जिसमें हज़ारों-लाखों चूहेमार काम करते हैं। प्रत्येक चूहेमार जो काम करता है वह इस तंत्र का ही एक हिस्सा है। लेकिन यह हिस्सा इतना छोटा और तंत्र की विशालता को देखते हुए इतना तुच्छ है कि चूहेमार अक्सर इसे तंत्र से विविक्त एक अंश मान बैठता है जिसके कारण अपना काम उसे निरर्थक दिखाई देने लगता है। कभी ऐसा भी होता है कि तंत्र की विशालता उसे अभिभूत कर देती है। और जिस तरह कोई क्षीणकाय व्यक्ति किसी भीमकाय पुरुष के सामने ख़ुद को कीड़े की तरह हक़ीर समझने लगता है उसी तरह चूहेमार भी ख़ुद को बहुत दीन-हीन समझ बैठता है। आपने पूछा था कि चूहेख़ाने का तंत्र चूहों पर टिका होने के बावजूद उन्हें मारने पर क्यों ज़ोर देता है? तंत्र चूहों को ख़त्म करना नहीं चाहता। चूहों को ख़त्म कर देने का मतलब है कि ख़ुद उसका अस्तित्व भी बाक़ी नहीं रहेगा। दरअसल तंत्र की विशेषता ही यह है कि वह निरन्तर चूहे पैदा करता रहता है और उन्हें मारता रहता है। जिस अनुपात से चूहे मरते हैं उसी अनुपात से वे पैदा भी होते हैं। इसलिए तंत्र को कोई नुक़सान नहीं पहुँचता।"

"ख़ैर छोड़िए इन सब बातों को।" स्त्री ने कहा। "आपका ख़याल सही है कि चूहेख़ाने में रहे बिना वहाँ के जीवन और व्यवस्था को समझना बहुत कठिन है।"

"आपने अब तक मुझे अपना नाम नहीं बताया। आश्चर्य है 'ग' ने कभी आपका ज़िक्र तक नहीं किया। 'ग' ने एकाएक आत्महत्या क्यों कर ली? क्या उसे कोई बड़ा आघात पहुँचा था?" उसने स्त्री से एक साँस में कई सवाल कर डाले।

"मुझे सोनिया कहते हैं। 'ग' से मेरा सम्पर्क जिन परिस्थितियों में हुआ वे बड़ी विचित्र थीं। कम-से-कम ये परिस्थितियाँ वैसी नहीं थीं जैसी कि रोमानी उपन्यासों में स्त्री-पुरुष के प्रेम की पूर्व-पीठिका बनती हैं। 'ग' के शरीर ने मुझे कभी आकृष्ट नहीं किया। उसके शरीर में ऐसी कोई बात थी ही नहीं जो किसी स्त्री को अपनी ओर खींच सकती। मुझे यह कहने में जरा भी संकोच नहीं है कि स्त्री जितना पुरुष के शरीर से आकृष्ट होती है उतना उसके दिमाग़ से नहीं। 'ग' की कला को समझ पाना मेरे लिए सम्भव नहीं था। उसके चित्र मुझे बहुत ऊटपटाँग लगते थे। उनमें कोई ख़ूबसूरती मुझे दिखाई नहीं देती थी। इसलिए उसकी कला से प्रभावित होने का सवाल ही नहीं था। फिर मैं उसकी ओर क्यों खिंचती चली गई? यह कहना 'ग' के प्रति घोर अन्याय होगा कि उसने मुझे फँसाने या अपने शिकंजे में जकड़ने की कोशिश की। जी नहीं, उसने कभी इसकी कोशिश नहीं की। वह अधिकतर मेरे प्रति उदासीन ही रहा। शायद उसकी उदासीमता के कारण ही मैं उसकी ओर तेज़ी से खिंचती चली गई। शायद मैंने उसे उन अर्थों में कभी नहीं चाहा जिन अर्थों में कोई स्त्री किसी पुरुष को चाहती है। इसका मतलब यह नहीं है कि मेरे उससे यौन सम्बन्ध नहीं रहे। लेकिन यौन सम्बन्ध और चीज़ है और दो व्यक्तियों का भावनात्मक स्तर पर एकीकरण और चीज़ है। जहाँ तक मैं समझती हूँ 'ग' के लिए मेरा प्रेम उस प्रेम के अधिक निकट था जो एक माँ अपने बेटे के लिए महसूस करती है। 'ग' मुझे शुरू से ही बच्चा लगा था और समय के साथ जैसे-जैसे उसकी स्वभावगत और चारित्रिक विशेषताएँ मुझ पर प्रकट होती गईं वैसे-वैसे मेरी धारणा और भी प्रबल होती गई।

"उसके चित्र भी मुझे बच्चों-जैसे लगते थे। ख़ैर, यह तो मेरी नासमझी की वजह से हो सकता है। मुझे चित्रों का कोई ज्ञान नहीं है। लेकिन अपने स्वभाव से भी वह बिलकुल बच्चा ही था। कम-से-कम मुझे वह ऐसा ही नज़र आता था। जीवन में सफल होने के लिए जिस लौह व्यक्तित्व की ज़रूरत होती है उसका उसमें

अभाव था। वह जितनी जल्दी आशावान हो जाता था उतनी ही तेज़ी से हताश भी हो जाता था। क्या यह बच्चों के स्वभाव की विशेषता नहीं है? वह कभी शाम को घर लौटता तो इतना ख़ुश नज़र आता जैसे कोई बड़ा मैदान मारकर आया हो। वह कहता : 'सोनिया! तुम देखना बहुत जल्दी ही मेरी तसवीरों की धूम मच जाएगी। ये चित्रकला में एक नई परम्परा की स्थापना करेगी। लोग 'प' को भूल जाएँगे। 'प' भी कोई चित्रकार है। वह तो चूहेमार है, चूहेमार।' वह 'प' का ज़िक्र अक्सर करता था। जाने वह 'प', से क्यों इतना नाराज़ था। क्या आप 'प' को जानते हैं?"

"जी हाँ। 'प' एक प्रसिद्ध चित्रकार है। उसकी एक-एक तसवीर हज़ारों रुपये में बिकती है।"

"मैं 'ग' से कहा करती थी कि तुम भी वैसी तसवीरें क्यों नहीं बनाते जैसी 'प' बनाता है। इस पर वह और भी भड़क उठता। कहता, 'मैं ऐसी तसवीरें नहीं बना सकता। ऐसी तसवीरें बनाने से अच्छा है कि आदमी तसवीरें बनाना छोड़ दे।' कभी वह इतना हताश हो जाता कि रंग के डिब्बे और बुरुश फेंकने लगता। उन्माद की इस स्थिति में वह अक्सर अपनी तसवीर भी फाड़ने लगता था। मैं बड़ी मुश्किल से इन तसवीरों की रक्षा करती थी। सच पूछिए तो मुझे उसकी तसवीरें बिलकुल पसन्द नहीं थीं। दरअसल मैं उन्हें अपने और 'ग' के बीच एक ऐसी दीवार समझती थी जिसे तहस-नहस किए बिना मैं 'ग' को नहीं पा सकती थी। अक्सर मेरा भी जी चाहता है कि उन्हें जलाकर राख कर डालूँ। लेकिन मैं जानती थी कि 'ग' को इनसे कितना लगाव है। इसलिए कुछ कर नहीं सकती थी। यहाँ तक कि जब वह ख़ुद विक्षोभ की स्थिति में इन्हें मटियामेट कर देना चाहता तो मुझे इनकी रक्षा करनी पड़ती थी। यह बड़ी विचित्र और विडम्बनापूर्ण स्थिति थी। आप अनुमान नहीं लगा सकते कि हम दोनों ही यंत्रणा की किन मंज़िलों से गुज़रते थे।

"मेरी यंत्रणा यह थी कि मैं 'ग' को अपने वश में कर नहीं पा रही थी। मैं उस पर पूर्णाधिकार चाहती थी। 'ग' की सारी तल्लीनता अपने चित्रों के प्रति थी। उसमें असीम अहंकार था। उसका विश्वास था कि उससे बड़ा चित्रकार कोई और नहीं है। यदि इस विश्वास से ही उसके अहं की तुष्टि हो जाती तो स्थिति ठीक रहती। लेकिन मुसीबत यह थी कि वह दूसरों से भी अपने इस विश्वास की पुष्टि चाहता था। यह पुष्टि उसे नहीं मिलती थी। मिल भी कैसे सकती थी। जब उसके चित्र ही

लोगों की समझ में नहीं आते थे तो वे आख़िर किस तरह उनकी प्रशंसा कर सकते थे। जहाँ तक मैं समझ सकी हूँ 'ग' की यंत्रणा और निराशा का कारण यही था। इस तरह जो मैं चाहती थी वह 'ग' मुझे नहीं दे सकता था। और जो 'ग' चाहता था वह मैं नहीं दे सकती थी। फिर भी जो कुछ मैं 'ग' के लिए कर सकती थी वह मैंने किया। मेरा मतलब यह नहीं कि मैंने 'ग' के लिए कोई बड़ा त्याग किया है। त्याग में स्वार्थ की भावना नहीं होती। मैंने 'ग' के लिए जो कुछ किया वह नि:स्वार्थ नहीं था। मैं जो कुछ उसके लिए करती थी उसका एक लक्ष्य था जो स्वार्थ से भरा था। मैं उस पर अपना अधिकार चाहती थी और समझती थी कि इस तरह मैं अपना लक्ष्य प्राप्त कर सकूँगी। आप सोच नहीं सकते कि 'ग' की ख़ातिर मुझे कितना अपमानजनक जीवन बिताना पड़ा है। उसके चित्रों का कोई ख़रीदार नहीं था। कोई और काम वह करना नहीं चाहता था। परिस्थितियों से मजबूर होकर वह कोई और काम करने को तैयार हुआ तो कोई काम उसे मिला नहीं। वह चूहेख़ाने तक में काम करने को राज़ी हो गया था। उसने शायद आपसे कहा भी था।"

"जी हाँ। 'ग' ने कहा था। लेकिन चूहेख़ाने में उसे दुबारा काम मिलना नामुमकिन था। वहाँ सब लोग उससे नाराज़ थे। ख़ासतौर से बड़े चूहेमार तो बहुत ज़्यादा नाराज़ थे।"

"ज़रूर होंगे। मेरा ख़याल है कि उसे चूहेख़ाने में काम मिल जाता तो भी ज़्यादा दिनों तक उसका वहाँ टिकना मुश्किल था। दरअसल इधर कुछ दिनों से वह भीतर से बहुत टूट गया था। उसकी स्थिति बहुत दयनीय हो गई थी। मुझे उस पर बहुत तरस आता था। यक़ीन कीजिए कोई और होती तो उसे छोड़कर चल देती। लेकिन मैं उसे छोड़ने की कल्पना तक नहीं कर सकती थी। आमतौर पर स्त्री उस पुरुष से, जिसे वह चाहती है, सुरक्षा की अपेक्षा रखती है। परन्तु कुछ स्थितियाँ ऐसी भी होती हैं जिनमें पुरुष स्त्री को किसी भी प्रकार की सुरक्षा प्रदान करने में असमर्थ रहता है। वास्तव में उसे ख़ुद सुरक्षा की आवश्यकता होती है। ऐसी स्थितियों में स्त्री को प्रेयसी से अधिक माँ की भूमिका निभानी पड़ती है। वह ऐसा न कर सके तो दोनों के सम्बन्ध निस्सन्देह टूट जाएँगे। शायद 'ग' से मेरा सम्बन्ध कुछ इसी तरह का था। उसके सम्पर्क में आने से पहले मैं जीवन में बहुत-कुछ हार चुकी थी। मैं जिन स्थितियों से गुज़र चुकी थी उनसे गुज़रने के बाद किसी भी स्त्री के लिए किसी

पुरुष का विश्वास करना सम्भव नहीं होता। इसलिए 'ग' को उन अर्थों में चाहने का सवाल ही नहीं था जिन अर्थों में कोई स्त्री किसी पुरुष को चाहती है। मैं इस शहर में अपनी ज़िन्दगी नए सिरे से शुरू करने के ख़याल से आई थी। जिस स्थान से आपकी बहुत कटु स्मृतियाँ जुड़ी हों उसे छोड़ देना ही अच्छा रहता है। स्मृतियाँ आपका साथ तो कहाँ छोड़ सकती हैं, परन्तु उनकी कटुता कुछ कम ज़रूर हो जाती है।

"मैं समझती थी कि नए शहर में, नए परिवेश में और नई परिस्थितियों में मैं अपने लिए एक नया रास्ता निकाल सकूँगी। मुझे काम की तलाश थी। मैं दिन-भर काम की तलाश में मारी-मारी फिरती रही थी। लेकिन मेरे लिए कहीं कोई काम नहीं था। मैं कुछ ज़्यादा पढ़ी-लिखी नहीं हूँ। चूहेख़ाने में तो काफ़ी पढ़े-लिखे लोग लिये जाते हैं। वहाँ मेरा क्या काम हो सकता था। पर चूहेख़ाने के बाहर भी कोई काम नहीं मिलता था। मेरे साथ एक दिक़्क़त यह भी थी कि इस शहर में मुझे कोई जानता नहीं था, जान-पहचान के बिना काम मिलना नामुमकिन था। मैं जहाँ भी जाती लोग मुझे हैरत से देखते। उन्हें मेरे भोलेपन पर हैरत होती थी कि मैं उनसे काम चाहती हूँ। काम कहाँ रखा था। वे मुझे उपहासभरी दृष्टि से देखते और मुस्कराकर चुप हो जाते। उस रोज़ मैं दिन-भर चलती रही थी। शाम का धुँधलापन फैलने लगा था। मै बहुत थकान महसूस कर रही थी और थकान से ज़्यादा मुझे डर परेशान कर रहा था। दिन-भर मैं आदमियों की भीड़ में से होकर गुज़रती रही थी। थोड़ी देर में ही रात का सन्नाटा सबको निगल लेगा और मैं अकेली किसी वीरान सुनसान सड़क पर खड़ी रह जाऊँगी। उसी समय मैंने 'ग' को इस गली में प्रवेश करते देखा। उसके पीछे बच्चों की एक फ़ौज थी जो शोर मचा रही थी और उस पर धूल फेंक रही थी। मैं समझी कि कोई पागल आदमी है। बच्चे आमतौर पर पागलों को इसी तरह छेड़ते हैं। वह निढाल क़दमों से गली में चल रहा था। एकाएक वह पीछे मुड़ा। शायद किसी बच्चे ने उसे पत्थर मारा था। वह सिर का पिछला हिस्सा अपनी उँगलियों से सहला रहा था। उसके चेहरे से घोर यंत्रणा प्रकट हो रही थी। वह बहुत मैला-कुचैला लिबास पहने था। दाढ़ी बढ़ी हुई थी और सिर के बाल गर्द में अटे हुए थे। उसका हुलिया ऐसा था कि उसे आसानी से पागल समझा जा सकता था। फिर भी उसकी आँखों से एक अजीब मासूमियत टपक रही थी। यक़ीन कीजिए, पहली ही दृष्टि में वह मुझे बच्चों-जैसा लगा था।

"मुझे लगा कि समय बहुत द्रुत गति से आगे बढ़ गया है और मैं बहुत बूढ़ी हो चुकी हूँ। वह तो एक दु:स्वप्न था जो मैंने देखा था। मेरा बेटा मरा कहाँ है। वह तो जीवित है। उसके गले पर पाँच उँगलियों के निशान नहीं हैं। उसका जीवन बड़े कष्ट में बीता है। पर मेरे लिए यह क्या कम सुख की बात है कि वह इतने भयंकर संघर्ष के बाद भी जीवित है। 'ग' को देखकर मेरे मन में जो भावना जागी वह मातृत्व की भावना थी। आपको मेरी बातें विचित्र लग रही होंगी। पर यह सत्य है कि 'ग' को देखते ही मुझे लगा कि मुझे इसकी रक्षा करनी चाहिए। मैंने बच्चों को डाँटा-फटकारा। मैं उनके लिए अजनबी थी। वे डरकर भाग गए। उस रोज़ से मैं 'ग' के साथ रहने लगी। मैंने अभी अपने बेटे का ज़िक्र किया था जो अब इस दुनिया में नहीं रहा।" सोनिया कुछ देर के लिए रुकी। उसके स्वर में भावावेश निरन्तर बढ़ता जा रहा था और अब ऐसे बिन्दु पर पहुँच गया था जहाँ मौन ही उसे कुछ राहत दे सकता था। उसे लगा कि सोनिया स्मृतियों के बोझ-तले दबी जा रही है। स्मृतियों में भी कितनी शक्ति होती है, वह सोचने लगा। कुछ देर पहले जब उसने सोनिया को पहली बार देखा था तो उसका चेहरा कैसा सुता-सुता और आभाविहीन दिखाई दिया था। पर अब उसके चेहरे पर और ही भाव था, जिसने उसके चेहरे को एकदम बदल दिया था। लगता ही नहीं था कि यह चेहरा उसी सोनिया का है जिसे उसने कुछ देर पहले देखा था और जिसमें उसे कुछ अधिक आकर्षण नहीं लगा था।

"आपको सचमुच बहुत दुख झेलना पड़ा है।" उसने सोनिया को सान्त्वना देने के विचार से कहा। सोनिया बोलते-बोलते एकाएक ही रुक गई थी। उसका आख़िरी वाक्य भावावेग की चरम मीमा का संकेत देने के साथ-साथ कहानी के एक नए मोड़ का संकेत भी दे रहा था। पर अपनी जिज्ञासा प्रकट करने का साहस वह न कर सका।

"आप सोचते होंगे कि मैं अपना दुखड़ा लेकर आपके सामने बैठ गई।" सोनिया बोली।

"ऐसा न कहें! 'ग' मेरा बहुत अच्छा मित्र था। आपने उसके लिए बहुत त्याग किया है। इस नाते मैं भी आपका आभारी हूँ।"

"नहीं, नहीं। मैंने 'ग' के लिए कोई त्याग नहीं किया। मैं आपसे कह चुकी हूँ कि मैंने जो कुछ किया वह मेरी विवशता थी। मैंने अभी अपने बेटे का ज़िक्र

किया था जिसे संसार में आते ही गला घोंटकर मार डाला गया। यहाँ आने से पहले मैं एक ट्रैजेडी से गुज़र चुकी थी। उसकी कटुताओं से घबराकर मैं यहाँ आई थी। क्या मैं जानती थी कि मैं दरअसल एक और ट्रैजेडी का शिकार होने जा रही हूँ। 'ग' से मुलाक़ात होने से पहले एक और पुरुष मेरे जीवन में आया था जिसे मैंने अपनी आत्मा की गहराइयों से चाहा था। उसके सामीप्य से मुझे जीवन में पूर्ण सुरक्षा का एहसास होता था। मैं कभी सोच भी नहीं सकती थी कि मेरा यह एहसास मात्र मृग-मरीचिका साबित होगा और वही पुरुष जो मेरे लिए शक्ति का इतना बड़ा स्रोत था, मेरे बच्चे का क़ातिल बनेगा। वह नहीं चाहता था कि मैं बच्चे की माँ बनूँ। वह अभी इन झमेलों में फँसना नहीं चाहता था। उसकी और ही महत्त्वाकांक्षाएँ थीं जिन्हें वह मुझसे अधिक महत्त्व देता था। मैं उसके बच्चे की माँ बननेवाली थी, लेकिन वह मुझसे विवाह करने को भी राज़ी नहीं था। विवाह के फन्दे में फँसने से पहले वह कुछ बनना चाहता था, जीवन में सफलता प्राप्त करना चाहता था। वह मेरे लिए सफ़र की आख़िरी मंज़िल था जबकि मैं उसकी यात्रा में केवल एक पड़ाव की तरह थी जहाँ यात्रा ख़त्म नहीं होती, जहाँ कुछ देर दम लेकर वह और आगे जाना चाहता था।

"यहीं से हमारे सम्बन्धों में दरार पड़ने लगी। मैं अपनी ज़िद पर अड़ी रही। मैंने कल्पना भी नहीं की थी कि वह इतना क्रूर साबित होगा। बच्चे को जन्म देने के बाद ही मुझे उसने बताया कि मैंने एक मरे हुए बच्चे को जन्म दिया है। यह ग़लत था। उन क्षणों में भी जब मैं ज़िन्दगी और मौत के बीच झूल रही थी, मेरे कान उस आवाज़ की प्रतीक्षा कर रहे थे जो दुनिया में हर इंसान की पहली आवाज़ होती है। हर माँ की तरह इस आवाज़ ने मेरे कानों में भी अमृत रस घोला था। मैं कैसे मान सकती थी कि मैंने मरे हुए बच्चे को जन्म दिया है। और जब बच्चा मेरे सामने लाया गया तो मुझे उसके गले पर पाँच बेरहम उँगलियों के निशान देखने में ज़रा भी देर नहीं लगी। आपका ख़याल होगा कि मैं बच्चे को देखकर फूट-फूटकर रोई हूँगी। पर ऐसी कोई बात नहीं हुई। मेरी आँखों में आँसुओं के बदले ख़ून उतर आया था। मैं अपने बच्चे के क़ातिल को, जो उसका बाप भी था और मेरा प्रेमी भी, ख़ून-भरी आँखों से देखती रही। वह मेरी निगाहों की ताब न ला सका और मेरे सामने से जल्दी ही हट गया।

"इसके बाद हर पुरुष मुझे क़ातिल दिखाई देने लगा। 'ग' के साथ रहते हुए अक्सर मुझे अपने बच्चे का ख़याल आता रहा है। हो सकता है कि बड़ा होकर उसमें भी 'ग' की तरह ही चाँद-तारे तोड़ लाने की मूर्खतापूर्ण ज़िद होती। वह भी इसी तरह समाज की अवहेलना और क्रूरता का शिकार बनता। इस तरह के हर एहसास के बाद मैं 'ग' से और अधिक निकटता अनुभव करती रही हूँ। 'ग' से मेरा लगाव वास्तव में उस स्नेह का ही एक रूप था जो मैं अपने बच्चे के लिए हमेशा महसूस करती आई हूँ। मुझे यही महसूस होता है कि 'ग' नहीं मरा, मेरा बच्चा दुबारा मरा है।"

सोनिया कुछ क्षणों के लिए रुकी। फिर जैसे कुछ याद करके बोली, " 'ग' से मेरा लगाव एकतरफ़ा था। उसे अपने चित्रों से इतना अधिक लगाव था कि मुझे देने के लिए उसके पास कुछ था ही नहीं। उसकी तसवीरें मुझे बड़ी हास्यास्पद लगती थीं। शायद इसके मूल में मेरा यह ख़याल रहा हो कि इन चित्रों से लगाव रखते हुए 'ग' पूरी तरह से मेरे वश में नहीं आ सकता। मैंने उसकी तसवीरों का मज़ाक़ उड़ाने की कोशिश भी की। लेकिन जल्दी ही मुझे मालूम हो गया कि मेरा यह रवैया 'ग' को मुझसे और दूर कर देगा। आपको पता है कि उसे पैसों की बहुत कमी रहती थी। जो तसवीरें वह अपने शौक़ से बनाता था उनके ख़रीदार नहीं थे। व्यावसायिक चित्र बनाने का काम उसे कभी-कभार ही मिलता था। उसका काम लोगों को पसन्द नहीं आता था। चूहेख़ाने में काम करने के दौरान उसने कुछ रुपये बचाए थे। पर वे कब तक चल सकते थे। मैं भी काम ढूँढ़-ढूँढ़कर तंग आ चुकी थी। कई-कई रोज़ तक हमें फ़ाक़े करने पड़ते। यह स्थिति बहुत दिनों तक नहीं चल सकती थी। कुछ-न-कुछ तो करना ही था। आख़िरकार मैंने वह निश्चय किया जो कोई स्त्री हर तरफ़ से निराश होकर करती है। मैंने फ़ैसला किया कि मैं अपना शरीर बेचूँगी।

"आपको यह जानकर आश्चर्य होगा कि जब मैंने 'ग' से अपने इरादे का ज़िक्र किया तो उसने कोई आपत्ति नहीं की। उसने मेरी ओर इस अन्दाज़ से देखा मानो कह रहा हो, 'तुमने सही फ़ैसला किया है। यह फ़ैसला तुम्हें बहुत पहले करना चाहिए था।' आप सोच सकते हैं, मुझे कितना आघात पहुँचा होगा। मैं सोच रही थी कि वह मेरी बात सुनकर भड़क उठेगा। मेरी हड्डी-पसली एक कर देगा।

लेकिन उसकी ऐसी कोई प्रतिक्रिया नहीं हुई। मैं सैकड़ों पुरुषों के साथ सो चुकी हूँ। इन सबके प्रति मेरे मन में घोर वितृष्णा रही है। पर मैंने कभी भी ख़ुद को उतना अपमानित महसूस नहीं किया जितना 'ग' के रवैये से उस रोज़ महसूस किया था। इस अपमान के बावजूद मैं उसे छोड़ नहीं सकी। लेकिन शरीर बेचने का काम भी इस शहर में आसान नहीं था। आपको मालूम है कि क़ानून इस काम की इजाज़त नहीं देता। सुना है पहले यहाँ भी इस काम पर कोई रोक-टोक नहीं थी। शहर में ऐसे इलाक़े थे जहाँ औरतें बिना रोक-टोक अपने शरीर का व्यापार कर सकती थीं। हो सकता है कि कुछ शहरों में अब भी ऐसा होता हो। मुझे दूसरे शहरों का पता नहीं। लेकिन अब यहाँ ऐसा व्यापार क़ानून की निगाहों से बचकर ही किया जा सकता है। यह भी सच है कि क़ानून की अवहेलना यहाँ ख़ूब की जाती है। परन्तु यह हर शख़्स के बस की बात नहीं होती। क़ानून की अवहेलना करनेवालों के ख़ास तौर-तरीक़े होते हैं। क़ानून के रक्षकों से उनके विशेष सम्बन्ध और समझौते होते हैं।

"इसके बावजूद यह नहीं कहा जा सकता कि क़ानून का डर उन्हें ज़रा भी नहीं सताता। जब ऐसे तजुरबेकार लोगों की यह स्थिति हो तो नए और अनुभवहीन लोगों की हालत का अन्दाज़ा आप लगा सकते हैं। मैंने जो पेशा चुना था या यूँ कहिए कि जो पेशा मुझे परिस्थितिवश अपनाना पड़ा था वह बज़ाहिर बहुत सीधा-सादा था। लेकिन दरअसल यह इतना सीधा-सादा नहीं था। क़ानून जिन दिनों इस पेशे की इजाज़त देता था उन दिनों शायद इस पेशे में इतनी पेचीदगी न रही हो। इस पेशे में कई ऐसी औरतों से भी मुलाक़ात हुई जो पुराने ज़माने को बड़ी हसरत से याद करती हैं। वे ठंडी साँस लेकर कहतीं : 'वह ज़माना अब लौटने का नहीं। हाय, क्या दिन थे वह!' पुराने ज़माने में क्या होता था, इसका मुझे तजुरबा नहीं है। लेकिन जो स्थिति मेरे सामने थी वह बहुत तकलीफ़देह और ख़तरनाक थी। शायद यह स्थिति मुझे कुछ ज़्यादा ही डरावनी और ख़तरनाक लगती हो। कोई भी काम हो उसका अन्दाज़ा उसे करने के बाद ही होता है। हर काम के अपने नियम-क़ायदे होते हैं, उसकी अपनी जोखिम भी होती है। उसके कुछ विशेष लाभ भी हो सकते हैं। चूहे मारने के काम को ही लीजिए। इसकी विशिष्टताओं को जितना आप समझते हैं उतना मैं नहीं समझ सकती। आप से बातें करके और 'ग' की बातें सुनकर मैं चूहेख़ाने के बारे में थोड़ा-बहुत जान गई हूँ। फिर भी यह जानकारी बहुत थोड़ी

है। अगर मैंने इतना भी न जाना होता तो मैं आसानी से कह सकती थी : 'चूहे मारने का काम बहुत सरल है। दिन-भर चूहे मारते रहो। शाम को छुट्टी हो गई। फिर मौज-ही-मौज है।' ज़ाहिर है कि यह दृष्टिकोण आपका नहीं हो सकता और आपसे जो कुछ चूहेख़ाने के बारे में सुन चुकी हूँ उसके बाद मेरा भी यह दृष्टिकोण नहीं हो सकता।

"इसी तरह आरम्भ में अपने पेशे के बारे में भी मैं इसी ख़ुशफ़हमी में गिरफ़्तार थी। मेरा ख़याल था कि इस पेशे में अगर कोई रुकावट हो सकती है तो केवल नैतिकता की हो सकती है। परन्तु नैतिक-अनैतिक का विचार कभी मेरे रास्ते में बाधक नहीं हुआ। जीविकोपार्जन के लिए मुझे कुछ करना था। और कोई काम मुझे नहीं मिल सका। इसलिए मैंने यह काम करना शुरू कर दिया। लेकिन हर रोज़ रात गए जब मैं घर लौटती तो मेरे मन में एक स्पष्ट-सी इच्छा ज़रूर जागती—काश! मुझे 'ग' बुरा-भला कह सकता, मुझे डाँट-फटकार सकता, इस पेशे को छोड़ने के लिए मुझे मजबूर कर सकता। पर उसने कभी ऐसा नहीं किया। इसीलिए तो मैं कहती हूँ कि 'ग को शायद मैं पूरी तरह समझ नहीं सकी। शायद कोई भी उसे पूरी तरह समझ नहीं सकता था। कभी वह मुझे बेहद बेरहम, क्रूर और निर्मम नज़र आता। कभी वह मुझे बिलकुल जड़ और बेहिस दिखाई देता। और कभी वह मुझे बिलकुल बच्चों की तरह अबोध और मासूम लगता जिससे उन बातों की आशा नहीं की जा सकती जिनकी अपेक्षा बड़े और समझदार लोगों से होती है।

"ख़ैर, तो मैं आपको अपने पेशे के बारे में बता रही थी। आपके चूहेख़ाने की तरह हमारी जाति भी कई वर्गों में बँटी हुई है। कुछ औरतें हैं जिनके अपने ख़ास अड्डे हैं। वहाँ कोई भी जा सकता है। कुछ ऐसी हैं जिनका अपना कोई अड्डा नहीं है। ये पुरुषों की एक सीमित मंडली में घूमती रहती हैं। कुछ ऐसा भी हैं जिनका न तो कोई अड्डा है और न ही पुरुषों की कोई विशेष मंडली ही उनको मिली हुई है। ये रोज़ सड़कों पर किसी पुरुष की तलाश में निकलती हैं और कोई शिकार हाथ आ जाए तो ठीक है वरना निराश होकर घर लौट जाती हैं। मेरा ताल्लुक़ इसी आख़िरी वर्ग से था।

"मैं रोज़ शाम को एक अनिश्चितता की स्थिति में घर से निकलती। एक ही सड़क पर या एक ही इलाक़े में चक्कर काटते रहना इस वर्ग की स्त्रियों में अच्छा

नहीं माना जाता। ये रोज़ किसी नई सड़क पर या नए इलाक़े में जाना पसन्द करती हैं। इसके अपने फ़ायदे हैं। इससे जीवन में कुछ नयापन महसूस होता है। यह एहसास होता है कि रोज़ एक नई दुनिया की छानबीन वे करती रही हैं। हालाँकि गहराई में जाकर देखिए तो कोई ख़ास नयापन भी नहीं होता। काम तो वही रहता है। महज़ जगह बदल जाती है। जगह के बदलने से काम में तो कोई फ़र्क़ नहीं आ जाता। आपसे ही अगर कहा जाए कि चूहेख़ाने में न बैठकर कहीं और चूहे मारते रहो तो क्या इससे काम की एकरसता में कोई ख़ास तब्दीली आ जाएगी। फिर भी इस स्थिति का एक फ़ायदा ज़रूर है। इसमें मन को धोखा दिया जा सकता है कि कुछ तब्दीली आई है, यद्यपि कोई तब्दीली नहीं आती। जो औरतें एक ही अड्डे पर रहती हैं या जो एक छोटे-से दायरे में ही घूमती रहती हैं उनकी अपेक्षा मुझे अपना और अपने-जैसी दूसरी औरतों का जीवन अधिक दिलचस्प या यूँ कहिए कि कम विरक्तिकर लगा है। फिर इस जीवन में कुछ अधिक नाटकीयता भी है। इसमें भाँति-भाँति के लोगों से वास्ता पड़ता है। ऐसे लोगों से भी जो दरअसल हमारे मतलब के नहीं होते।

"जानते हैं एक बार क्या हुआ। मैं बहुत देर से शिकार की तलाश में घूम रही थी। चारों तरफ़ लोग आ-जा रहे थे। लेकिन किसी को मेरी तरफ़ देखने की फ़ुरसत नहीं थी। आपको पता है, इस शहर में लोग कितनी बदहवासी की हालत में चलते हैं। वे चलते कहाँ हैं। लगता है किसी विपत्ति से डरकर भाग रहे हैं। मैं सड़क की ख़ाक छान-छानकर थक गई थी। शायद आज यूँ ही घर लौट जाना होगा। एकाएक मेरी नज़र एक विक्षिप्त-से युवक से टकराई। वेशभूषा और मुखमुद्रा के लिहाज़ से वह मुझे 'ग' जैसा लगा। वह मेरी तरफ़ घूरकर देख रहा था। यह इशारा था कि मैं उससे बात कर सकती हूँ। उसकी फटीचर हालत को देखते हुए यह आशा करना व्यर्थ था कि मेरी ख़िदमत के एवज़ में वह कोई अच्छी रक़म दे सकेगा। लेकिन कोई अच्छा ग्राहक मिलने की अब उम्मीद भी नहीं थी। भागते भूत की लँगोटी सही। यह सोचकर मैं उसके साथ चली गई। दरअसल मैं बहुत थकान महसूस कर रही थी और जल्दी घर जाना चाहती थी। जब हम दोनों अपना काम ख़त्म कर चुके तो जानते हैं उसने क्या किया। उसने अपनी जेब झाड़ दी। उसके पास चन्द छोटे सिक्के थे, जिनसे ज़्यादा-से-ज़्यादा एक प्याली चाय ख़रीदी जा सकती थी।

मेरे पास भी कुछ सिक्के पड़े हुए थे। मैंने उसके सिक्के लौटा दिए और साथ ही अपने सिक्के भी उसे दे दिए।

"इस तरह की छोटी-छोटी घटनाएँ हमारे जीवन की एकरसता को थोड़ा तोड़ती हैं। वरना आमतौर पर सब कुछ इतने बँधे-बँधाए और घिसे-पिटे अन्दाज़ से होता है कि सारे व्यापार में सहभागी होने का कोई एहसास ही पैदा नहीं होता। इस अर्से में सैकड़ों पुरुषों के सम्पर्क में आई हूँ। पर किसी भी चेहरे को साफ़ तौर पर पहचान सकना मेरे लिए मुमकिन नहीं है। सब चेहरे एक-दूसरे में इस तरह गड्ड-मड्ड हो गए हैं कि कोई एक चेहरा उभरकर मेरे सामने नहीं आता। शायद चूहों के सिलसिले में आपको भी ऐसा ही लगता हो। मेरी समझ में यह नहीं आता कि क़ानून हमारे पीछे लट्ठ लिये क्यों घूमता है। हालाँकि सच पूछिए तो मुझ-जैसी औरतों का जीवन अपने आपमें एक सज़ा है। क़ानून की यह बात अगर सही मान ली जाए कि हमारे पेशे में कोई बुराई है तो उसे इसका जड़ से ख़ात्मा कर देना चाहिए। अगर वह ऐसा नहीं कर सकता—और ज़ाहिर है कि वह ऐसा नहीं कर सकता—तो इसके पीछे पड़ने की क्या ज़रूरत है। क़ानून की लाठी मुझे अक्सर किसी पाखंडी की तरह लगती है जो कहता कुछ है और करता कुछ और है।"

सोनिया कुछ देर के लिए रुकी। उसकी बातों से उसे अब कुछ उकताहट होने लगी थी। वह 'ग' की आत्महत्या का कारण जानना चाहता था। उसने सोनिया से जो सवाल किया था उसका जवाब उसे अब तक नहीं मिला था। सोनिया ने अब तक जो कुछ कहा था वह शायद जवाब की भूमिका थी।

" 'ग' ने एकाएक आत्महत्या क्यों कर ली?" उसने अपना सवाल दुहराया।

"मुझे ख़ुद हैरत है कि उसने आत्महत्या क्यों कर ली। मैं उसे अत्यधिक विक्षिप्त स्थिति में देख चुकी हूँ। उस स्थिति में वह आत्महत्या कर लेता तो मुझे कोई आश्चर्य न होता। लेकिन उस रोज़ तो वह बहुत ख़ुश दिखाई दे रहा था। इतना ख़ुश शायद मैंने पहले कभी उसे नहीं देखा। उस रोज़ उसने अपने बहुत-से चित्र बेच डाले थे और उसे अच्छी-ख़ासी रक़म मिली थी। मैं बहुत ख़ुश हुई थी। यह बहुत अच्छा हुआ कि उसके चित्रों के भी ग्राहक पैदा हो गए। इससे पहले उसकी एक तसवीर भी नहीं बिकी थी। और उस रोज़ इकट्ठी ही इतनी सारी तसवीरें बिक गई थीं। उसके अहं को बहुत तुष्टि मिली थी। 'ग' को जितनी प्रसन्नता अपने चित्रों

की तारीफ़ सुनकर होती थी उतनी किसी और बात से नहीं। 'तुम तो कहती थीं कि मेरी तसवीरें कोई नहीं ख़रीदेगा। देखो, आज मैंने कितनी तसवीरें बेची हैं।' उसने मुझसे कहा था। उस रोज़ रात में उसने मुझे बाहर भी जाने नहीं दिया। 'इतने सारे पैसे मैं लाया हूँ। अब तुम्हें कमाने की ज़रूरत नहीं है।' उसने कहा। हालाँकि रक़म इतनी ज़्यादा न थी कि बहुत दिनों तक हम दोनों के ख़र्च के लिए काफ़ी होती। महीने-दो महीने ही निकल सकते थे, इससे ज़्यादा नहीं। हम दोनों रात-गए तक बातें करते रहे थे। इतनी आत्मीयता से उसने आज तक मुझसे बात नहीं की थी।

"उस रोज़ वह ज़्यादातर अपने अतीत के बारे में ही बातें करता रहा—अपने बचपन के दिनों के बारे में, अपनी बूढ़ी माँ के बारे में, अपने छोटे-से क़स्बे के बारे में, जहाँ वह वर्षों से नहीं गया था। वह बिलकुल बूढ़ों की तरह बातें कर रहा था। जवानी में इंसान हमेशा आगे की तरफ़ देखता है, पीछे की तरफ़ नहीं। लेकिन उस रात तो जैसे उसकी सारी ज़िन्दगी अतीत में ही सिमटकर रह गई थी। भविष्य में जैसे उसके लिए कोई अर्थ नहीं रह गया था। आज इसे क्या हो गया है! मैंने मन में सोचा। उसका व्यक्तित्व जैसे बिलकुल बदल गया था। बातचीत में इतना संयत, गम्भीर और सुलझा हुआ अन्दाज़ उसमें पहले कभी मैंने नहीं देखा था। सफलता और उपलब्धि का एहसास शायद इस परिवर्तन का कारण हो। मेरा ऐसा सोचना शायद ग़लत भी नहीं था। उसकी तसवीरें पहली बार बिकी थीं। यानी उसे पहली बार कलाकार के रूप में मान्यता मिली थी। यह बहुत बड़ी सफलता न सही, बड़ी सफलता की भूमिका ज़रूर थी। आख़िर यह कल्पना भी कैसे की जा सकती थी कि ठीक उस समय जब कामयाबी उसके दरवाज़े पर दस्तक दे रही थी वह अपनी तमाम महत्त्वाकांक्षाओं और हौसलों से विमुख होकर ख़ुद को मौत के हवाले कर देगा। काश, उसकी बातों में मैं वह अर्थ ढूँढ़ सकती जो उसकी मृत्यु के बाद ही मुझ पर प्रकट हो सका। अब मैं सोचती हूँ कि इंसान मौत से जितना क़रीब होता है उतना ही वह अतीत से चिपकने की कोशिश करता है। अतीत में इतनी रुचि अपने आप में इस बात का संकेत है कि मृत्यु-भय से उसका मन आक्रान्त है। परन्तु इस भय पर काबू पाने का रास्ता भी यही है कि अतीत की गोद में शरण ली जाए।

"आप कह सकते हैं कि 'ग' मृत्यु-भय से आक्रान्त नहीं था क्योंकि उसने स्वेच्छा से अपने जीवन का अन्त किया था। पर मैं इसे सच नहीं मानती। जो

आत्महत्या करता है वह भी मेरे ख़याल में पूर्ण निर्भयता से मृत्यु को स्वीकार नहीं करता। मौत की दहशत अन्तिम क्षण तक उसका साथ नहीं छोड़ती। इस दहशत से बचने के लिए उसे तरह-तरह के बहाने तलाशने पड़ते हैं, अनेक प्रकार की आत्म-प्रवंचनाओं का आश्रय लेना पड़ता है। 'ग' जो उस रोज़ अपने अतीत से इस तरह चिपटा हुआ था निस्सन्देह मृत्यु-भय से ही आक्रान्त था। वह रात-गए तक बातें करता रहा। फिर जाने कब मेरी आँखें लग गईं। और जब मैं सोकर उठी तो वह छप्पर और ज़मीन के बीच लटका हुआ था। उसके गले में रस्सी का फन्दा था और उसकी आँखें बाहर को उबल आई थीं। बिस्तर पर उसके लिखे हुए तीन पत्र पड़े थे—एक मेरे नाम, दूसरा आपके नाम, तीसरा किसी के नाम नहीं था। उसमें सिर्फ़ यह लिखा था कि वह अपनी इच्छा से ख़ुदकुशी कर रहा है और इसके लिए किसी अन्य व्यक्ति को दोषी न ठहराया जाए।"

सोनिया अब चुप हो गई थी। वह छप्पर की तरफ़ देख रही थी मानो छप्पर से लटकते हुए 'ग' के मृत शरीर को निगाह की पकड़ में लेने की कोशिश कर रही हो। उसका मुख भावहीन लग रहा था जैसे अतीत की स्मृतियों के सम्बन्ध में वह तस्टथ हो चुकी हो।

"मुझे 'ग' ने जो पत्र लिखा था वह तो आपके पास होगा?" उसने सोनिया से पूछा।

"जी हाँ, मेरे पास है। मैं अभी देती हूँ। उसने कुछ चित्र भी आपको दिए हैं।" सोनिया उठकर कोठरी के आख़िरी सिरे पर ताक़ के पास गई। ताक़ पर से उसने पत्र उठाया और लाकर उसके हाथ में दे दिया। बहुत संक्षिप्त पत्र था—

"मेरे दोस्त!

मेरी कहानी अब ख़त्म हो रही है। बस कुछ क्षणों की बात है। हम दोनों अब कभी न मिल सकेंगे। लेकिन इस दुनिया से रुख़सत होते हुए सच पूछो तो मुझे कोई दुख नहीं है। चूहेख़ाने से निकलकर मैंने राहत की साँस ली थी। मैंने सोचा था कि चूहेख़ाने के बाहर खुली स्वच्छन्द फ़िज़ा में मैं वह सब कुछ कर सकूँगा जो चूहेख़ाने के घुटे हुए माहौल में रहकर नहीं कर सकता था। लेकिन जल्दी ही

मुझे मालूम हो गया कि चूहेख़ाना सिर्फ़ वही नहीं है जहाँ तुम काम करते हो या जहाँ मैं काम करता था। सारी दुनिया ही एक बहुत बड़ा चूहेख़ाना है; जहाँ चूहेमार बनकर ही ज़िन्दगी बसर की जा सकती है। जो चूहे नहीं मार सकता उसके लिए इस दुनिया में कोई जगह नहीं है। किसी क्षणिक भावावेश में मैंने यह निष्कर्ष ग्रहण किया हो, ऐसी बात नहीं है। मैंने बार-बार इस निष्कर्ष को झुठलाने की कोशिश की, इसकी प्रामाणिकता को मानने से मैं इनकार करता रहा। पर ऐसी हर कोशिश के बाद मुझे इस निष्कर्ष की सचाई का और ज़्यादा क़ायल होना पड़ा। चूहेख़ाने से यह उम्मीद रखना कि वह अपने तौर-तरीक़े छोड़ देगा बहुत बड़ी हिमाक़त होगी। हाँ, जो चूहेख़ाने के तौर-तरीक़ों को बर्दाश्त नहीं कर सकते उन्हें चूहेख़ाना ज़रूर छोड़ देना चाहिए। इसी ख़ातिर मैंने चूहेख़ाना छोड़ा था। लेकिन जब सारी दुनिया ही चूहेख़ाना हो तो एक चूहेख़ाने से निकलकर दूसरे चूहेख़ाने में बन्द होने का क्या लाभ?

पहली और आख़िरी बार आज ही मैंने अपने बहुत सारे चित्र बेचे हैं। चित्र क्या बेचे हैं, ख़ुद को बेच डाला है। ख़ैर, छोड़ो, यह बड़ी दुखद कथा है। इसे मेरे साथ ही जाने दो। कुछ चित्र बच गए हैं। इन्हें तुम्हारे और सोनिया के लिए छोड़े जा रहा हूँ। हालाँकि मैं जानता हूँ कि तुम्हें और सोनिया को मेरे चित्र एक आँख नहीं भाते।

तुम्हारा

'ग'।"

'ग' के पत्र का अन्तिम वाक्य उसे छू गया। उसने मन में आत्मग्लानि अनुभव की। वह वास्तव में 'ग' के सामने उसके चित्रों की बड़ी छीछालेदर करता था। बहुत दिन पहले की एक बात उसे याद आई। तब 'ग' चूहेख़ाने में ही काम करता था। वह चूहे मारने में बुरी तरह व्यस्त था। उस रोज़ चूहे भी कुछ ज़्यादा ही आ गए थे। चूहेख़ाने में ऐसा अक्सर होता था। कभी तो इतने ज़्यादा चूहे आ जाते कि दो-दो तीन-तीन दिन के चूहे भी इनसे कम पड़ते। उस रोज़ कुछ ऐसी ही

स्थिति थी। फिर बड़े चूहेमार ने कई चूहे लौटा भी दिए थे। चूहे लौटाने का मतलब था कि इन्हें मारने में छोटे चूहेमार ने लापरवाही बरती है और उसे दुबारा अच्छी तरह सोच-समझकर इन्हें मारना चाहिए। छोटे चूहेमार ऐसे चूहों को देखकर अपने होशोहवास खो बैठते थे। उनकी वही कैफ़ियत होती थी जो भरी सभा में तमाचा खा जाने या अपमानित हो जाने पर किसी व्यक्ति की हो सकती है। तो उस रोज़ वह ऐसे ही चूहों से जूझ रहा था। उसका मन बहुत खिन्न हो रहा था। उसी समय 'ग' उसके पास आया। उसने एक चित्र उसके सामने पड़े हुए चूहों के ढेर पर लाकर रख दिया और कहा, "देखो, कितनी शानदार तसवीर बनाई है मैंने।" उसका जी जल गया। उसने तसवीर उठाकर दूर फेंक दी और ग़ुस्से में 'ग' से कहा, "तुम्हारे ये वाहियात चित्र देखने के लिए मेरे पास समय नहीं है।"

'ग' कई दिनों तक उससे रुष्ट रहा था। यह सच है कि 'ग' के चित्र उसे अच्छे नहीं लगते थे। वे उसकी समझ में ही नहीं आते थे। तसवीरों की भाषा वैसे भी वह समझ नहीं पाता था। और 'ग' की तसवीरें तो और भी दुरूह होती थीं। उनकी तह तक पहुँचना, उनकी बारीकियों को देख पाना उसके लिए मुमकिन नहीं था।

सोनिया ने तीन तसवीरें लाकर उसे दीं जो 'ग' ने उसके लिए छोड़ी थीं। तीनों चित्र 'ग' की विशिष्ट शैली में थे। अब भी ये चित्र उसके लिए उसी प्रकार अबोधगम्य थे जिस प्रकार पहले 'ग' के चित्र उसे लगते थे। पर इस समय ये चित्र ऊटपटाँग नहीं लगे। उसने पहली बार महसूस किया कि और लोगों की तरह वह भी 'ग' के प्रति बहुत अन्याय करता रहा है। आख़िर को वह भी चूहेमार है न। 'ग' की तसवीरों को पसन्द करने के लिए 'ग' के मानसिक स्तर पर पहुँचना आवश्यक है। वहाँ पहुँचे बिना इन्हें समझना सम्भव नहीं है। और कोई चूहेमार इस स्तर तक नहीं पहुँच सकता। सचमुच 'ग' और चूहेमार दो दुनियाओं के प्राणी थे। ये दोनों कभी एक बिन्दु पर इकट्ठे नहीं हो सकते। उसे याद आया कि 'ग' ने चूहेख़ाने में उसे अपना एक चित्र दिखाया था जिसका शीर्षक था 'चूहेमार'।

" 'ग' ने चूहेमार की एक तसवीर बनाई थी। क्या वह आपके पास है?" उसने सोनिया से पूछा।

"जी नहीं, वह मेरे पास नहीं है। उसके पास देखी तो थी। शायद वह भी और तसवीरों के साथ बिक गई।" सोनिया ने बताया।

उसे यह सुनकर दुख हुआ। वह यह तसवीर अपने पास रखना चाहता था। शायद सिर्फ़ यही एक तसवीर थी जिसका अर्थ वह किसी हद तक समझता था। चित्र था तो चूहेमार का। पर पहली दृष्टि में यह तसवीर किसी चूहे की लगती थी। फिर ग़ौर से देखने पर तसवीर में चूहेमार की आकृति उभरने लगती थी। पर यह आकृति ठीक तरह से उभरने भी न पाती कि फिर चूहे की आकृति में बदलने लगती। कमाल की तसवीर बनाई थी उसने। चित्र की इस विशेषता की ओर ध्यान 'ग' ने ही दिलाया था। वरना शायद वह इस तसवीर की ख़ूबसूरती और बारीकियों को ज़िन्दगी-भर न समझ पाता। यह तसवीर अक्सर चूहेख़ाने में चूहेमारों के बीच चलते-फिरते उसकी निगाहों में घूम जाती। सचमुच तमाम चूहेमार उसे चूहों की तरह दिखाई देने लगते। फिर इन चूहों में से चूहेमारों की धुँधली आकृतियाँ उभरतीं और पुन: ये आकृतियाँ चूहों की आकृतियों में बदलने लगतीं। 'ग' का जुमला उसके कानों में गूँज जाता, "अरे, ये तो चूहे हैं, चूहे। ये इंसान कहाँ हैं।" काश, उसने यह तसवीर 'ग' से माँग ली होती।

"आपको वह तसवीर बहुत पसन्द थी न।" सोनिया बोली।

"जी हाँ। अच्छा, अब मैं चलूँगा। बहुत देर हो चुकी है।" यह कहकर वह उठ खड़ा हुआ।

सोनिया उसे दरवाज़े तक छोड़ने आई। गली अँधेरे में डूबी थी। सोनिया लालटेन हाथ में लिये दरवाज़े पर खड़ी रही। लालटेन की फीकी रोशनी के सहारे वह गली में आगे बढ़ता रहा। नुक्कड़ पर पहुँचकर उसने पीछे देखा। रोशनी का पीला दायरा उसे दिखाई दिया और देखते-ही-देखते वह उसकी आँखों से ओझल हो गया। 'बेचारी सोनिया!' उसने मन में कहा और अपनी रफ़्तार तेज़ कर दी।

चार

गली से निकलकर वह सड़क पर आ गया। ठंड बहुत बढ़ गई थी। सर्द हवा के झोंके उसके हाथों और पैरों को सुन्न किए दे रहे थे। तेज़ सर्दी को सहने की शक्ति

उसके शरीर में अब नहीं रही। वह सोचने लगा, चूहे मारने के काम से दिमाग़ ही नहीं थकता, शरीर भी बहुत कमज़ोर हो जाता है। चूहेख़ाने में आने से पहले जब वह ऊँचे-ऊँचे स्वप्न देखा करता था तब कड़कड़ाते जाड़ों की रातों में बाहर घूमते रहने में उसे कितना मज़ा आता था। सर्द बर्फ़ीली हवाएँ उसके शरीर से टकरातीं और निराश लौट जातीं। पर अब जैसे ये उसके रोम-रोम में घुसती जा रही थीं। वह भीतर से कितना सर्द हो चुका है। उसकी रगों में जैसे ख़ून नहीं दौड़ता, पिघली हुई बर्फ़ बहती रहती है। उसे लगा कि चूहेख़ाना एक बहुत बड़ा बर्फ़ख़ाना है जहाँ सभी ठिठुरकर रह गए हैं। इस ठिठुरन में ख़ून की गर्मी कैसे रह सकती है।

बचपन की एक भूली-बिसरी घटना उसे याद आ गई। दिन-भर मूसलाधार वर्षा होती रही थी और शरीर को चीरकर रख देनेवाली तेज़ सर्द हवाएँ चल रही थीं। इस तूफ़ानी मौसम में उसके और साथियों के बीच तय हुआ कि तालाब में नहाया जाए और दो मील की दौड़ लगाई जाए। देखें कौन सबसे आगे रहता है। सबने अपने-अपने कपड़े उतार डाले और सिर्फ़ निकर पहने हुए तालाब में कूद पड़े। फिर तालाब से निकलकर दो मील का फ़ासला दौड़कर तय किया। दौड़ में वह सबसे आगे रहा था। उसे अपनी जीत पर बड़ी ख़ुशी हुई थी। बड़ी सीधी-सादी ख़ुशी थी जिसमें किसी तरह की कोई मिलावट नहीं थी।

इतना अर्सा गुज़र जाने के बाद भी इस जीत की याद से उसने अपने ख़ून में हल्की-सी गर्मी महसूस की। जीत और ख़ून की गर्मी का आपस में बड़ा गहरा ताल्लुक़ है, उसने सोचा। जीत का ख़याल ही तब पैदा होता है जब ख़ून में कुछ गर्मी हो। चूहेख़ाने में जीत का वह सीधा-सादा सहज एहसास हो ही नहीं सकता जो दौड़ में जीतने पर उसके मन में पैदा हुआ था। जीत का वह एहसास जिसमें विजेता अपने मन की गहराई से यह महसूस करे कि उसकी जीत सिर्फ़ उसकी योग्यता की देन है और उसमें अन्य शक्तियों का कोई योग नहीं है, चूहेख़ाने में दुर्लभ है।

चूहेख़ाने में जिसे जीत कहा जाता है उसकी ओर उसका मन कभी आकृष्ट नहीं हुआ। इस जीत में उसे सदा ही मिलावट दिखाई दी है। इसका स्वरूप वह नहीं है जो बचपन के दिनों की मामूली जीत के एहसास का होता है। चूहेख़ाने की तथाकथित जीत एक अपूर्णता, एक ख़ास तरह की हार का एहसास छोड़ जाती

है। उसमें वह भरपूर, आत्मा को तृप्ति देनेवाली ख़ुशी नहीं होती जो सच्ची जीत में होनी चाहिए। उसमें तथाकथित विजेता का मन इस एहसास से विषाक्त रहता है कि वह अन्दर से कहीं हार गया है। यह एहसास उसकी ख़ुशी में जहर घोल देता है। 'ग' ऐसी जीत नहीं चाहता था। वह चाहता तो ऐसी जीत उसे मिल सकती थी। वह शायद वैसी ही जीत चाहता था जैसी बच्चे चाहते हैं, सीधी-सादी और सरल जीत जिसकी ख़ुशी आत्मा की गहराई में महसूस की जा सकती है, जो सरल होते हुए भी भरपूर होती है, जिसमें कोई मिलावट नहीं होती, जो जीत होती है, सिर्फ़ जीत। सोनिया का ख़याल सही है। 'ग' की आत्मा सचमुच एक बच्चे की आत्मा थी जो बचपन की सीधी-सादी सरल ख़ुशियों के लिए भटकती रहती थी। मुश्किल यह थी कि वह यह ख़ुशी बड़ों की दुनिया में हासिल करना चाहता था जहाँ बड़ों के तौर-तरीक़े और क़ायदे-क़ानून चलते थे, बच्चों के नहीं।

उसने हमेशा महसूस किया था कि 'ग' के अन्दर एक आग है जो उसे औरों से बिलकुल अलग करती है। इसी आग ने उसे चूहेख़ाना छोड़ने पर विवश किया और इसी आग ने उसे दुनिया में भी न रहने दिया। इस आग ने उसे कहीं का न रखा। चूहेख़ाने में उसे सब ख़ब्ती समझते थे। इस मामले में वह भी और चूहेमारों से भिन्न नहीं था। लेकिन 'ग' में कुछ ऐसा ज़रूर था जो उसे अपनी ओर खींचता था।

'ग' की मौत की ख़बर सुनने के बाद उसे मन में आत्मग्लानि का एहसास हो रहा था। उसे 'ग' के प्रति और उदार होना चाहिए था। उसे समझने की और अधिक कोशिश उसे करनी चाहिए थी। चूहेख़ाने से निकलने के बाद भी उसे चैन न मिल सका। 'ग' को उससे कभी कोई शिकायत नहीं रही। उसने अपने पत्र में भी कोई ऐसी बात नहीं लिखी थी जिससे यह प्रकट होता हो कि उसका रवैया उसके प्रति ख़राब रहा था। लेकिन क्या उसके पत्र का अन्तिम वाक्य उसके सारे रवैये पर तीखी और सूक्ष्म चोट नहीं है? अगर वह 'ग' के मामले में ज़्यादा हमदर्दी का रवैया रखता तो उसे बल मिल सकता था। इस तरह वह शायद अपने संघर्ष में सफल भी हो सकता था। लेकिन यह भी व्यर्थ की भावुकता है, कुछ और नहीं। कामयाबी हासिल करने के अपने नियम हैं, अपने रास्ते हैं। इन रास्तों पर चले बिना कामयाबी हासिल नहीं की जा सकती।

चूहेख़ाने में तो कामयाबी हासिल करने का एक ही तरीक़ा है—बड़े चूहेमार को अपनी मुट्ठी में कर लेना। एक बार बड़ा चूहेमार मुट्ठी में आ जाए, फिर कामयाबी ख़ुद-ब-ख़ुद बढ़कर आपके क़दमों को चूमेगी। इसी तरह बड़े चूहेमार की कामयाबी का रहस्य भी यही है कि वह अपने से बड़े चूहेमार को अपने वश में कर ले। इसी ख़ातिर तो चूहेख़ाने में बड़े चूहेमारों की कृपादृष्टि के लिए छोटे चूहेमारों में होड़ लगी रहती है। चूहे मारने की योग्यता अपने आप में कोई महत्त्व नहीं रखती। बड़े चूहेमार की मान्यता के बिना इस योग्यता का कोई अस्तित्व नहीं है, कोई अहमियत नहीं है। लेकिन बड़े चूहेमार को अपनी मुट्ठी में कर लेना क्या कोई आसान काम है? क्या वह आसानी से हर छोटे चूहेमार की योग्यता के कायल हो जाता है? क्या वह नहीं जानता कि चूहे मारने में क्या रखा है? सभी चूहेमार चूहे मारने में कमोबेश एक-सी योग्यता का परिचय देते हैं। लेकिन सबको तो चूहे मारने में निपुण नहीं माना जा सकता। निपुण तो दो-चार ही हो सकते हैं। किनको निपुण माना जाए, यह इस बात पर निर्भर है कि बड़ा चूहेमार किनसे ख़ुश है, किनको वह पसन्द करता है। और बड़े चूहेमार को ख़ुश रखने के अपने ख़ास तरीक़े हैं जिन्हें हर छोटा चूहेमार अपनाना तो चाहता है लेकिन वे हरेक के बस के नहीं होते।

शायद ऐसे ही तरीक़े चूहेख़ाने के बाहर की दुनिया में भी प्रचलित हैं। 'ग' के पत्र से तो यही ज़ाहिर होता है। फिर चूहेख़ाने और बाहर की दुनिया में फ़र्क़ ही क्या रहा। उसने 'ग' से एक बार 'प' के चित्रों का ज़िक्र किया था। 'ग' को 'प' से सख़्त नफ़रत थी। वह उसे चूहेमार कहा करता था। इसका मतलब यह हुआ कि चूहेमार सिर्फ़ चूहेख़ाने में ही नहीं होते। वे चूहेख़ाने के बाहर भी होते हैं। तभी तो 'ग' ने उससे कहा था कि वह चूहेख़ाने में फिर आना चाहता है। लेकिन जब 'ग' के अनुसार सारी दुनिया ही एक चूहेख़ाना है तो चूहेख़ाने में आने-न-आने से उसके जीवन में क्या अन्तर आ सकता था। शायद यह भी उसकी सनक ही थी कि वह दुबारा चूहेख़ाने में आना चाहता था। उसे चूहेख़ाने में दुबारा ले लिया जाता तो भी उसका वहाँ बहुत दिनों तक टिकना मुमकिन नहीं होता। असली सवाल तो था चूहेख़ाने के मुताबिक़ ख़ुद को ढाल सकने का। वह यह कर सकता तो चूहेख़ाना हो या बाहर की दुनिया, दोनों जगहों में वह कामयाबी हासिल कर सकता था। 'ग'

के बारे में उसका विचार-क्रम फिर निर्मम होने लगा था। शायद वह 'ग' को कभी नहीं समझ सकेगा। शायद वह ऊपर से ही नहीं, अन्दर से भी पक्का चूहेमार है और एक चूहेमार 'ग' को कभी नहीं समझ सकता।

वह जिस सड़क पर चल रहा था, वह सीधी चूहेख़ाने की तरफ़ जाती थी। चूहेख़ाने की बुलन्द इमारत दूर से ही दिखाई देने लगी थी। रात के गहरे सन्नाटे में चूहाख़ाना उसे बहुत रहस्यमय लगा। सारी दुनिया के साथ चूहाख़ाना भी इस समय सो रहा है। दिन होने पर सारी दुनिया के साथ चूहाख़ाना भी जाग उठेगा। दूर-दूर तक ज़िन्दगी की कोई हलचल नहीं थी। मौत का-सा सन्नाटा सारे माहौल पर छाया हुआ था। तेज़ हवाओं को भी जैसे क़रार आ गया था। उसके चारों ओर निस्सीम फैलाव था जिसके बीच में चूहेख़ाने की इमारत किसी मक़बरे की तरह दिखाई दे रही थी।

उसे एकाएक महसूस हुआ कि उसका दिमाग़ जिन तंग दायरों में बन्द था वे एक-एक करके टूटते जा रहे हैं और उसके चारों ओर का फैलाव और निस्सीमता उसकी आत्मा में प्रवेश कर रही है। चूहेख़ाने के झगड़े, चूहेमारों की अनबन, 'ग' का नैराश्य और सोनिया का दुख—सब कुछ इस निस्सीम फैलाव के सामने जैसे निस्सार दिखाई दे रहा है।

आह्लाद की इस स्थिति में वह आगे बढ़ता गया। उसे ख़बर तक न हुई कि चूहेख़ाने की इमारत कब पीछे छूट गई। अब वह बाज़ार से गुज़र रहा था। बड़ी-बड़ी दुकानें और उनके सामने के चौड़े कुंशादा बरामदे सुनसान पड़े थे। एकाएक कुछ फ़ासले पर उसे एक नौजवान लड़की दिखाई दी। वह आहिस्ता क़दमों से चल रही थी मानो वह कहीं जा न रही हो, बल्कि किसी की राह देख रही हो और महज़ वक़्त काटने के लिए सड़क पर चहलक़दमी कर रही हो। उसके बाल कन्धों पर फैल रहे थे और उसका चेहरा बेहद पुरअसरार लग रहा था। रोशनी और अँधेरे की मिली-जुली फ़िज़ा और इस निर्जन वातावरण में वह किसी और दुनिया की प्राणी लग रही थी।

उसे अनायास बचपन में सुनी हुई अप्सराओं और परियों की कहानियाँ याद आ गईं। जाने यह इस समय यहाँ किसका इन्तज़ार कर रही है, उसने मन में सोचा। उसके पास से गुज़रते हुए उसने उसे ग़ौर से देखना चाहा। ठीक उसी क्षण लड़की ने भी उस पर एक भरपूर दृष्टि डाली। वह आश्चर्यचकित रह गया। लड़की

उसे देखकर मुस्करा रही थी जैसे वह उसे अच्छी तरह जानती हो। लड़की को यूँ मुस्कराते देखकर उसके क़दम ठिठक गए। दिमाग़ पर बहुत ज़ोर देने के बावजूद उसे याद न आ सका कि उसने इस लड़की को पहले कभी देखा है। लड़की उसके निकट आकर बोली, "आप बहुत जल्दी में तो नहीं हैं?"

"जी नहीं। कहिए, मैं आपकी क्या मदद कर सकता हूँ?" उसने कहा।

"मेरा मतलब यह है कि अगर आप चाहें तो मैं आपके साथ चल सकती हूँ?"

"कहाँ?" उसने आश्चर्य से पूछा।

"जहाँ आप कहें।" लड़की हँसकर बोली।

एकाएक बिजली की-सी तेज़ी से उसे सोनिया का ख़याल आ गया। वह भी कितना मूर्ख है। इतनी रात गए यह लड़की आख़िर और किस काम के लिए घूम सकती है। सचमुच चूहे मारते रहने से उसकी बुद्धि कुंठित हो गई है। उसे अपने शरीर में झुरझुरी महसूस हुई। आज की रात उसके लिए घटनाओं से भरी रात है, उसने मन में सोचा।

"आप मेरे घर चलेंगी?" उसने लड़की से पूछा।

"जहाँ आपको सुविधा हो। वैसे बहुत से लोग अपने घर ले जाना नहीं चाहते।" लड़की मुस्कराती हुई बोली।

यह अच्छा ही हुआ कि उसकी बहन आज घर में नहीं है, उसने सोचा।

उसका घर चूहेमारों की बस्ती में था। चूहेमारों की बहुत-सी बस्तियाँ थीं। छोटे चूहेमारों की अलग और बड़े चूहेमारों की अलग। चूहेख़ाने ने इस मामले में भी इसका ख़ास ख़याल रखा था कि छोटे चूहेमार और बड़े चूहेमार एक-दूसरे से अलग-थलग रहें। जिस तरह चूहेख़ाने में दोनों के बीच एक दूरी बनी रहती थी उसी तरह चूहेख़ाने के बाहर भी उन्हें एक-दूसरे से बहुत दूर रखने की व्यवस्था थी। एक दृष्टि से यह व्यवस्था दोनों को पसन्द भी थी। छोटे चूहेमारों के लिए बड़े चूहेमारों के साथ ही बस्ती में सहज रूप से रहना मुश्किल था। वे हमेशा छोटे होने के एहसास से ग्रस्त रहते। हीनत्व की भावना चूहेख़ाने से निकलने पर भी उनका साथ नहीं छोड़ती थी। चूहेख़ाने में तो पग-पग पर उन्हें अपने छोटे होने का एहसास होता ही रहता था। मिली-जुली बस्तियाँ होने पर यह एहसास उन्हें अपने घरों में

भी तंग करता। मौजूदा व्यवस्था इस लिहाज़ से उन्हें पसन्द थी। वे अपने वर्ग के चूहेमारों के बीच अधिक सहज भाव से रह सकते थे।

बड़े चूहेमारों को भी यह इन्तज़ाम अच्छा लगता था। उनका ख़याल था कि मिली-जुली बस्तियाँ आधा तीतर आधा बटेर क़िस्म की चीज़ होती हैं। उनका रहन-सहन और जीवन-स्तर छोटे चूहेमारों से काफ़ी अलग है। दोनों का मेल बड़ा अस्वाभाविक होगा और इससे बस्ती का वही नक़्शा बनेगा जो टाट में मख़मल का पैबन्द लगाने से बनता है। टाट में मख़मल का पैबन्द इसलिए कि ऐसी हर बस्ती में छोटे चूहेमारों की संख्या ही अधिक होगी। छोटे चूहेमार तादाद में हैं ही बहुत ज़्यादा। बड़े चूहेमार तो उनके मुक़ाबले में बहुत थोड़े हैं, दाल में नमक के बराबर। मिली-जुली बस्तियों में ज़ाहिर है कि छोटे चूहेमारों का व्यक्तित्व ही उभरकर सामने आएगा—महज़ उनकी बड़ी तादाद के कारण। इसका नतीजा यह होगा कि बस्ती चाहे जितनी ख़ूबसूरत बनी हो, उसकी सारी ख़ूबसूरती ख़ाक में मिल जाएगी।

बड़े चूहेमार छोटे चूहेमारों से अलग रहना चाहते थे, इसका एक और कारण था। बड़े चूहेमार दिन-भर चूहे मारने के बाद जब अपने घर लौटते थे तो उनकी शामें और रातें बड़ी रंगीन होती थीं। दिन-भर चूहे मारने की उकताहट और ऊब को वह रँगरेलियों में डुबो देने के आदी थे। दिन-भर उन्हें बड़ा ही संयत और नियमबद्ध जीवन बिताना पड़ता था। शाम को चूहेख़ाने से निकलते ही उनके संयम का बाँध एकदम टूट जाता और 'बेकस' के अनुयायियों की तरह वे रँगरेलियों में डूब जाते। वे बड़े चूहेमार का केंचुल, जिसे वे दिन-भर चूहेख़ाने में ओढ़े रहते थे, शाम होते ही उतार फेंकते और जी खोलकर ऐश करते। वे नहीं चाहते थे कि छोटे चूहेमार भी उनका यह रूप देखें। ज़ाहिर है कि एक ही बस्ती में रहने पर उनका यह रूप और उनकी यह ज़िन्दगी छोटे चूहेमारों से कैसे छिप सकती थी। हालाँकि ऐसा नहीं था कि उनकी इस ज़िन्दगी की छोटे चूहेमारों को कोई ख़बर ही न हो।

लेकिन दूर से देखने और निकट से देखने में या कभी-कभार देखने और रोज़ देखने में जो अन्तर होता है उससे भी तो इनकार नहीं किया जा सकता। अक्सर ऐसा भी होता है कि कोई दृश्य दूर से देखने पर बहुत भव्य लगता है। परन्तु निकट से देखने पर वही दृश्य अपना सारा आकर्षण खो देता है या कम-से-कम उतना भव्य नहीं रहता जितना दूरी से देखने पर नज़र आता है। बड़े चूहेमारों

की चूहेख़ानों के बाहर की ज़िन्दगी के सिलसिले में भी कभी-कभी उसे ऐसा ही लगता था। इस सम्बन्ध में शत-प्रतिशत सही धारणा बनाना तो बहुत कठिन काम था क्योंकि बड़े चूहेमारों की इस ज़िन्दगी को बहुत निकट से ही देखने का मौक़ा उसे बहुत कम मिला था। उसने इसकी हल्की-सी झलक देखी थी और इस थोड़े से अनुभव और जानकारी के आधार पर किसी सही निष्कर्ष पर पहुँचने का सवाल बेकार था। पर उसने एक-दो बार बड़े चूहेमारों को आपस में अन्तरंग बातचीत करते सुना था। चूहेख़ाने में उनका व्यक्तित्व बन्द डिब्बे की तरह रहता था जिसके बाह्य रूप को ही देखा जा सकता है, भीतरी हिस्से को नहीं। चूहेख़ाना छोड़ने पर शाम को यह बन्द डिब्बा खुलता था और अपने अन्दर की सब चीज़ें बाहर फेंकने लगता था। अगले दिन चूहेख़ाने में प्रवेश करते समय यह डिब्बा फिर बन्द हो जाता था।

एक रोज़ जब वह कुछ बहुत ज़रूरी चूहे लेकर अपने बड़े चूहेमार के घर गया था तो वहाँ राग-रंग की महफ़िल सजी हुई थी। वहाँ बहुत से बड़े चूहेमार और जर्क़-बर्क़ कपड़ों में सुन्दर रमणियाँ मौजूद थीं। उसे अलिफ़ लैला की कहानियाँ याद आ गई थीं जिनमें ऐश की ऐसी ही महफ़िलें सजाई जाती हैं। वह डरते-डरते अपने बड़े चूहेमार के पास गया था। बड़ा चूहेमार किसी और बड़े चूहेमार से कह रहा था, "यार चूहे मारते-मारते जी ऊब गया। जी चाहता है कहीं भाग जाऊँ, जहाँ चूहों की शक्ल तक दिखाई न दे।" फिर एकाएक एक छोटे चूहेमार को अपने सामने खड़ा देखकर उसकी भवें तन गई थीं। बड़े चूहेमार ने जल्दी-जल्दी चूहों को दुबारा मारा था और हाथोंहाथ उसके हवाले कर दिया था। तो बड़े चूहेमार भी चूहे मारने से घृणा करते हैं, उसने बड़े चूहेमार के घर से निकलते हुए सोचा था।

इसी तरह एक बार और जब वह बड़े चूहेमार के घर कुछ ज़रूरी चूहे लेकर गया था तो उसने दो बड़े चूहेमारों को किसी और बड़े चूहेमार को उसकी अनुपस्थिति में गालियाँ देते सुना था। गालियाँ खानेवाला यह बड़ा चूहेमार इन दोनों बड़े चूहेमारों से भी बड़ा चूहेमार था। उसने सोचा था कि बड़े चूहेमारों का भी अपने से बड़े चूहेमारों के सम्बन्ध में कुछ वैसा ही रवैया है जैसा कि छोटे चूहेमारों का बड़े चूहेमारों के सिलसिले में है।

फिर भी, इन समानताओं के बावजूद छोटे चूहेमारों और बड़े चूहेमारों में ज़मीन-आसमान का फ़र्क़ था। दोनों के ज़िन्दगी के तरीक़े अलग-अलग थे। एक की असली ज़िन्दगी चूहेख़ाने से निकलकर शुरू होती थी। दूसरे की चूहेख़ाने के बाहर कोई ज़िन्दगी नहीं थी। इसमें शक नहीं कि बड़े चूहेमार को भी चूहे मारने पड़ते थे, पर उसके लिए यह कोई कम सन्तोष की बात नहीं थी कि वह इतने सारे छोटे चूहेमारों पर हुकूमत करता है जो उसके तमाम नाज़-नख़रे बख़ूबी बर्दाश्त करते हैं। इससे उसके अहं को जो तुष्टि मिलती थी उससे चूहेमारी की सड़ाँध भी कम हो जाती थी।

छोटे चूहेमार दिन-रात बड़े चूहेमारों के बारे में ही सोचते रहते थे। बड़े चूहेमार को उनके बारे में सोचने की कोई ज़रूरत नहीं पड़ती थी। छोटे चूहेमार जब चूहेख़ाने से घर आते तो बीवी-बच्चों से भी बड़े चूहेमार ही की बातें करते थे। बड़े चूहेमार जानते थे कि वे हमेशा बड़े चूहेमार रहेंगे। उनके पूर्वज भी बड़े चूहेमार थे और उनकी सन्तान भी बड़े चूहेमार बनेगी इसका उन्हें पूरा विश्वास था। छोटे चूहेमार भी यह जानते थे कि वे छोटे चूहेमार पैदा हुए हैं और छोटे चूहेमार ही रहेंगे। वे बड़े चूहेमार बनने का स्वप्न देखने के बावजूद यह अच्छी तरह जानते थे कि उनका यह स्वप्न कभी साकार नहीं होगा।

वह जिस बस्ती में रहता था वह छोटे चूहेमारों की बस्ती थी। इसमें माचिस की डिबिया जैसे मकानों की क़तारें चली गई थीं। बड़े चूहेमारों के मकान बहुत लम्बे-चौड़े और कुशादा थे। छोटे चूहेमारों के मकान बहुत छोटे थे। चूहेख़ाने को मालूम था कि छोटे चूहेमारों के लिए बड़े मकान की आवश्यकता नहीं है क्योंकि चूहेख़ाने से बाहर उनकी कोई ज़िन्दगी नहीं होती। चूहेख़ाने से लौटने पर उनका एक ही काम रहता था—घर आकर सो रहना और इस काम के लिए यह छोटा मकान भी ज़रूरत से कुछ ज़्यादा ही बड़ा था।

वह बहुत डरता हुआ बस्ती में दाख़िल हुआ। शायद वह पहला छोटा चूहेमार था जो एक अजनबी लड़की को लेकर इस तरह बस्ती में पहुँचा था। छोटे चूहेमारों को पता चल जाए तो ख़ासा हंगामा खड़ा हो सकता है। छोटे चूहेमारों के अपने कुछ नैतिक नियम थे जिनका वे कठोरता से पालन करते थे। बस्ती में प्रवेश करते समय उसे

महसूस हुआ कि उसने इन नियमों को भंग किया है। उसे इसका नतीजा भुगतना पड़ सकता है। हालाँकि सारी बस्ती क़ब्रिस्तान की तरह ख़ामोश थी। सब चूहेमार गहरी नींद सो रहे थे। फिर भी उसे लग रहा था कि बहुत-सी निगाहें उसका पीछा कर रही हैं। जब तक घर में दाख़िल होकर उसने अन्दर से दरवाज़ा बन्द नहीं कर लिया, यह ख़ौफ़ उसके दिमाग़ से चिपटा रहा। घर की चहारदीवारी के भीतर उसे कुछ सुरक्षा का एहसास हुआ, यद्यपि हल्का-सा डर अब भी दिमाग़ के किसी कोने में मौजूद था। कहीं किसी ने उसे इस अजनबी लड़की के साथ आते देख न लिया हो।

बड़ी अजीब लड़की थी यह। इत्तफ़ाक़ देखिए कि एक रात में ही उसे दो युवतियों को इतने नज़दीक से देखने का मौक़ा मिला था। उसके जीवन में इससे पहले कभी कोई लड़की नहीं आई। लड़कियों के सम्पर्क के बिना जीवन कितना नीरस रहता है, उसने सोचा। लेकिन चूहे मारने का काम ही ऐसा है कि इस अभाव की ओर ध्यान तक नहीं जाता। कम-से-कम छोटे चूहेमारों की तो यही स्थिति है। उनकी सारी इन्द्रियों पर जैसे चूहों का ही आधिपत्य रहता है। चूहे मारते-मारते सौन्दर्यानुभूति कुछ इस तरह नष्ट हो जाती है कि उसका नामोनिशान तक बाक़ी नहीं रहता। सोनिया से मिलकर उसे एक नई हक़ीक़त का एहसास हुआ था। ये लड़कियाँ भी अपने अन्दर कैसी अजीबोग़रीब और रंग-बिरंगी दुनिया छिपाए फिरती हैं। लड़कियों के बारे में उसका दृष्टिकोण कितना सरल और सीधा-सादा रहा है। उनका बाह्य रूप ही जैसे सब कुछ हो। इसके परे, शक्ल-सूरत की चमक-दमक से दूर जैसे उनमें कुछ और हो ही नहीं। किस क़दर मूर्ख था वह।

"तुम रोज़ नए आदमी की तलाश में निकलती हो क्या?" उसने पूछा।

"नहीं। जब मुझे पैसों की ज़रूरत होती है, तभी निकलती हूँ।" लड़की ने उत्तर दिया।

कुछ देर चुप रहने के बाद लड़की कहने लगी, "मैं ज़्यादा देर नहीं ठहर सकती। वैसे ही काफ़ी देर हो चुकी है। मुझे जल्दी घर लौटना है। तुम अपना काम करो।"

वह लड़की की इस बेबाकी पर चौंक पड़ा। कितनी निर्लज्जता से बात कर रही है यह। फिर भी उसकी यह बेशर्मी, उसका यह दुस्साहस उसे कुछ आकर्षक

लगा। लड़की बहुत तेज़ है और साफ़गो भी। उसके अन्दर का चूहेमार उसकी साफ़गोई और बेबाकी पर चौंका था। वरना इस लड़की ने आख़िर क्या ग़लत बात कही थी। चूहेख़ाने में साफ़गोई और बेबाकी की कोई जगह नहीं थी। वहाँ तो इन दोनों को दफ़न करने के बाद ही रहा जा सकता था। इस लड़की से उस आचरण की अपेक्षा क्यों रखी जाए जो चूहेमारों की विशेषता है। यह कोई चूहेमार तो है नहीं। फ़र्ज़ कीजिए, इसका विवाह किसी छोटे चूहेमार से हो जाए। क्या यह उसके साथ रह सकेगी? शायद कभी नहीं।

उसने छोटे चूहेमारों की बीवियों को देखा है। वे सब-की-सब छोटे चूहेमारों की तरह ही मरियल और निर्जीव हैं। उन्हें देखकर उसे हमेशा उबकाई-सी आती है। जाने छोटे चूहेमार कैसे इनके साथ अपना जीवन बिताते हैं। शायद चूहेमारी की सड़ाँध का आदी होने के कारण ही इन्हें सहन करना सम्भव होता है। इनकी शक्ल देखते ही मन कैसे मिचलाने लगता है। कई रोज़ पुराने बजबजाते दही को देखकर मन की जो हालत होती है वही हालत इन्हें देखकर होती है। शायद इसी कारण से उसने अब तक विवाह नहीं किया। और यह तो महज़ बहानेबाज़ी है कि जब तक उसकी बहन पढ़-लिख नहीं लेती और उसका विवाह नहीं हो जाता, तब तक वह इस जंजाल में नहीं फँसेगा। छोटे चूहेमार की बीवी की ज़िन्दगी एक तंग दायरे में घूमती है। दिन-भर घर का काम-काज करते रहना, रात में छोटे चूहेमार की डाँट-फटकार सुनना, फिर उसके साथ सो जाना और हर साल एक बच्चा जन देना।

चूहेख़ाने में छोटे चूहेमार को जो झिड़कियाँ सुननी पड़तीं, जो अपमान सहना पड़ता, और ज़हर के जो घूँट पीने पड़ते, उन्हें वह घर आते ही उगल देता। चूहेख़ाने में इनके निकलने का कोई रास्ता नहीं था। ये सब उसके दिमाग़ में इकट्ठे होते रहते थे और घर पहुँचने पर तूफ़ान की तरह फट पड़ते थे। इसके छोटे चूहेमार का भी कोई दोष नहीं था। आख़िर वह अपने दिल का बुख़ार किस पर उतारे? बड़े चूहेमार पर? यह उसकी मजाल नहीं थी। दूसरे छोटे चूहेमारों पर? वे भला क्यों उसकी बातों को बर्दाश्त करने लगे? ले-देकर बेचारी पत्नी ही बचती थी जो उसके भीतर की घुटन और ज़िल्लत के एहसास को अपने अन्दर समो सकती थी। दिल का बुख़ार उतर जाने पर छोटा चूहेमार फिर अपनी पत्नी को मुहब्बत-भरी दृष्टि

से देखता। यह भी उसकी मजबूरी थी। आख़िर वह क्या करे! उसके लिए तफ़रीह और मनोरंजन का कोई और साधन नहीं था।

"जल्दी करो। मेरे पास समय नहीं है।" लड़की ने कुछ रुखाई से कहा।

उसने यह कल्पना नहीं की थी कि लड़की आते ही जाने की ज़िद करने लगेगी। वह बातें करना चाहता था—उसके बारे में, अपने बारे में, इधर-उधर की ऊटपटाँग बातें। लड़की इसके लिए तैयार नहीं थी। वह सिर्फ़ मतलब की बात करना चाहती थी। सोनिया की तरह वह अपने बारे में कुछ बताने को इच्छुक दिखाई नहीं देती थी।

बाहर की कँपकँपा देनेवाली सर्दी के मुक़ाबले में कमरे की फ़िज़ा बहुत गर्म थी। और एक स्वस्थ जवान लड़की उसके पास बैठी थी, जिसकी साँसों की गर्मी को वह महसूस कर सकता था। फिर भी उसकी बाँहें इतनी ठंडी और बेजान क्यों हैं कि वे गर्म दहकते हुए शरीर को अपनी गिरफ़्त में लेने के लिए आतुर नहीं होतीं। उसने अपने अन्दर अजीब-सी बेचैनी महसूस की जैसे किसी बन्द सीलन-भरे वातावरण में वह अर्से से क़ैद हो और यह घुटन उसके लिए अब असह्य हो। उसने लड़की को अपनी बाँहों में जकड़ लेना चाहा। लेकिन उसकी बाँहें बेल की कोमल और कमज़ोर लताओं की तरह चट्टान-जैसे सख़्त शरीर के गिर्द लिपटकर रह गईं। उसने लड़की के चेहरे को एक नज़र देखा। उसके चेहरे पर नागवारी का भाव था। उसने सोचा, इस लड़की के शरीर को फौलादी बाँहों की ज़रूरत है, उसकी मोम-जैसी बाँहों की नहीं। उसकी बाँहें अपने आप ही ढीली पड़ती जा रही थीं और उसके दिमाग़ में अनगिनत चूहे रेंग रहे थे। उसने अब लड़की की छातियों को अपनी मुट्ठियों में लेना चाहा, लेकिन वे फिसलकर उसकी मुट्ठियों से निकल गईं।

उसे महसूस हुआ कि उसके हाथों की तमाम उँगलियाँ समान गति से हरकत नहीं करतीं। दाहिने हाथ का अँगूठा और दो उँगलियाँ—जिनमें वह चूहे मारने की नन्ही बरछी पकड़ता है—जिस गति से काम करती हैं, शेष उँगलियाँ उस गति से काम नहीं करतीं। आश्चर्य है, उसने पहले कभी इस बात पर ग़ौर नहीं किया। इस तरह तो उसकी बाक़ी उँगलियाँ बेकार हो जाएँगी, उनसे कोई काम करना सम्भव नहीं होगा। लड़की शायद उसकी परेशानी को समझ रही थी। वह एकाएक ज़ोर से

खिलखिलाकर हँस पड़ी। उसकी हँसी बिलकुल अप्रत्याशित थी। सड़क पर पहली बार मिलने पर उसके होंठों पर मुस्कराहट की लकीर उभरी थी। उसके बाद उसका चेहरा बहुत गम्भीर बन गया था। बड़ा ही सपाट और भावहीन-सा चेहरा था—सख़्ती की एक मोटी परत ओढ़े हुए। ऐसा चेहरा जिसमें उम्र के साथ कोई परिवर्तन नहीं आता, जिसे देखकर आभास होता है कि बुढ़ापे का इस पर कोई असर नहीं होगा, किन्तु जिसे देखकर यह एहसास भी नहीं होता कि इस पर कभी जवानी के फूल खिले होंगे। लड़की के मुँह से हँसी के फव्वारे निरन्तर फूट रहे थे। वह हँसी के मारे लोट-पोट हो रही थी।

"तुम चूहेमार हो न! और वह भी छोटे चूहेमार!" लड़की अब भी हँसे जा रही थी और शब्द टूट-टूटकर उसके मुँह से निकल रहे थे।

"यह बस्ती ही छोटे चूहेमारों की है। यहाँ सभी छोटे चूहेमार हैं।" उसने कहा।

लड़की की हँसी अब कुछ थम गई थी। वह बोली, "मैं तुमसे कहीं और मिलती तो भी फ़ौरन समझ जाती कि तुम छोटे चूहेमार के अलावा कुछ और नहीं हो सकते।"

"वह कैसे?" उसने लड़की से पूछा।

"सभी छोटे चूहेमार इसी तरह करते हैं। उन्हें औरत की छातियों और चूहों में कोई अन्तर दिखाई नहीं देता। वे स्तन को भी उसी तरह पकड़ते हैं जिस तरह चूहे को मारते समय पकड़ते हैं। फिर छोटे चूहेमारों के शरीर से बराबर मरे हुए चूहों की गन्ध फूटती रहती है।"

"और बड़े चूहेमार?" उसने लड़की से पूछा। अत्यधिक खीजा होने के बावजूद लड़की की बातें उसे दिलचस्प लग रही थीं।

"बड़े चूहेमार? उनकी स्थिति थोड़ी अलग है। वैसे मैं मानती हूँ कि छोटे चूहेमारों और बड़े चूहेमारों में कुछ ज़्यादा फ़र्क़ नहीं है। दोनों के काम बड़ी हद तक एक-से हैं। फिर भी इतना फ़र्क़ ज़रूर है कि छोटे चूहेमार जिन चूहों को मारते हैं उन्हीं चूहों को बड़े चूहेमार दुबारा मारते हैं। चूहे मारने के काम की जितनी सड़ाँध छोटे चूहेमारों को सहनी पड़ती है उतनी बड़े चूहेमारों को नहीं। बड़े चूहेमारों तक पहुँचते-पहुँचते मरे हुए चूहों की सड़ाँध काफी कम हो जाती है। फिर उन्हें यह ख़याल भी होता है कि इतने सारे छोटे चूहेमार उनके इशारों पर नाचते हैं। वे चूहेख़ाने

के मालिक हैं और छोटे चूहेमार उनके ग़ुलाम। हालाँकि चूहेख़ाने के नियम-क़ायदों की किताबों में तुम्हें यह कहीं लिखा नहीं मिलेगा कि बड़े चूहेमार चूहेख़ाने के मालिक हैं और छोटे चूहेमार उनके ग़ुलाम। लेकिन कभी तुमने ग़ौर किया है कि चूहेख़ाने में क़दम-क़दम पर बड़े चूहेमार और छोटे चूहेमार में कैसा फ़र्क़ महसूस होता है! क्या तुम नहीं जानते कि चूहेख़ाने में बड़े चूहेमारों के पेशाबख़ाने तक अलग हैं जिनमें छोटे चूहेमारों को पेशाब करने की इजाज़त नहीं है! क्या बड़े चूहेमार सजे-सजाए शानदार कमरों में तन्हा नहीं बैठते जबकि छोटे चूहेमार बड़े-बड़े कमरों में या अँधेरे लम्बे गलियारे में भेड़-बकरियों की तरह ठूँस दिए जाते हैं! क्या बड़े चूहेमारों की गतिविधियाँ चूहेनामे में नहीं छपतीं जबकि छोटे चूहेमारों के लिए चूहेनामे में कोई जगह नहीं होती? क्या बड़े चूहेमारों का प्रत्येक कथन सही नहीं माना जाता जबकि छोटे चूहेमारों की कोई बात तब तक सही नहीं मानी जाती जब तक कि बड़े चूहेमार उसकी तसदीक़ न कर दें? ऐसी हालत में अगर बड़े चूहेमार यह समझते हैं कि वे चूहेख़ाने के मालिक हैं तो क्या ग़लत समझते हैं। अगर वे सोचते हैं कि चूहेख़ाना उनके दम से क़ायम है तो उनका ऐसा सोचना शायद ग़लत नहीं है। छोटे चूहेमार ऐसा नहीं सोच सकते।"

"लेकिन बड़े चूहेमार अधिक योग्य भी तो हैं। उनकी ज़िम्मेदारियाँ भी अधिक हैं। फिर सभी बड़े चूहेमार बना दिए जाएँ तो चूहेख़ाने का काम कैसे चले? बड़े चूहेमारों के डर से ही तो छोटे चूहेमार इतना काम करते हैं। अगर बड़े चूहेमार हटा दिए जाएँ तो छोटे चूहेमार शायद चूहे मारना ही छोड़ दें।" उसने लड़की से कहा।

उसने केवल तर्क करने की ख़ातिर यह बात नहीं कही थी। वास्तव में कई बार उसने ऐसा सोचा था। और यह हक़ीक़त थी कि छोटे चूहेमार बड़े चूहेमार से त्रस्त रहते थे और इसी वजह से चूहे मारने में वे अपना तन-मन न्योछावर कर देते थे। धन उनके पास था नहीं जो न्योछावर कर सकते। कभी कोई बड़ा चूहेमार बीमारी के कारण या किसी अन्य कारण से चूहेख़ाने में न आ पाता तो उसके मातहत छोटे चूहेमार काम में काफ़ी ढिलाई बरतने लगते। ऐसा तो नहीं था कि वे उस रोज़ एकदम काम ही न करें। उन्हें यह डर भी तो लगा रहता था कि अगले रोज़ बड़ा चूहेमार आकर उनकी ख़बर लेगा। फिर भी बड़े चूहेमार की मौजूदगी में जितने चूहे वे मारते थे उस रोज़ उससे कम ज़रूर मारते थे।

"सभी छोटे चूहेमार ऐसा ही कहते हैं। यह विचारधारा उनके स्वभाव का अंग बन चुकी है," लड़की ने कहा, "छोटे चूहेमारों की यह मनोवृत्ति सहज और स्वाभाविक है। एक दृष्टि से देखिए तो यह उनके लिए फ़ायदेमन्द भी है। जिस व्यवस्था पर आपका कोई इख़्तियार न हो, जिसे आप बदल न सकते हों, उसे स्वीकार कर लेने में ही चैन और राहत है, चाहे यह व्यवस्था आपको घुन की तरह खाती क्यों न हो। तुम कहते हो, बड़े चूहेमार अधिक योग्य हैं, उनकी ज़िम्मेदारियाँ ज़्यादा बड़ी हैं। सभी ग़ुलाम अपने आक़ाओं के बारे में ऐसा ही सोचते हैं। यह सोचकर उन्हें सन्तोष भी मिलता है। उन्हें जो कुछ मिला हुआ है, उसी के वे हक़दार भी हैं। उससे अधिक उन्हें कुछ नहीं मिल सकता क्योंकि उससे अधिक पाने के वे क़ाबिल नहीं हैं। इस युक्ति से बड़ी तस्कीन मिलती है, इससे इनकार नहीं किया जा सकता। जो इस युक्ति का सहारा नहीं ले सकते, उनके लिए जीवन सचमुच बहुत कष्टदायी होता है।"

यह लड़की कैसी विचित्र बातें कर रही है। कौन कह सकता है कि यह लड़की जो खुलेआम अपनी जवानी का सौदा करती है, अपने दिमाग़ में ऐसे ख़तरनाक ख़यालात भी रखती है। सचमुच आज की रात उसके जीवन की सबसे दिलचस्प रात है।

"मुश्किल यह है कि तुम चूहेख़ाने की व्यवस्था और पुराने ज़माने की ग़ुलामी की व्यवस्था में जो फ़र्क़ है उसे महसूस नहीं करती। तुम दोनों को एक समझती हो, हालाँकि दोनों में बड़ा अन्तर है। पुराने ज़माने के ग़ुलाम हमेशा ग़ुलाम रहने पर बाध्य थे। वे मालिक बनने का स्वप्न तक देखने का हक़ नहीं रखते थे। चूहेख़ाने में दरअसल न तो कोई मालिक है और न कोई ग़ुलाम। हाँ, दो बड़े वर्ग ज़रूर हैं। यानी बड़े चूहेमार और छोटे चूहेमार। लेकिन तुम यह भूलती हो कि बड़े चूहेमार भी कई दर्जों में बँटे हुए हैं। तमाम बड़े चूहेमारों का एक दर्जा नहीं है। उनमें भी छोटे-बड़े हैं, जिस तरह छोटे चूहेमारों में पहले, दूसरे और तीसरे दर्जे के चूहेमार हैं। ग़ुलामी की व्यवस्था में सिर्फ़ मालिक होते थे और ग़ुलाम।"

"तुम्हारा ख़याल ग़लत है।" लड़की ने कहा, "दरअसल ग़ुलामी की व्यवस्था में भी बड़े और छोटे मालिक होते थे। इसी तरह ग़ुलामों की भी कई श्रेणियाँ थीं। कुछ ग़ुलामों को तो मालिक इतना मानते थे कि दूसरे तमाम ग़ुलाम

इन्हें मालिक का ही दर्जा देते थे। चूहेख़ाने में भी कुछ छोटे चूहेमार बड़े चूहेमारों के इतने मुँह चढ़े होते हैं कि दूसरे सब छोटे चूहेमार जितना इनसे डरते हैं, उतना बड़े चूहेमार से भी नहीं डरते। लेकिन इन थोड़े-से छोटे चूहेमारों की स्थिति तमाम छोटे चूहेमारों की स्थिति तो नहीं कही जा सकती। बल्कि चूहेख़ाने की व्यवस्था तो कभी-कभी मुझे पुराने ज़माने की ग़ुलामी की व्यवस्था से भी ख़राब लगती है। पुराने ज़माने के ग़ुलाम विशालकाय पुरुष होते थे। उनके शरीर में फ़ौलाद जैसी ताक़त थी। वे पहाड़ों का सीना चीरकर रख देते थे। लेकिन वे अपने मालिक का कुछ नहीं बिगाड़ सकते थे। उसके सामने वे भीगी बिल्ली बन जाते थे क्योंकि मालिक का डर उनके दिल में समाया हुआ था। हालाँकि यह हक़ीक़त है कि वे सब मिलकर जिस क्षण इस डर को अपने दिलों से निकाल फेंकते, उसी क्षण वे अपने मालिकों को नेस्तनाबूद कर सकते थे। लेकिन यह डर उनके दिलों से निकलता नहीं था। और हक़ीक़त यह है कि उनके मालिक उनसे कुछ ज़्यादा ही डरते थे। ग़ुलामों पर उनका इतना अत्याचार, उनके साथ इतनी बेरहमी का बरताव दरअसल उनके इसी भय का नतीजा था। उन्हें हर समय यह डर लगा रहता था कि फ़ौलादी शरीरवाले ये ग़ुलाम उन्हें कहीं फाड़ न डालें। लेकिन बड़े चूहेमारों को ऐसा कोई डर नहीं है। इसलिए उनकी स्थिति पुराने ज़माने के मालिकों से कहीं अच्छी है। वे जानते हैं कि छोटे चूहेमार सिर्फ़ दुम हिला सकते हैं, उनसे आँखें नहीं मिला सकते।"

लड़की की बातों में कुछ वज़न था। वह जो कुछ कह रही थी उससे पूरी तरह सहमत होना मुश्किल था। पर उसकी बातों को रद्द कर देना भी आसान नहीं था। उसकी बातों से ज़ाहिर होता था कि चूहेख़ाने के बारे में उसने बहुत गहराई में जाकर सोचा है और कुछ निष्कर्ष ग्रहण किए हैं। चूहेख़ाने के सम्बन्ध में उसकी जानकारी सुनी-सुनाई बातों पर आधारित नहीं है। लगता है, चूहेख़ाने का उसे प्रत्यक्ष ज्ञान है। शायद यह ख़ुद भी चूहेख़ाने में रह चुकी है। जिसने चूहेख़ाने में काफी लम्बे अर्से तक काम न किया हो, जिसे चूहेख़ाने की कार्य-पद्धति का प्रत्यक्ष अनुभव न हो और जिसने चूहेख़ाने के अस्तित्व के औचित्य-अनौचित्य पर बहुत गहराई से सोच-विचार न किया हो, उसके लिए चूहेख़ाने के बारे में सर्वांगीण निष्कर्ष ग्रहण करना असम्भव है।

चूहेख़ाना उसे प्राय: मृग-मरीचिका की तरह लगा है। चमकीली रेत को पानी का चश्मा समझकर वह उसके पीछे भागता फिरा है। लेकिन दूर-दूर तक सूखी रेत उसकी आँखों और नथुनों में घुसती चली गई है और पानी का वह चश्मा उसे कभी नहीं मिला। इसी कारण चूहेख़ाने के बारे में सोचना उसे अक्सर व्यर्थ और निष्फल कार्य लगा है। उसे हमेशा महसूस हुआ है कि चूहेख़ाने के बारे में कोई ऐसा निष्कर्ष ग्रहण नहीं किया जा सकता जो चूहेख़ाने के तमाम पहलुओं को अपने घेरे में ले सके। वैसे चूहेख़ाने के सिलसिले में ग्रहण किया गया प्रत्येक निष्कर्ष आंशिक रूप से सही भी हो सकता है, पर केवल आंशिक रूप से ही। चूहेख़ाने का तंत्र इतना व्यापक है और उसके इतने अनगिनत पहलू हैं कि वह आसानी से पकड़ में नहीं आ सकता।

चूहेख़ाने के बारे में इस लड़की के विचार भी आंशिक रूप से सत्य हो सकते हैं। लेकिन उनमें पूरी सचाई हो, ऐसा नहीं कहा जा सकता। इन विचारों में भी वही कमी है जो चूहेख़ाने के सम्बन्ध में सोच-विचार करते समय सहज ही आ जाती है। यानी ये भी चूहेख़ाने का कोई सम्पूर्ण चित्र प्रस्तुत नहीं करते, उसके कुछ पहलुओं को ही रेखांकित करते हैं। मिसाल के तौर पर यह लड़की भूल जाती है कि चूहेख़ाने के कुछ अपने आदर्श भी हैं और इन आदर्शों का सम्बन्ध सिर्फ़ चूहेमारों तक सीमित नहीं है, बल्कि उस पूरे जनसमूह से भी है जो चूहेख़ाने के बाहर रहता है और जो चूहेख़ाने में काम नहीं करता। क्या लोक-कल्याण और सम्पूर्ण जनसमूह की उन्नति चूहेख़ाने का ध्येय नहीं है? क्या चूहेख़ाने में हमेशा इस बात पर ज़ोर नहीं दिया जाता कि हम जो चूहेख़ाने में काम करते हैं और चूहे मारते हैं, उस जनसमूह को नहीं भूल सकते जो चूहेख़ाने के बाहर है और हमारी तरफ़ आशा-भरी दृष्टि से देख रहा है? हम आख़िर चूहे क्यों मारते हैं? इसीलिए न कि सम्पूर्ण जनसमूह को सुख-समृद्धि मिल सके और उसके तमाम कष्टों का निवारण हो सके। ये आदर्श चूहेख़ाने में और चूहेख़ाने के बाहर भी बार-बार दुहराए जाते हैं। चूहेख़ाना इसी आदर्श की प्राप्ति के लिए प्रयत्नशील है। माना कि इन आदर्शों से भी मरे हुए चूहों की गन्ध आती है। माना कि इनमें भी वही सड़ाँध है जो मरे हुए चूहों में होती है। लेकिन इससे बचा भी कैसे जा सकता है? चूहेख़ाने से जो चीज़ भी निकलेगी उसमें मरे हुए चूहों की गन्ध तो होगी ही। यह कैसे हो सकता है कि नमक की

खान में कोई चीज़ डाल दी जाए और यह उम्मीद की जाए कि उसमें नमक नहीं लगेगा। फिर भी इससे तो इनकार नहीं किया जा सकता कि चूहेख़ाने के अपने कुछ आदर्श हैं।

"चूहेख़ाने की व्यवस्था के बारे में तुम्हारी राय एकांगी है। तुम भूल जाती हो कि चूहेख़ाना किसी व्यक्ति की जायदाद नहीं है। वह पूरे जनसमूह की सम्पत्ति है, उसकी आशाओं और महत्त्वाकांक्षाओं का प्रतीक है। चूहेख़ाने की कल्पना उन आदर्शों के बिना नहीं की जा सकती जिनकी प्राप्ति उसका सबसे बड़ा ध्येय है।"

ये शब्द कहते हुए उसे महसूस हुआ कि वह एकाएक बड़ा चूहेमार बन गया है। वह जैसे अपने सामने बैठी हुई लड़की से बातें नहीं कर रहा है, बल्कि चूहेख़ाना-दिवस पर हज़ारों छोटे चूहेमारों के सामने चूहेख़ाने के आदर्शों की महत्ता पर भाषण दे रहा है। यह एहसास उसे सुखद लगा और उसे एक बहुत पुरानी बात याद आ गई—स्कूल के दिनों की, जब एक वाद-विवाद प्रतियोगिता में वह अव्वल रहा था और उसे इनाम में चाँदी का एक छोटा-सा कप मिला था। उसमें भाषण देने की योग्यता थी। इतने वर्षों तक चूहे मारते रहने के बाद भी उसकी यह योग्यता नष्ट नहीं हो सकी है, यह सोचकर उसे एक सुखद आश्चर्य की अनुभूति हुई।

"आदर्श! हा! हा! तुम इन्हें आदर्श कहते हो!" लड़की को जैसे हँसी का दौरा पड़ गया था। "बड़े चूहेमार की बातों को तुम आँखें मूँदकर मान लेते हो। आख़िर को छोटे चूहेमार हो न। जानते हो, बड़े चूहेमारों को मैं ख़ुद इन आदर्शों का मज़ाक उड़ाते हुए सुन चुकी हूँ। तुम समझते हो, बड़े चूहेमार सचमुच इन आदर्शों में विश्वास रखते हैं? तुम्हें कुछ पता नहीं है।"

लेकिन वह इतनी आसानी से हार मानने को तैयार नहीं था। उसने कहा, "बड़े चूहेमार इन आदर्शों का मज़ाक उड़ा सकते हैं। लेकिन इससे इन आदर्शों की ख़ूबी पर क्या असर पड़ सकता है। आदर्श अगर अच्छे हैं तो आप चाहे उनका जितना मज़ाक उड़ाएँ, वे हर हालत में अच्छे रहेंगे।"

"ख़ैर, छोड़ो इन बातों को। मैं छोटे चूहेमारों को भी ख़ूब जानती हूँ और बड़े चूहेमारों को भी। बड़े चूहेमार चूहेख़ाने की असलियत को ज़्यादा समझते हैं। यह और बात है कि वे जो कुछ महसूस करते हैं उसे कह नहीं सकते, क्योंकि ऐसा करना उनके हितों के विरुद्ध भी होगा और चूहेख़ाने के हितों के विरुद्ध भी।"

"तुम चूहेख़ाने के बारे में यह सब कैसे जानती हो? क्या तुम भी चूहेख़ाने में रह चुकी हो?" उसने लड़की से पूछा।

"नहीं। मैं ख़ुद चूहेख़ाने में कभी नहीं रही। लेकिन चूहेख़ाने का नियंत्रण बचपन से ही मेरे जीवन पर रहा है। चूहेख़ाने का नियंत्रण कितना सर्वव्यापी है, शायद तुम भी इसकी कल्पना नहीं कर सकते। चूहेख़ाना सिर्फ़ वही नहीं है जो ईंट और पत्थर की बनी हुई इमारत की शक्ल में तुम्हें दिखाई देता है। ख़ुद हमारे दिलों में भी चूहेख़ाने हैं जिन्हें हम देख नहीं पाते, लेकिन जो हमारे जीवन, हमारी गतिविधि का नियंत्रण करते रहते हैं। चूहेख़ाने के प्रभाव से बचना सचमुच सम्भव नहीं है। हम, तुम, बड़े चूहेमार और ऐसे बहुत सारे लोग, जिनका बज़ाहिर तुम्हारे चूहेख़ाने से दूर का भी ताल्लुक नहीं है, चूहेख़ाने की चहारदीवारी में बन्द हैं। कोई भी इस चहारदीवारी के बाहर नहीं जा सकता—उन क्षणों में भी नहीं जब दूर-दूर तक उसे चूहेख़ाने की चहारदीवारी नज़र नहीं आती। जो इस चहारदीवारी से निकलने की कोशिश करता है या जो इस चहारदीवारी को ढा देना चाहता है, जानते हो उसका अंजाम क्या होता है? उसके सीने में लोहे की दहकती हुई सलाखें ठोंक दी जाती हैं और वह तड़प-तड़पकर दम तोड़ देता है। 'त' के साथ ऐसा ही हुआ था। उसने चूहेख़ाने की चहारदीवारी को तोड़ने की हिमाक़त-भरी कोशिश की थी।"

लड़की के चेहरे पर स्मृति की परछाइयाँ थीं जिन्होंने उसके चेहरे की सख़्ती को ढक लिया था। उसकी आँखों में जाने किन तसवीरों की जगमगाहट सिमट आई थी।

"चूहेख़ाने को क्या कोई एक व्यक्ति या मुट्ठी-भर लोग ख़त्म कर सकते हैं?" कुछ देर रुककर उसने फिर कहना शुरू किया। "जो ऐसा समझते हैं वे नहीं जानते कि चूहेख़ाने के पीछे किन शक्तियों का हाथ है। ये शक्तियाँ कितनी भयानक हैं, इनके शिकंजे कितने सख़्त हैं और इनके हाथ कितने लम्बे हैं—इन बातों का अन्दाज़ा इन्हें छेड़कर देखने से ही हो सकता है। तुमने पुराने किस्सों में दानवों और राक्षसों के बारे में पढ़ा होगा। ये शक्तियाँ इन दानवों और राक्षसों से कहीं अधिक भयावह हैं। बेचारा 'त' इससे क्या लड़ सकता था?"

वह लड़की की बातों को बड़ी हैरत से सुन रहा था। ये कौन-सी शक्तियाँ थीं जिनकी ओर वह संकेत कर रही थी। चूहेख़ाने की एक बिलकुल नई तसवीर यह लड़की प्रस्तुत कर रही थी। इस दृष्टि से उसने कभी भी चूहेख़ाने के बारे में नहीं

सोचा था। वह सोच भी नहीं सकता था। जब उसने इन शक्तियों को देखा नहीं, इनके बारे में कुछ सुना ही नहीं तो वह इनके बारे में क्या सोच सकता था। इसमें सन्देह नहीं कि चूहेख़ाना उसे अक्सर बेहद पुरअसरार और रहस्यमय लगता था। यह रहस्यमयता किसी ऐसी शक्ति का आभास भी देती थी जो चूहेख़ाने से बिलकुल अलग थी, लेकिन जो अदृश्य रूप से चूहेख़ाने के समस्त व्यापार का संचालन करती थी। लेकिन आँखों से कुछ दिखाई नहीं देता था। आँखों से सिर्फ़ बड़े चूहेमार और छोटे चूहेमार और अनगिनत चूहे ही देखे जा सकते थे। और यह 'त' कौन हो सकता है? शायद यह इस लड़की का प्रेमी हो। वह ज़रूर 'ग' की तरह कोई सनकी होगा, उसने मन में सोचा।

"लेकिन चूहेख़ाने को आख़िर क्यों ख़त्म किया जाए? चूहेख़ाने में इतने सारे लोग जो काम करते हैं वे आख़िर क्या करेंगे?" उसने लड़की से पूछा।

"मुझे इस बात की चिन्ता नहीं है कि चूहेख़ाना ख़त्म हो गया तो इतने सारे चूहेमार क्या करेंगे। लेकिन चूहेख़ाना कभी ख़त्म नहीं हो सकता। मैं यही 'त' से कहती थी। और चूहेख़ाना ख़त्म भी हो गया तो उसकी जगह पर दूसरा चूहेख़ाना खड़ा हो जाएगा। हाँ, उसका नाम ज़रूर बदल सकता है। इसी तरह बड़े चूहेमार और छोटे चूहेमार की संज्ञाएँ भी बदल सकती हैं। लेकिन चीज़ों के नाम बदल देने से चीज़ें तो नहीं बदल जाया करतीं। चूहेख़ानों का यह सिलसिला बहुत लम्बा है, हज़ारों वर्ष पुराना है। समय के उतार-चढ़ाव के साथ इसका रूप भी कुछ बदला है। परन्तु बुनियादी ढाँचा ज्यों-का-त्यों क़ायम है। शायद यह बदला ही नहीं जा सकता। 'त' से मैं यही कहती थी। चूहेख़ाने कहीं ख़त्म हो सकते हैं? इनसे टकराना बहुत बड़ी नादानी है। फिर भी 'त' को मैं चाहती थी। वह मुझे बहुत अच्छा लगता था। उसकी चेष्टा बालोचित सही, लेकिन साहसिक थी। साहसिकता चाहे वह किसी क्षेत्र में हो, मुझे अच्छी लगती है। इसीलिए बड़े चूहेमार मुझे छोटे चूहेमार से ज़्यादा अच्छे लगते हैं। मैं बड़े चूहेमारों की अन्तरंग सभा में कई बार जा चुकी हूँ। मैं मानती हूँ कि चूहों की गन्ध उनके शरीर से भी आती है। लेकिन छोटे चूहेमारों के मुक़ाबले में बहुत कम। वे ऐसी ख़ुशबुओं का इस्तेमाल करते हैं जिनसे चूहों की गन्ध और भी दब जाती है। उनके दिमाग़ पर भी चूहे हावी रहते हैं। लेकिन चूहेख़ाने से निकलकर वे ऐसे द्रवों का प्रयोग करते हैं जो उनके दिमाग़ में भरे हुए

चूहों को बहुत गहराई में दबा देते हैं। ऐश करने के मामले में उनकी साहसिकता का जवाब नहीं है।

"जानते हो एक बार उनकी अन्तरंग सभा में मैंने क्या देखा? बहुत से चूहेमार अपनी पत्नियों के साथ वहाँ इकट्ठे हुए थे। ऐश की एक नई योजना बनी थी। कमरा तेज़ रंग-बिरंगी रोशनियों से जगमगा रहा था। एकाएक कमरे की तमाम बत्तियाँ बुझ गईं। तमाम बड़े चूहेमारों ने एक तश्त में अपनी-अपनी गाड़ी की चाबी रख दी। फिर यह तश्त एक कपड़े से ढक दिया गया। बड़े चूहेमार एक-एक करके आते और तश्त से एक चाबी निकालकर खड़े हो जाते। जब सब इस तरह एक-एक करके चाबी उठा चुके तो कमरा फिर तेज़ रोशनी से जगमगा उठा। जिसके हाथ में जिस चूहेमार की चाबी पड़ी वह उसकी पत्नी को लेकर चल दिया। क्या ऐसा कभी छोटे चूहेमारों में हो सकता है? मैं मानती हूँ कि बड़े चूहेमारों ने जो कुछ किया वह चूहेख़ाने के नियमों के विरुद्ध है। लेकिन उनमें इतना साहस तो है कि वे इन नियमों की अवहेलना कर सकते हैं। हालाँकि नियमों के पालन की ज़िम्मेदारी उन पर ज़्यादा आती है क्योंकि चूहेख़ाने के नियम-क़ायदे बनाने में उनका ही हाथ होता है, छोटे चूहेमारों का नहीं। मेरा मतलब है कि नियम भंग करने के लिए भी साहस की आवश्यकता होती है, जो छोटे चूहेमारों में नहीं है। लेकिन 'त' की हिम्मत का मुक़ाबला कोई नहीं कर सकता। उसमें तो चट्टानों से टकराने का साहस था। काश! उसे सैमसन की शक्ति मिली होती और वह चूहेख़ाने को ख़त्म कर सकता।"

लड़की बोलते-बोलते भावुक हो उठी थी। वह जो कुछ कह रही थी उस पर विश्वास करना कठिन था। बड़े चूहेमार दिल खोलकर ऐश करते हैं, यह सही है। लेकिन वे इतने अनैतिक हो सकते हैं और मर्यादाओं का इस प्रकार उल्लंघन कर सकते हैं, यह वह नहीं मान सकता।

लड़की अब ख़ामोश हो गई थी। उसने महसूस किया कि 'त' का नाम लेते ही उसके चेहरे पर मनचाहे सपनों की परछाइयाँ नाचने लगती हैं और उसकी आँखों की पलकें इन सपनों के बोझ से दब-दब जाती हैं। सपनों का अपना सुख होता है। उनकी अपनी शक्ति होती है। वह भी कभी कैसे-कैसे स्वप्न देखा करता था। एकाएक उसे लगा कि समय बहुत तेज़ी से पीछे की तरफ़ चला गया है, जहाँ न

चूहेख़ाना है और न चूहे। यह बड़ी जानी-पहचानी और मनचाही दुनिया है। वह न तो छोटा चूहेमार है और न बड़ा चूहेमार। वह एक पुरुष है, केवल एक पुरुष, जिसकी भुजाओं में असीम शक्ति है, जो पहाड़ों को भी अपनी भुजाओं में उठा सकता है। वह पागलों की तरह लड़की के होंठों, गालों और पलकों को चूमने लगा। उसने उसे अपनी बाँहों में समेट लिया और अब उसे लगा कि वही शरीर जो चट्टान की तरह उसे सख़्त महसूस हुआ था मोम की तरह नर्म पड़ चुका है।

पाँच

कैसा वीभत्स और डरावना दृश्य है। दूर-दूर तक ज़मीन ख़ून में रँगी हुई है। मरे हुए चूहों के अनगिनत टीले हैं। ख़ून में लुथड़ी हुई चूहों की लाशें, कटे हुए अंग और गन्दी आँतें उसके चारों तरफ़ बिखरी पड़ी हैं। बदबू और सड़ाँध से उसका दिमाग़ फटा जा रहा है। उसकी उँगलियाँ दुख रही हैं, लेकिन चूहों का ताँता बँधा हुआ है। सिर्फ़ वही नहीं, उसकी तरह सैकड़ों छोटे चूहेमार चूहे मारने में लगे हुए हैं। उनके चेहरे भी थकान और ख़ौफ़ से पीले पड़ गए हैं। उनके बाजुओं में भी अब ताक़त नहीं रही कि चूहों को मारने का काम जारी रख सकें। लेकिन थोड़े-थोड़े फ़ासले पर बड़े चूहेमार खड़े हुए हैं। कैसी भयानक शक्लें हैं उनकी। उनके हाथों में चमकदार कोड़े हैं, जिन्हें वे हवा में लहरा रहे हैं। जैसे ही किसी को थकान से निढाल होकर दम लेते देखते हैं, उनके कोड़े उसकी पीठ को लहूलुहान कर डालते हैं। उसकी थकान भी अब आख़िरी हदों को छू रही है। उसके बाज़ू, उसका शरीर, उसकी उँगलियाँ अब जवाब दे रही हैं। लेकिन कोड़ों का डर उसे दम मारने नहीं देता। "आख़िर तुम हमें क्यों मारते हो? हमारा क्या क़सूर है? हमें क्यों पैदा किया जाता है और क्यों इस तरह मार डाला जाता है? तुम यह सब क्यों करते हो? क्या सचमुच इस तरह हमें मारने से तुम्हारा कोई मक़सद पूरा होता है? तुम सब सख़्त ग़लतफ़हमी के शिकार हो। हमें मारने से कोई लाभ नहीं। इस तरह हमें पैदा करने का भी कोई प्रयोजन नहीं है। फिर हमें एक व्यर्थ, निरुद्देश्य और प्रयोजनहीन

शृंखला की कड़ी बनने पर क्यों बाध्य किया जाता है?" चूहे सवाल पर सवाल करते चले जाते हैं। उसका काम सवालों के जवाब देना नहीं है। उसका काम तो चूहों को मारना है और बस। इन सवालों के जवाब उसके पास हैं भी कहाँ? वह इन सवालों का जवाब क्या दे सकता है। वह तो इतना ही जानता है कि उसे ख़ुद भी इन चूहों को मारना अच्छा नहीं लगता। उसे सख़्त घिन आती है इनसे। लेकिन उसे उन कोड़ों से बहुत डर लगता है जो बड़े चूहेमारों के हाथ में लहरा रहे हैं। उफ़! वह किस क़दर थक गया है। आँखों के आगे अन्धकार फैलता जा रहा है। उसे कुछ दिखाई नहीं देता। वह किसी गहरे अँधेरे कुएँ में गिरता जा रहा है। एकाएक बिजली की तरह कोड़ा उसके सामने कौंध जाता है। वह चीख पड़ता है, "मुझे मत मारो! मुझे मत मारो।"

उसका शरीर पसीने में तरबतर हो रहा है। वह बिस्तर पर अकेला लेटा है। कमरे में सुबह की गर्म चमकीली धूप फैली है। उसकी बहन उससे कह रही है, "तुम्हें आज चूहेख़ाना नहीं जाना है क्या? तुम कोई डरावना सपना देख रहे थे क्या?"

हाँ, शायद वह स्वप्न ही देख रहा था। वह लड़की जो उसके साथ आई थी, सोनिया, 'ग' की मृत्यु—क्या यह सब सपना था। सचमुच गुज़री हुई रात कितनी अनोखी, ख़्वाब और हक़ीक़त का कैसा अद्भुत संगम थी। स्वप्न और सत्य दोनों इस तरह घुल-मिल गए थे कि एक-दूसरे से अलग करना मुश्किल था।

जाने यह 'ग' की मौत का असर था या उस लड़की की बातों का, जिसने चूहेख़ाने की एक बिलकुल नई तसवीर उसके सामने रखी थी, कि चूहेख़ाने में उसका मन अब नहीं लगता था। सवेरे उठते ही चूहेख़ाने जाने की कल्पना मात्र से ही उसका दिल दहशत से भर उठता। फिर जैसे कोई अदृश्य शक्ति उसे खींचकर वहाँ ले जाती। वह महसूस करता जैसे उसके पैरों में बहुत वज़नी ज़ंजीरें पड़ी हुई हैं और उसके क़दम बहुत आहिस्ता-आहिस्ता उठ रहे हैं। उसके सामने चूहों के ढेर पड़े होते। वह आँखें बन्द कर लेता। यह दृश्य अब असह्य हो रहा था। चूहों को देखकर पहले भी उसे अक्सर झुँझलाहट होती थी। लेकिन वह जैसी मन:स्थिति से अब गुज़र रहा था, वैसी पहले कभी नहीं रही थी। पहले जब कभी

चूहे मारने की निरर्थकता उस पर हावी होने लगती तो वह चूहेख़ाने की व्यवस्था और उसमें अन्तर्निहित मूल्यों को समझने की कोशिश करता। वह सोचता, चूहे मारने का काम निरर्थक ज़रूर लगता है, लेकिन वास्तव में वह निरर्थक नहीं है। इस काम का भी अपना मूल्य है, कुछ सार्थकता है जो कि आँखों से नहीं देखी जा सकती, लेकिन अपना एक अस्तित्व रखती है। इससे एक सन्तुलन बना रहता था। लेकिन अब जैसे सन्तुलन बिगड़ गया था। शायद यह सन्तुलन अब कभी न बन सके।

चूहों के प्रति उसके मन में वितृष्णा पहले भी थी। पर अब यह वितृष्णा इतनी बढ़ गई थी कि चूहों को देखकर उसे उबकाई-सी आने लगती थी। सारा चूहाख़ाना उसे किसी गहरी, पेचीदा और सात परदों में छिपी हुई साज़िश की सृष्टि नज़र आता। इस साज़िश की रेखाएँ स्पष्ट नहीं थीं। इसके पीछे जिन शक्तियों का हाथ था उन्हें भी वह देख नहीं सकता था। लेकिन चूहेख़ाने की हर चीज़ से इसी साज़िश की गन्ध आती थी। उसे लगता, चूहेख़ाने के तमाम लोग—बड़े चूहेमार और छोटे चूहेमार—जाने-अनजाने तौर पर इसी साज़िश को चिरन्तन बनाने में लगे हैं। और वह ख़ुद भी, न चाहते हुए भी, इस साज़िश में शरीक हैं। चूहाख़ाना उसे शतरंज का खेल नज़र आता जिसमें चूहों और चूहेमारों की हैसियत मुहरों से ज़्यादा नहीं थी। वह उन शक्तियों को देखना चाहता था जो इन्हें मुहरों की तरह नचाती रहती हैं। लेकिन इन शक्तियों को देख पाना सम्भव नहीं था। इन शक्तियों का जैसे कोई नेत्र-ग्राह्य आकार नहीं था। लेकिन इनका अस्तित्व अवश्य था जिसे महसूस किया जा सकता था। चूहे मारने का यह व्यापार इन शक्तियों के लिए चाहे सार्थक हो, उसके लिए इसका कोई अर्थ नहीं था। उसने चूहे मारने बन्द कर दिए।

लेकिन चूहे उसके पास निरन्तर आ रहे थे। उनका ढेर बढ़ता जा रहा था। यही हालत रही तो उसे चूहेख़ाने से निकाल बाहर किया जाएगा। यह सोचकर वह डर जाता। वह चूहों में रुचि लेने की कोशिश करता। उनमें मन लगाना चाहता। लेकिन उसका मन भी अब जैसे उसके वश में नहीं था। चूहों की तरफ़ देखने की इच्छा उसे न होती। वह आँखें बन्द किए सोचता रहता। 'मैं इन चूहों को क्यों मारूँ?' वह अपने मन में सवाल करता। क्या इसलिए कि चूहेख़ानों के आदर्शों की पूर्ति

के लिए इन्हें मारना ज़रूरी है? क्या सचमुच इन्हें मारने से इन आदर्शों की प्राप्ति में कोई सहायता मिलती है?

उसके दिमाग़ में चूहेख़ाने के बाहर की दुनिया आ जाती, जहाँ भूख और विपन्नता से सिसकता और दाने-दाने को तरसता हुआ जनसमूह था। चूहेख़ाने में जाने कब से चूहे मारे जा रहे थे। करोड़ों-अरबों की संख्या में चूहे मारे जा चुके थे। शायद इनसे भी ज़्यादा। शायद मारे गए चूहों की संख्या इतनी अधिक थी कि उसे आँकड़ों में व्यक्त करना सम्भव ही नहीं था। लेकिन जनसमूह के कष्टों का निवारण नहीं हो रहा था। हो भी नहीं सकता था। मुश्किल यह थी कि जनसमूह भी बड़ी उम्मीद-भरी नज़रों से चूहेख़ाने की तरफ़ देखता था। उसका ख़याल था कि अमृत-भरे बादल एक न एक रोज़ चूहेख़ाने से ही उठेंगे और बरसेंगे और उसकी ज़िन्दगी को हरियाली से भर देंगे। उसे क्या पता कि चूहेख़ाने में तो सिर्फ़ मरे हुए चूहे हैं, उनकी बदबूदार लाशें हैं और उनके कटे हुए अंग हैं और फ़िज़ा में घुटन है। उसे जनसमूह पर क्रोध आता। वास्तव में वह जो इतनी सीधी-सादी सचाई को नहीं देख सकता इसी ज़िन्दगी का हक़दार है।

विचारों के ऐसे ही ताने-बाने उसे घेरे रखते। उसके सामने चूहों के पहाड़ निरन्तर ऊँचे होते जा रहे थे और वह इनके बीच इस तरह छिप गया था कि कोई उसे देख नहीं सकता था। लेकिन चारों तरफ़ बैठे हुए छोटे चूहेमार देख रहे थे क़ि उसके इर्द-गिर्द चूहों के पहाड़ बन गए हैं और गोकि वह उनकी आँखों से भी ओझल था, लेकिन वे जानते थे कि इन पहाड़ों के बीच में वह बैठा है। वे चूहे मारते जाते थे और मुस्कराते जाते थे और आपस में इशारों से बात करते जाते थे। उन्हें इससे मतलब नहीं था कि उनके साथी के मन में कैसा तूफ़ान उठ रहा है, उसकी मन:स्थिति क्या है और उसने चूहे मारने क्यों बन्द कर दिए हैं। उनके सामने एक अच्छा दृश्य था जिसका वे आनन्द ले सकते थे। "लो, यह भी 'ग' के रास्ते पर चल पड़ा है।" वे कानाफूसी के अन्दाज़ में एक-दूसरे से कहते और अर्थ-भरी दृष्टि से मुस्कराकर एक-दूसरे की तरफ़ देखते।

छोटे चूहेमारों की यह आदत थी। कोई छोटा चूहेमार मुसीबत में फँसता तो दूसरे तमाम छोटे चूहेमार मन-ही-मन बहुत ख़ुश होते थे। बज़ाहिर हमदर्दी-भरे शब्द कहने में वे आगे-आगे रहते। लेकिन उनके दिल ख़ुशी से झूम उठते थे। इसी तरह

किसी छोटे चूहेमार को जब कोई सफलता मिलती तो दूसरे छोटे चूहेमार मन में जल-भुनकर रह जाते। बहुत दिनों तक उनका मन व्याकुल रहता। रातों की नींद हराम हो जाती। वे एक-दूसरे की ख़ुशी नहीं देख सकते थे। बड़े चूहेमारों को न तो छोटे चूहेमारों की ख़ुशी से मतलब था और न उनके दुख से। छोटे चूहेमार की बड़ी-से-बड़ी सफलता भी उनकी दृष्टि में कोई महत्त्व नहीं रखती थी। छोटे चूहेमारों की तमाम सफलताएँ चूहेख़ाने के दायरे में ही घूमती थीं। और ये बड़े चूहेमारों की ही देन होती थीं। जो सफलता उनकी कृपा-दृष्टि का परिणाम हो उसे वे क्या अहमियत दे सकते थे।

कई रोज़ हो गए थे। उसने एक चूहा भी नहीं मारा था। चूहों के पहाड़ उसके चारों तरफ़ खड़े थे और वह जैसे इनसे बिलकुल बेख़बर था। यह स्थिति बहुत दिनों तक नहीं चल सकती थी। आख़िर एक छोटे चूहेमार को उसकी हालत पर दया आ ही गई। हालाँकि छोटे चूहेमार एक-दूसरे पर रहम करने के आदी नहीं थे।

"तुम किस दुनिया में हो," उसने उसके कन्धों को झँझोड़ते हुए कहा, "देखते नहीं, तुम्हारे पास कितने चूहे जमा हो गए हैं। बड़े चूहेमार को ख़बर हो गई तो होश ठिकाने आ जाएँगे।"

बात सही थी। सचमुच बड़े चूहेमार को पता चल गया तो बड़ी आफ़त आ जाएगी। उसके पास इतने सारे चूहे इकट्ठे हो गए हैं कि इन्हें मारने में कई रोज़ लग जाएँगे। इस अर्से में इतने ही चूहे और आ जाएँगे और यह ढेर कभी ख़त्म नहीं हो सकेगा। इनमें जाने कितने ऐसे चूहे भी होंगे जिन्हें तत्काल मारना ज़रूरी था। यह विलम्ब अपने आप में बहुत बड़ी मुसीबत ला सकता है। बड़े चूहेमार का चेहरा उसकी निगाहों में घूम गया। वह ख़ौफ़ से काँप उठा। वह बड़े चूहेमार को क्या जवाब देगा? उसने उँगलियों से पकड़कर एक चूहा उठाया और उसे मारने की कोशिश की। लेकिन उसकी उँगलियों और दिमाग़ ने जैसे काम करने से इनकार कर दिया। यह चूहा किस तरह का है? यह किस अर्थ का प्रतीक है? इसे मारने का क्या तरीक़ा है? इस पर कौन-सा नियम लागू होगा? इस तरह का चूहा पहले कभी मारा गया है या नहीं? ये तमाम प्रश्न उसके मस्तिष्क से टकरा रहे थे। लेकिन इनके उत्तर उसे नहीं मिल रहे थे। चूहेख़ाने के तमाम नियम-क़ायदे जैसे

एकाएक उसके दिमाग़ से निकल गए थे। वह इन चूहों को आख़िर कैसे मारे जब नियम-क़ायदे ही उसे याद नहीं थे। नियमों से हटकर मारना बेकार था। इससे तो अच्छा है कि चूहों को मारा ही न जाए! फिर वह क्या करे? इसी उधेड़-बुन की स्थिति में उसने एकाएक बड़े चूहेमार को अपने सामने खड़ा पाया। बड़े चूहेमार की आँखों से चिनगारियाँ निकल रही थीं।

बड़ी असाधारण परिस्थितियों में ही बड़ा चूहेमार छोटे चूहेमार के पास आता था। वह हमेशा छोटे चूहेमारों को अपने कमरे में ही बुलाता था। चूहेख़ाने का यही क़ायदा था। छोटे चूहेमारों को बड़े चूहेमारों के पास जाना चाहिए, बड़े चूहेमारों को छोटे चूहेमारों के पास नहीं। लेकिन जब कोई बड़ी गड़बड़ी होती तो बड़े चूहेमार छोटे चूहेमार के पास ख़ुद जाकर स्थिति का मुआयना करते थे। चूहेख़ाने में शान्ति और अनुशासन बनाए रखना बड़े चूहेमारों की ज़िम्मेदारी थी। कोई गम्भीर स्थिति उत्पन्न हो जाने पर वे अपने कमरे में बैठे नहीं रह सकते थे। वे तुरन्त मौक़े पर पहुँचकर मामले की जाँच करते। एक छोटा चूहेमार कई रोज़ से चूहे नहीं मार रहा था। चूहेख़ाने के लिए यह कोई मामूली घटना नहीं थी।

चूहेमारों से यह उम्मीद की जाती थी कि वे एक क्षण भी बेकार नहीं बैठेंगे। दिन-भर चूहेख़ाने में चूहे मारते रहना तो उनका कर्तव्य था ही। उनसे यह अपेक्षा भी की जाती थी कि ज़रूरत पड़ने पर वे चूहेख़ाने के कार्य-समय के बाद भी चूहे मारने से इनकार नहीं करेंगे। और यहाँ एक छोटा चूहेमार था जिसने लगातार कई रोज़ से एक चूहा भी नहीं मारा था। इससे अधिक गम्भीर स्थिति और क्या हो सकती है। वास्तव में बड़े चूहेमार को दुहरा ग़ुस्सा था। एक इस बात पर कि छोटा चूहेमार चूहे नहीं मार रहा है। दूसरे इस बात पर कि छोटा चूहेमार कई दिनों से अपने काम में ग़फ़लत बरत रहा है और उसे ख़बर तक नहीं। उसे यह सब आज ही मालूम हो सका है। इसकी ख़बर उसे बहुत पहले होनी चाहिए थी। वह छोटे चूहेमारों से तंग आ चुका था। इन हरामज़ादों के पीछे जब तक रोज़ डंडा लिये न फिरो ये चूहे नहीं मार सकते। लेकिन वह भी रोज़ कहाँ तक इनके पीछे पड़ सकता है। कोई एक छोटा चूहेमार हो तो उसे कसकर रखा भी जाए। उसकी मातहती में दर्जनों छोटे चूहेमार काम करते हैं। वह किस-किस पर निगाह रखे? वह तो कहिए कि बहुत-से छोटे चूहेमार ही अपने साथियों की बहुत-सी बातें उसे बता देते हैं। वरना अपने कमरे में बैठे-बैठे

उसे इन बातों की क्या ख़बर हो सकती है। यह सूचना कि एक छोटे चूहेमार ने कई दिनों से एक चूहा भी नहीं मारा, बड़े चूहेमार को एक छोटे चूहेमार से ही मिली थी।

वह बड़े चूहेमार को देखते ही उठ खड़ा हुआ। चूहेख़ाने का ऐसा ही क़ायदा था। चारों तरफ़ जितने भी छोटे चूहेमार बैठे थे, वे सब-के-सब खड़े हो गए। बड़े चूहेमार के सामने कोई छोटा चूहेमार बैठा नहीं रह सकता।

"जानते हो, तुम्हारे जुर्म की क्या सज़ा है?" बड़ा चूहेमार गरजकर बोला।

उसने कोई उत्तर नहीं दिया। बड़ा चूहेमार उत्तर चाहता भी नहीं था।

"मैं तुम्हें चूहेख़ाने से निकाल बाहर कर सकता हूँ।" बड़े चूहेमार ने उसी तरह गरजकर कहा।

वह इस बार भी ख़ामोश रहा। बड़े चूहेमार को यह इख़्तियार था कि छोटे चूहेमार अच्छा काम न करें तो उन्हें चूहेख़ाने से बरख़ास्त कर दें।

"तुम मेरी बातों का जवाब क्यों नहीं देते?" बड़े चूहेमार ने दाँत भींचकर कहा।

वह ख़ामोश रहा। उसकी ख़ामोशी का कारण चूहेख़ाने का यह नियम नहीं था कि जब बड़ा चूहेमार ग़ुस्से में कुछ कह रहा हो तो छोटे चूहेमार को बिलकुल ख़ामोश रहना चाहिए। कारण यह था कि बड़े चूहेमार ने ऐसा कोई सवाल ही नहीं किया था जिसका जवाब वह दे सकता।

"तुम जब तक इन सब चूहों को मार नहीं लेते, घर नहीं जा सकते।" बड़ा चूहेमार झुँझलाकर बोला और पैर पटकता हुआ चला गया।

बड़े चूहेमार के जाते ही बहुत सारे छोटे चूहेमार उसके इर्द-गिर्द इकट्ठे हो गए और मगरमच्छ के आँसू बहाने लगे। हालाँकि मन-ही-मन ये सब बहुत ख़ुश हो रहे थे। छोटे चूहेमारों का स्वभाव ही ऐसा था। बड़े चूहेमार के हाथों अपने किसी साथी को ज़लील और अपमानित होते देखकर उनका दिल बाग़-बाग़ हो जाता था। लेकिन वे इतना लिहाज़ ज़रूर करते थे कि उसके सामने अपनी ख़ुशी ज़ाहिर न होने देते। साथ ही इतना रख-रखाव भी था कि दिखावे के लिए ही सही, लेकिन उससे हमदर्दी भी ज़रूर जताते थे। हमदर्दी जतानेवाले छोटे चूहेमारों की एक भीड़ उसके पास इकट्ठी हो गई थी। सभी ऐसे दुखी नज़र आ रहे थे जैसे बड़े चूहेमार ने उन सबको भी डाँट पिलाई हो।

सबसे अधिक दुख तो उस छोटे चूहेमार को था जिसने बड़े चूहेमार के आने के पहले ही उसे सावधान करने की कोशिश की थी। दरअसल उसी ने तो बड़े चूहेमार से जाकर सब कुछ कह दिया था और पेशबन्दी के तौर पर बड़े चूहेमार के आने के पहले ही वह उसे सावधान कर गया था। छोटे चूहेमारों की आदत थी कि बड़े चूहेमार से अपने किसी साथी की शिकायत करने के ठीक पहले या उसके तुरन्त बाद अपने साथी से ख़ास हमदर्दी का बरताव करने लगते थे। उनका ख़याल था इस तरह उनकी हरकत पर पर्दा पड़ा रहेगा। लेकिन यह भी उनका भ्रम था।

तमाम छोटे चूहेमार एक-दूसरे को ख़ूब समझते थे और उनके चरित्र का यह पहलू किसी से छिपा नहीं था। यह एक सहज आचरण था और किसी को कोई अचरज न होता। दग़ा देने या विश्वासघात करने का आक्षेप किसी पर नहीं लगाया जा सकता था। चूहेख़ाने की दौड़ में यह आचार प्रयोग-सिद्ध और मान्य था।

कुछ देर में ही उसके इर्द-गिर्द इकट्ठी भीड़ छँट गई। फिर चूहेख़ाना भी बन्द हो गया और तमाम चूहेमार घर चल दिए। अब वह चूहेख़ाने में अकेला था और चारों तरफ़ सिर्फ़ चूहे ही चूहे थे। मारे गए चूहों के ख़ून के छींटों से फ़र्श पर तरह-तरह की आकृतियाँ बन गई थीं। चूहों के पेट से निकली हुई ग़लाज़त और चूहों के मांस के छोटे-छोटे टुकड़े ज़मीन पर बिखरे पड़े थे। चूहों को लाख सफ़ाई और सावधानी से मारिए, कुछ-न-कुछ गन्दगी वे पीछे छोड़ ही जाते हैं। यह दृश्य कोई नया नहीं था। इससे पहले भी वह कई बार चूहेख़ाने में देर तक रुका था—किसी जुर्म की सज़ा के तौर पर नहीं, स्वेच्छा से, क्योंकि बहुत से ज़रूरी चूहे रह गए थे जिन्हें उसी रोज़ मारना आवश्यक था। लेकिन आज उसका रुकना और दिनों की तरह का नहीं था। आज वह अपनी इच्छा से नहीं रुका था। बड़े चूहेमार ने उसे दंड दिया था और कई दिनों का काम उसे चन्द घंटों में निपटाना था। उसे अपने साथी छोटे चूहेमार के शब्द अपने कानों में गूँजते सुनाई दिए—"बड़े चूहेमार को ख़बर हो गई तो होश ठिकाने आ जाएँगे।" इसी छोटे चूहेमार ने बड़े चूहेमार को सब कुछ बता दिया था। लेकिन उसने मन में अपने इस सहकर्मी के लिए कोई नफ़रत महसूस नहीं की। उसने ठीक ही तो कहा था। सचमुच उसके होश ठिकाने आ गए थे। वह जैसे पिछले कई दिनों से

आत्म-विस्मृति की अवस्था में रहा था। वह जैसे चूहेख़ाने में रहकर भी चूहेख़ाने में नहीं था। और अब जैसे आत्म-विस्मृति की अवस्था समाप्त हो चुकी थी और वह फिर प्रकृतिस्थ हो गया था।

वह आहिस्ता क़दमों से चलकर खिड़की के पास पहुँचा और बाहर की तरफ़ देखने लगा। सामने चूहेख़ाने का सदर दरवाज़ा था, जहाँ से चूहेमारों की भीड़ की भीड़ निकल रही थी। उसे यह दरवाज़ा किसी क़ैदख़ाने के दरवाज़े की तरह लगा, जिससे रिहा किए गए क़ैदी बाहर निकल रहे हों। लेकिन क़ैदियों की रिहाई की कल्पना उसे दूसरे ही क्षण ग़लत लगी। इन्हें कल फिर इसी क़ैदख़ाने में लौट आना है।

उसे महसूस हुआ कि उसकी आत्मा इस क़ैद से मुक्ति पाने के लिए जाने कब से छटपटाती रही है। पिछले कुछ दिनों में वह जिस मन:स्थिति से गुज़रा है वह शायद उसकी छटपटाती हुई आत्मा का ही एक रूप थी परन्तु यह कोशिश निरर्थक है। उसे इस क़ैद से कभी मुक्ति नहीं मिल सकती। इस क़ैद को सहन करते रहना ही उसकी नियति है। और तब उसे लगा कि चूहेमार की शक्ति उसमें नये सिरे से पैदा हो रही है और चूहेख़ाने के तमाम नियम-क़ायदे उसके दिमाग़ में आईने की तरह फिर चमक उठे हैं।

वह रात गए घर लौटा। उसे उम्मीद नहीं थी कि इतने सारे चूहों को वह चन्द घंटों के अन्दर ही मार सकेगा। लेकिन जैसे कोई दैवी शक्ति उसकी पीठ पर थी और उसके सहारे वह निरन्तर चूहों को एक-एक करके मारता जा रहा था। उसकी उँगलियों में बला की शक्ति आ गई थी और उसकी नन्ही बरछी बहुत तेज़ी से चल रही थी। उसे कुछ होश नहीं था कि समय किस गति से बीत रहा है। उसके सिर पर एक ही धुन सवार थी कि दिन निकलने से पहले उसे तमाम चूहे मार डालने हैं। और सचमुच जब उसकी उँगलियाँ रुकीं तो लगभग तमाम चूहे ढेर हो चुके थे और पुश्तों-के-पुश्ते लगे हुए थे। सिर्फ़ थोड़े-से चूहे रह गए थे। लेकिन इन्हें मारना सम्भव नहीं था। वास्तव में ये चूहे वह बहुत पहले ही मार चुका था और इन्हें बड़े चूहेमार के पास भेज चुका था। बड़े चूहेमार ने इन्हें इस आदेश के साथ लौटा दिया था कि छोटा चूहेमार उससे चर्चा कर ले।

बड़े चूहेमार जब किसी चूहे के सम्बन्ध में किसी संशय में पड़ जाते या उसे दुबारा मारते हुए किसी प्रकार की कठिनाई अनुभव करते तो वे उस चूहे को ऐसे ही आदेश के साथ छोटे चूहेमार के पास भेज देते थे। ऐसे चूहों को मारने या यों कहिए कि पुन: मारने से पहले बड़े चूहेमार से चर्चा करना आवश्यक होता था। यह क़ायदा बड़े चूहेमारों के लिए बहुत सुविधाजनक था। इससे वह व्यर्थ की मग़ज़पच्ची से बच जाते थे।

चूहों की नस को छोटे चूहेमार जितना पहचानते थे उतना बड़े चूहेमार नहीं। उनकी असलियत और रंग-ढंग को छोटे चूहेमार ज़्यादा अच्छी तरह जानते थे। यह एक सचाई थी जिसे अनौपचारिक रूप से सभी मानते थे—यहाँ तक कि बड़े चूहेमार भी। परन्तु औपचारिक रूप से चूहेख़ाने में इस सचाई को कोई मान्यता नहीं मिल सकी थी। औपचारिक मान्यता के बिना इस सचाई का कोई महत्त्व नहीं था। इस सचाई को औपचारिक मान्यता देना कठिन भी था। इससे चूहेख़ाने की बुनियादें हिल सकती थीं।

चूहेख़ाने की दृष्टि में बड़े चूहेमार ही चूहों के विशेषज्ञ थे। छोटे चूहेमार महज़ मददगार थे जो बड़े चूहेमारों की हिदायतों के अनुसार और उनकी देखरेख में चूहे मारते थे। बड़े चूहेमारों की हैसियत प्रमुख थी और छोटे चूहेमारों की गौण। यदि औपचारिक रूप से चूहेख़ाना यह बात स्वीकार कर ले कि चूहों की जितनी जानकारी छोटे चूहेमारों को है, उतनी बड़े चूहेमारों को नहीं तो बड़े चूहेमार किस तरह 'बड़े' माने जा सकते हैं। इस सचाई को औपचारिक रूप से चूहेख़ाने की मान्यता मिल जाने से बड़ी हास्यास्पद स्थिति उत्पन्न हो जाएगी। ऐसा होना इसलिए भी नामुमकिन था कि चूहेख़ाने के तंत्र पर बड़े चूहेमार ही हावी थे। वे कैसे यह बर्दाश्त कर सकते थे कि उनका अस्तित्व ही ख़तरे में पड़ जाए।

वह चूहेख़ाने से निकला तो रात काफ़ी बीत चुकी थी। इतने सारे चूहे मारने के बाद उसे बहुत थकान महसूस हो रही थी। उसे लगा कि वह फिर अन्दर से जड़ होता जा रहा है। सब कुछ उसे शून्य-सा लग रहा था। गहरी नीरवता और निर्जनता वातावरण में घुली हुई थी। सड़क के दोनों ओर खड़े वृक्षों के पत्ते और डालियाँ रोशनी में झिलमिला रही थीं। आकाश में चाँद अर्धवृत्त की शक्ल में पश्चिमी क्षितिज

की ओर झुक गया था। एकाएक आकाश का असीम फैलाव उसे अपनी आत्मा में उतरता महसूस हुआ। ऐसा क्यों है कि आकाश की नीलिमा, उसका असीम फैलाव और दूर-दूर तक फैला हुआ गहरा सन्नाटा उसे अपनी ओर खींचता है, उसने मन में सोचा। इनका क्या अर्थ है? उसकी आत्मा से इनका क्या रिश्ता है? फिर जैसे किसी दिव्य ज्योति ने सारे रहस्य को अनावृत्त करके रख दिया। उसकी आत्मा जिस स्वच्छन्दता के लिए छटपटाती रही है वह इस क्षण उसे मिल गई है और अब वह तृप्त है। उसने पीछे मुडकर चूहेख़ाने की इमारत को देखा और उसे लगा कि उसकी आत्मा की तृप्ति के मार्ग में वही सबसे बड़ी बाधा है।

अगले रोज़ जैसे ही वह चूहेख़ाने में पहुँचा, बड़े चूहेमार ने उसे बुला भेजा। वह जानता था कि बड़ा चूहेमार उसे ज़रूर बुलाएगा। वैसे उसके मन में अब कोई डर नहीं था। उसने बड़े चूहेमार के आदेश का पालन कर दिया था और सब चूहे मार डाले थे। दो-चार चूहे रहते थे। इन्हें बड़े चूहेमार से चर्चा करने के बाद ही मारा जा सकता था। बड़ा चूहेमार न भी बुलाता तो उसे इन चूहों को लेकर उसके पास जाना ही था। फिर भी बड़े चूहेमार के कमरे में जाते वक़्त बिलकुल निडर और निश्चिन्त नहीं रहा जा सकता। बड़े चूहेमार के मिज़ाज का कुछ पता नहीं रहता। वे कब कैसा व्यवहार करने लगें, कुछ कहा नहीं जा सकता। छोटे चूहेमार अक्सर आपस में कहा करते थे, "घोड़े की पिछाड़ी और बड़े चूहेमार की अगाड़ी से हमेशा डरना चाहिए।" वास्तव में बड़े चूहेमार की अगाड़ी बहुत ख़तरनाक हो सकती थी। लेकिन इससे बचा भी तो नहीं जा सकता था।

छोटे चूहेमारों का भी अजीब हाल था। बातचीत में तो बड़े चूहेमार की अगाड़ी का ऐसा भयंकर नक़्शा खींचते थे कि कुछ पूछिए नहीं। लेकिन बड़े चूहेमार के आगे रहने के लिए वे उत्सुक भी कुछ कम नहीं रहते थे। उनका बस चलता तो चौबीसों घंटे वे बड़े चूहेमार के सामने हाथ बाँधे खड़े रहते। वह ख़ुद बड़े चूहेमार के पास बहुत कम जाता था। जब तक वह बुला न भेजे या ऐसे चूहे ही उसके पास न आ जाएँ जिन्हें बड़े चूहेमार के पास ख़ुद ले जाना आवश्यक हो तब तक वह बड़े चूहेमार के पास न जाता। तमाम छोटे चूहेमार तो बड़े चूहेमार के पास जाने के लिए बहाने की तलाश में रहते थे। बड़े चूहेमार के पास जाने का मौक़ा मिलते ही

वे खिल उठते, यद्यपि उनकी ख़ुशी डर से ख़ाली नहीं होती थी। बड़े चूहेमार की निकटता उनके जीवन को हरियाली से भर भी सकती थी और उसे तहस-नहस भी कर सकती थी। यह उस नदी की तरह थी जिसकी गति के सम्बन्ध में कोई अनुमान नहीं लगाया जा सकता, जो कभी बंजर ज़मीन को हरे-भरे लहलहाते खेतों में बदल देती है और कभी इन्हें उजाड़कर रख देती है। बड़े चूहेमार की निकटता दोनों प्रकार की सम्भावनाओं से भरी थी। यह छोटे चूहेमारों के लिए कब ख़ुशनसीबी का रूप ले लेगी और कब बदनसीबी का, कुछ कहा नहीं जा सकता था।

पर यह ख़तरा तो मोल लेना ही पड़ता था। यह ख़तरा मोल लिये बग़ैर छोटे चूहेमारों का कोई भविष्य नहीं था। उनकी समस्त आशाओं-प्रत्याशाओं का केन्द्र बड़े चूहेमार थे। वे ख़ुश हों तो सब कुछ मुमकिन है। वरना कुछ भी नहीं हो सकता। इसीलिए छोटे चूहेमारों में बड़े चूहेमार की निकटता प्राप्त करने के लिए एक होड़-सी लगी रहती थी। यह निकटता ही वह सीढ़ी थी जिससे वे सफलता की ऊँचाइयों तक पहुँच सकते थे। इस सीढ़ी के बिना सफलता की कल्पना तक नहीं की जा सकती थी।

यह ऐसी सीढ़ी थी जिससे फिसलने का डर हमेशा लगा रहता था। पर इस पर चढ़ना ज़रूरी था। जो इस सीढ़ी पर फिसल जाते वे हमेशा-हमेशा के लिए अवनति की गहरी खाई में जा गिरते। कोई उन्हें वहाँ से निकाल नहीं सकता था। जो कामयाबी से इस सीढ़ी को पार कर लेते थे वे उन्नति के शिखर को छू लेते थे। बड़े चूहेमार उन्हें मालामाल कर देते थे। यह सीढ़ी ख़तरों से घिरी हुई थी। लेकिन अमृतकुंड का रास्ता यही था।

बड़े चूहेमार दरअसल बेहद नाज़ुकमिज़ाज क़िस्म के लोग थे। पल में तोला, पल में माशा। उनकी ख़ुशी और नाराज़गी में फ़ासला इतना कम था कि अक्सर पता चलाना मुश्किल हो जाता कि कहाँ से उनकी ख़ुशी शुरू होती है और कहाँ से नाराज़गी। उनके स्वभाव की उच्छृंखलता छोटे चूहेमारों को अक्सर चक्कर में डाल देती थी। जिन छोटे चूहेमारों से वे बहुत ख़ुश नज़र आते उन्हें भी यह विश्वास मुश्किल से ही होता था कि बड़े चूहेमार वास्तव में उनसे ख़ुश हैं। और यह विश्वास हो भी जाता तो यह डर हमेशा सताता रहता था कि जाने बड़े चूहेमार कब उनसे नाराज़ हो जाएँ।

बड़े चूहेमार की नाज़ुकमिज़ाजी की बहुत-सी कहानियाँ चूहेख़ाने में मशहूर थीं। बड़े चूहेमार के मिज़ाज के उतार-चढ़ाव के मुताबिक़ ख़ुद को बदलते रहना छोटे चूहेमारों के लिए कोई आसान काम नहीं था। लेकिन यही तो वह कुंजी थी जिससे कामयाबी का ख़ज़ाना खुल सकता था—अलीबाबा के 'खुल जा सिमसिम' की तरह। इस मंत्र को भूल जाने पर उनका वही अंजाम होता था जो अलीबाबा के भाई क़ासिम का हुआ था। बड़े चूहेमार की मनोदशा दिन में जाने कितने रंग बदलती थी। फिर ये रंग ऊपर से कुछ और दिखाई देते थे और अन्दर से कुछ और होते थे। ऊपर का रंग तो देखा जा सकता है। लेकिन अन्दर से वह कैसा है, उसकी असलियत क्या है, इसका पता हर दृष्टि को नहीं हो सकता। इसके लिए बड़ी मर्मभेदी दृष्टि चाहिए जो ज़ाहिर है कि हर छोटे चूहेमार को नसीब नहीं थी। ज़्यादातर छोटे चूहेमार यहीं धोखा खा जाते थे। वे ऊपर से दिखाई देनेवाले रंग को ही असल रंग मान बैठते थे और इसी के अनुसार अपनी नीति निश्चित कर लेते थे जो ज़ाहिर है कि ग़लत बैठती थी। जो छोटे चूहेमार होशियार थे वे पहले असल रंग का पता चलाते थे और उसके बाद ही अपनी नीति निश्चित करते थे!

पर उसे यह दौड़ चूहों की दौड़ की तरह निरर्थक लगती थी। यह दौड़ चूहेख़ाने के चूहों की दौड़ नहीं थी। चूहेख़ाने के चूहे तो बहुत मरियल और बेजान थे। वे तो रेंग भी नहीं सकते थे। उनके दौड़ने का सवाल ही कहाँ उठता था। चूहेख़ाने के बाहर चूहे इनसे कहीं ज़्यादा जानदार थे। ये चूहे उसे कहीं अधिक आकर्षक लगते। हालाँकि ये चूहेख़ाने के चूहों के मुक़ाबले में कहीं अधिक हानिकर थे। फिर भी इनमें एक ज़िन्दगी थी जो चूहेख़ाने के चूहों में नहीं थी। लेकिन इनकी दौड़ भी उसे हमेशा निरर्थक और निरुद्देश्य ही लगती थी।

छोटे चूहेमार जिस तरह बड़े चूहेमार की निकटता के लिए एक अनन्त दौड़ में शामिल दिखाई देते थे उसके बारे में सोचकर उसकी आँखों के सामने चूहों की दौड़ का दृश्य आ जाता था। लेकिन यह दौड़ सिर्फ़ छोटे चूहेमारों तक ही सीमित नहीं थी। बड़े चूहेमार भी इस दौड़ में शरीक थे। छोटे चूहेमार बड़े चूहेमार के पीछे भाग रहे थे और बड़े चूहेमार अपने से बड़े चूहेमार के पीछे। ज़ाहिर है कि वे इस दौड़ को निरर्थक नहीं मानते थे। उनकी दृष्टि में यह दौड़ बहुत सार्थक थी। उनका

ख़याल था कि इस दौड़ में हिस्सा लेकर ही वे अपने लक्ष्य तक पहुँच सकते हैं। लेकिन यह लक्ष्य भी किसी एक बिन्दु पर टिका हुआ नहीं था। मृग-मरीचिका की तरह यह हमेशा आगे और आगे सरकता रहता था।

चूहेख़ाने में सफलता की कल्पना भी बड़ी विचित्र थी। एक लम्बी दौड़ के बाद, जो शरीर से ज़्यादा आत्मा को थका डालती थी, अगर कुछ मिलता भी था तो उसका मज़ा इतना तल्ख़ होता था कि कोई आनन्द मिलने का सवाल ही नहीं था। परन्तु मन:स्थिति ऐसी बन गई थी कि इस तल्ख़ी को ही मिठास मान लिया जाता था। चूहेमारों के व्यक्तित्व पर चूहों की कितनी गहरी छाप है, इसके बारे में वह अक्सर सोचा करता है। एक ओर उनका व्यक्तित्व चूहेख़ाने के चूहों की तरह मरियल था तो दूसरी ओर चूहेख़ाने के बाहर के चूहों की तरह उनमें चालाकी और मक्कारी भी कूट-कूटकर भरी हुई थी।

उसने एक बार एक चूहे को दुम से तेल पीते देखा था। तेल बोतल में था और चूहा उसमें अपना मुँह नहीं डाल सकता था। उसने अपनी दुम बोतल में डाल दी और तेल में तरबतर दुम को चाटना शुरू कर दिया। कुछ इसी तरह की चालाकी चूहेमारों में भी उसे नज़र आती थी। ये भी दुम से तेल पीते थे। 'ग' ने इन्हें ठीक ही समझा था। चूहों की इन पर इतनी गहरी छाप थी कि ये ख़ुद भी चूहे-जैसे नज़र आते थे। चूहेख़ाने और बाहर के चूहों में लाख फ़र्क़ सही, फिर भी दोनों की जाति तो एक ही थी।

चूहेख़ाने का वातावरण ही ऐसा था कि चूहे तरोताज़ा नहीं रह सकते थे। बाहर के चूहों की तरह खुली हवा में रहने का मौक़ा उन्हें मिलता तो शायद वे इतने मरियल और अधमरे नज़र न आते। चूहेख़ाने की बन्द फ़िज़ा के अलावा चूहेख़ाने का अंकुश उन पर इतना सख़्त था कि वे हिल-डुल भी नहीं सकते थे। उसे लगता था जैसे इनका सारा रस चूहेमारों ने निचोड़ लिया है। शायद इन्हीं कारणों से चूहेख़ाने के चूहे इतने अधमरे और बेजान से नज़र आते हैं। लेकिन अधमरे और बेजान-से होने के बावजूद ये निरन्तर चूहेमारों पर अपना असर डालते रहते थे। शायद इसी असर का नतीजा था कि चूहेमार न केवल स्वभाव में बल्कि शक्ल-सूरत में भी चूहे जैसे लगते थे। यह असर बड़े चूहेमारों पर कम था और छोटे चूहेमारों पर ज़्यादा। वह अक्सर इस मसले पर सोचा करता था।

जहाँ तक चूहों के सामीप्य का सम्बन्ध है यह सामीप्य बड़े चूहेमार और छोटे चूहेमार दोनों को समान रूप से प्राप्त था। दोनों ही दिन-भर चूहों से ही वास्ता रखते थे। चूहेख़ाने में चूहों के अलावा और था ही क्या जिससे उन्हें सरोकार होता। लेकिन ऐसा क्यों था कि छोटे चूहेमारों पर चूहों की अधिक गहरी छाप थी। शायद इसकी एक वजह तो यह थी कि छोटे चूहेमारों का चूहों से कहीं अधिक घनिष्ठ सम्पर्क था। चूहे सबसे पहले उनके पास ही आते थे। वे ही इन्हें पहले मारते थे। चूहों के रंग-रेशों की जितनी जानकारी उन्हें थी उतनी बड़े चूहेमारों को नहीं।

बड़े चूहेमारों का चूहों से वास्ता कुछ ऊपर-ऊपर का-सा था। चूहों से इनकी वैसी घनिष्ठता नहीं थी, जैसी छोटे चूहेमारों की थी। बड़े चूहेमार मरे हुए चूहों को दुबारा मारते थे। चूहों को पहली बार मारने से जो असर तन और मन पर पड़ता है वैसा असर उन्हें दुबारा मारने से नहीं पड़ सकता। इसी तरह ज़िन्दा चूहों को पहली बार मारने में जितना समय लगता है उतना मरे हुए चूहों को मारने में नहीं। हरेक चूहा छोटे चूहेमार के पास अधिक समय तक रहता था। बड़े चूहेमार के पास वह बहुत थोड़े समय के लिए रहता था। अगर किसी चूहे को मारने में छोटे चूहेमार के दस मिनट लगते तो बड़ा चूहेमार उसे दुबारा मारने में मुश्किल से आधा मिनट लगाता। फिर चूहे मारने में उसे उतनी मग़ज़पच्ची भी नहीं करनी पड़ती थी जितनी कि छोटे चूहेमार को। उसके पास मरे हुए चूहे ही आते थे। उन्हें दुबारा मारकर वह आगे भेज देता था। जिन चूहों के बारे में थोड़ा भी शक होता कि वे ठीक तरह से नहीं मारे गए हैं, उन्हें वह छोटे चूहेमार को लौटा देता। इसलिए चूहों से घिरे होने के बावजूद चूहे उस पर उस तरह हावी नहीं थे जिस तरह कि छोटे चूहेमार पर।

फिर चूहों के असर से स्वयं को मुक्त रखने के लिए बड़े चूहेमारों के पास दूसरे साधन भी थे। उनकी रातें बड़ी रंगीन होती थीं। इस रंगीनी से दिन-भर चूहों से घिरे रहने की ऊब काफ़ी कम हो जाती थी। ऐसी बात नहीं थी कि छोटे चूहेमारों के मुक़ाबले में उनके पास चूहे कुछ कम आते थे। उनके पास कहीं ज़्यादा चूहे आते थे। यह स्वाभाविक भी था। आमतौर पर एक बड़े चूहेमार की मातहती में बीसियों छोटे चूहेमार काम करते थे। इन सब छोटे चूहेमारों के चूहे बड़े चूहेमार के पास पहुँचते थे। माना कि सब-के-सब या ज़्यादातर मरे हुए चूहे होते थे। फिर

भी चूहों को दुबारा मारने में भी कुछ समय तो लगता ही है। यही कारण था कि चूहेख़ाने में रोज़ जितने चूहे उनके पास आते थे उन सबको उसी रोज़ चूहेख़ाने में मारना सम्भव नहीं होता था। इसके अलावा बड़े चूहेमारों को रोज़ ही या आएदिन बड़े चूहेमारों की बैठकों में सम्मिलित होना पड़ता था।

ये बैठकें बड़ी महत्त्वपूर्ण होती थीं और तमाम बड़े चूहेमारों के लिए इनमें भाग लेना बहुत आवश्यक था। इनमें चूहे मारने के काम की प्रगति का मूल्यांकन किया जाता, चूहे मारने की गति को तेज़ करने के उपाय सोचे जाते और चूहे मारने के और भी कारगर तरीक़े निकालने के लिए विचार-विमर्श किए जाते। इन बैठकों में बड़े चूहेमारों का काफ़ी समय लग जाता था। और वे जब अपने कमरों में लौटते तो चूहों के पहाड़ खड़े दिखाई देते। इन चूहों से निपटने के लिए वे अपनी शामें बरबाद नहीं कर सकते थे। ख़िदमतगार चूहों को ट्रंक में बन्द करके उनके घर पहुँचा देते। चूहेख़ाने में इस काम के लिए बहुत-से ख़िदमतगार थे। वे चूहों को बड़े चूहेमार के घर ले जाते और वहाँ से ले आते। रात-गए जब रँगरेलियों से उन्हें फ़ुरसत मिलती और उनका नशा टूटता तो वे इन चूहों पर पिल पड़ते और सुबह होते-होते इन सबका सफ़ाया कर देते।

बड़े चूहेमारों की दिनचर्या उसे अक्सर सख़्त चक्कर में डाल देती थी। ये आख़िर सोते किस वक़्त हैं? दिन-भर चूहेख़ाने की बैठकों में व्यस्त रहते और रात-गए तक रँगरेलियों में मस्त रहने के बाद ये चूहे मारने के लिए कहाँ से समय निकाल लेते हैं? यह सब सोचकर उसे अक्सर बड़ा आश्चर्य होता। बड़े चूहेमार रात में मुश्किल से घंटे-डेढ़ घंटे ही सो पाते थे। कितने अचरज की बात थी कि रात-भर जागते रहने के बाद वे जब चूहेख़ाने में पहुँचते तो उनके चेहरे पर कोई थकान नहीं होती थी। उनके चेहरे फूल की तरह खिले होते थे। हाँ, शाम को जब वे चूहेख़ाने से निकलते तो उनके चेहरों पर चूहों की गहरी छाप ज़रूर होती थी। चूहों का असर ही कुछ ऐसा था कि चूहेख़ाने में कोई उससे बच नहीं सकता था। फिर भी बड़े चूहेमार उतने मरियल नज़र नहीं आते थे जितने छोटे चूहेमार।

इसका क्या कारण है, वह सोचा करता था। इसका कारण कहीं यह तो नहीं कि बड़े चूहेमारों को कुछ विशेष सुविधाएँ प्राप्त हैं। इनकी वजह से उनका व्यक्तित्व

छोटे चूहेमारों से काफ़ी भिन्न दिखाई देता है। ये सुविधाएँ उनसे छीन ली जाएँ तो वे भी छोटे चूहेमारों की तरह मरियल दिखाई देने लगें। ये सुविधाएँ सिर्फ़ भौतिक नहीं थीं। वैसे छोटे चूहेमारों के मुक़ाबले में उन्हें भौतिक सुविधाएँ भी बहुत अधिक मिली हुई थीं। लेकिन शायद भौतिक सुविधाओं की इतनी अहमियत नहीं थी। इनके अलावा भी कुछ और सुविधाएँ और विशेषाधिकार उन्हें मिले हुए थे जो छोटे-छोटे चूहेमारों को नसीब नहीं थे। मिसाल के तौर पर उन्हें यह सोचने का हक़ था कि चूहेख़ाने की सारी रौनक़ उनके ही दम से है। वे न हों तो चूहेख़ाने का काम न चले। ज़ाहिर है कि इस ख़याल से उनके अहं को गहरी तुष्टि मिलती थी। इस एहसास से चूहे मारने की ऊब काफ़ी कम हो जाती थी। वे छोटे चूहेमारों के सामने लम्बे-लम्बे भाषण और उपदेश दे सकते थे। उन्हें इसका अधिकार था। छोटे चूहेमारों का फ़र्ज़ था कि वे इन भाषणों और उपदेशों को ग़ौर से सुनें।

छोटे चूहेमारों को उपदेश देने का अधिकार नहीं था। यह अधिकार सिर्फ़ बड़े चूहेमारों को था। चूहेख़ाने के कुछ आदर्श थे, कुछ लक्ष्य थे। बड़े चूहेमार इनके बारे में बड़े लच्छेदार भाषण देते। भाषण करने और उपदेश देने में उन्हें बड़ा मज़ा आता था। चूहेख़ाने के क्या आदर्श हैं? चूहे मारने से इन आदर्शों का क्या ताल्लुक़ है? चूहे इन आदर्शों की प्राप्ति में किस प्रकार सहायक होते हैं? ज़्यादा-से-ज़्यादा तादाद में और ज़्यादा-से-ज़्यादा लगन से चूहे मारते रहने से किस तरह ये आदर्श बहुत जल्दी प्राप्त हो सकते हैं? छोटे चूहेमार इन उपदेशों को एक कान से सुनते और दूसरे कान से उड़ा देते थे। इन्हें सुन लेना उनका कर्तव्य था। इसलिए सुन लेते थे।

बड़े चूहेमार के उपदेश उसे तोतारटन्त जैसे लगते थे। सभी बड़े चूहेमारों के उपदेश एक-से ही होते थे। प्राय: ये उपदेश छोटे चूहेमारों की समझ से परे होते। चूहेख़ाने के आदर्शों और चूहे मारने के बीच जो ताल्लुक़ था वह इतना सूक्ष्म या इतना जटिल था कि छोटे चूहेमारों के पल्ले न पड़ता। उन्हें चूहेख़ाने के आदर्शों से कोई मतलब नहीं था। उनका काम चूहे मारना था और यह काम वे पूरी मुस्तैदी से करते थे। इससे चूहेख़ाने के आदर्शों की सिद्धि होती है या नहीं—इसे जानने-समझने की उन्हें कोई चिन्ता नहीं थी। शायद बड़े चूहेमार भी जो कुछ कहते थे उसे वे मन से महसूस नहीं करते थे। शायद इसीलिए उन्हें ये बातें बार-बार दुहरानी पड़ती

थीं—केवल छोटे चूहेमारों को समझाने के लिए नहीं, ख़ुद को विश्वास दिलाने के लिए भी। शायद उस लड़की का ख़याल सही था कि बड़े चूहेमार अपनी अन्तरंग सभा में इन आदर्शों का मज़ाक़ उड़ाया करते हैं।

फिर भी उपदेश देने में बड़े चूहेमारों को बड़ा आनन्द आता था। बड़े चूहेमारों के मुख से ऐसे उपदेश वह ख़ुद भी जाने कितनी बार सुन चुका था। चूहेख़ाने में शायद ही कोई छोटा चूहेमार हो जिसे ये उपदेश न सुनने पड़े हों। बड़े चूहेमार उपदेश देते समय सचमुच जैसे किसी और दुनिया में पहुँच जाते थे। उनकी आँखें बन्द हो जाती थीं और उनके मुख से शब्दों की धारा इस तरह फटती थी मानो उन्हें इलहाम हो रहा हो।

छोटे चूहेमार चूहेख़ाने में बड़े चूहेमार के तीन रूपों की कल्पना कर सकते थे। एक वह जिसमें वह क्रोधित होता था। दूसरा वह जिसमें वह सिर्फ़ उपदेशक रहता था। तीसरा वह जब वह प्रसन्नचित्त दिखाई देता था। यह तीसरा रूप तो गिने-चुने छोटे चूहेमारों को ही देखना नसीब होता था। जिन छोटे चूहेमारों को देखकर बड़े चूहेमार की बाँछें खिल जाती थीं वे उँगलियों पर गिने जा सकते थे। बड़े चूहेमार का सबसे सहज रूप तो वही था जिसमें उसकी भवें तनी रहती थीं। वास्तव में यही उसका स्थायी और चिरन्तन रूप था। उपदेश देते समय भी उसका यह रूप बना रहता था।

वह बड़े चूहेमार के कमरे में दाख़िल हुआ तो बड़ा चूहेमार उसे कमरे में परेशानी की हालत में टहलता दिखाई दिया। उसकी मेज़ पर चूहों के कई पहाड़ खड़े थे, जिनकी ऊँचाई कमरे की छत को छू रही थी। बड़े चूहेमार की भवें तो तनी हुई थीं ही, साथ ही वह बहुत व्यग्र दिखाई दे रहा था। ऐसा कभी-कभार ही होता था कि बड़ा चूहेमार छोटे चूहेमार के सामने व्यग्र दिखाई दे। बड़े चूहेमार इस बात का ख़ास ख़याल रखते थे कि छोटे चूहेमार की मौजूदगी में वे विचलित दिखाई न दें। अन्दर से विचलित होते हुए भी वे बाहर से संयत नज़र आने की पूरी कोशिश करते थे। इसलिए बड़े चूहेमार को चिन्तातुर देखकर उसे बड़ा आश्चर्य हुआ। उसने झुककर बड़े चूहेमार को सलाम किया और एक तरफ़ खड़ा हो गया।

बड़े चूहेमार ने सलाम का जवाब नहीं दिया। यह भी कोई आश्चर्यजनक बात नहीं थी। उसे ऐसी आशा भी नहीं थी कि बड़ा चूहेमार उसके सलाम का जवाब देगा। आमतौर पर बड़े चूहेमार छोटे चूहेमार के सलाम का जवाब नहीं देते थे। छोटे चूहेमार जवाब चाहते भी नहीं थे। उनके लिए इतना ही बहुत था कि बड़े चूहेमार ने उन्हें सलाम करते देख लिया है। लेकिन कभी-कभार बड़े चूहेमार सलाम का जवाब दे भी देते थे। उनके जवाब देने का भी एक ख़ास अन्दाज़ होता। वे अपना सिर बहुत हल्के से क्षणांश के लिए हिला देते या सलाम करनेवाले को एक नज़र देख लेते। छोटे चूहेमार इससे ही खिल उठते थे। बड़े चूहेमार ने उनके सलाम का जवाब दिया है। यह देखकर उनका दिल बाग़ बाग़ हो जाता। बड़े चूहेमार सलाम का जवाब न भी दें तो वे क्या कर सकते हैं। ऐसी स्थिति में भी उन्हें बड़े चूहेमार से कोई शिकायत नहीं होती थी। उनका फ़र्ज़ था कि बड़े चूहेमार को देखते ही बड़े अदब से झुककर सलाम करें। बड़े चूहेमार ने देख लिया तो बहुत अच्छा। न भी देखा तो कोई बात नहीं। उन्होंने अपना फ़र्ज़ तो पूरा कर दिया। ज़्यादातर तो यही होता था कि बड़े चूहेमार उन्हें सलाम करते देख नहीं पाते थे।

बात यह थी कि बड़े चूहेमार हमेशा विचारों की दुनिया में खोये रहते थे। चूहेख़ाने की व्यवस्था और बेहतर कैसे बनाई जाए? चूहे मारने के तरीक़ों में और क्या सुधार हो सकते हैं? चूहों को अधिक शीघ्रता से मारने के लिए और क्या नये उपाय किए जा सकते हैं? छोटे चूहेमारों की कारगुज़ारी और कार्य-कुशलता को कैसे सुधारा जाए? इस प्रकार के अनेक प्रश्न थे जो उनके मस्तिष्क में चक्कर काटते रहते थे। वे हमेशा इनके बारे में सोचते-विचारते रहते थे और अक्सर उन्हें यह देखने की फ़ुरसत ही नहीं होती थी कि छोटे चूहेमार ने उन्हें सलाम भी किया है या नहीं। दरअसल उनकी अन्यमनस्कता चूहेख़ाने के इन्हीं महत्त्वपूर्ण प्रश्नों से उलझते रहने के कारण थी। ऐसा नहीं था कि जानबूझकर वे छोटे चूहेमारों के सलाम का जवाब देना नहीं चाहते थे या उनका अपमान करना चाहते थे। इन छोटी-मोटी बातों पर ध्यान देने का अवकाश ही उन्हें नहीं था।

"तो तुम आ गए!" बड़े चूहेमार ने एकाएक उसे देखकर कहा। वह अब खड़ा हो गया था और उसका चेहरा एकाएक संयत हो गया था। बड़े चूहेमारों को इसकी

आदत थी। वे लाख व्यग्र हों। उनके चेहरे पर लाख ढीलापन हो। उसके मन में कितनी ही चिन्ता क्यों न हो। छोटे चूहेमार को देखते ही उनके चेहरे पर अपने आप ही एक सख़्ती आ जाती थी, जो बड़ी आसानी से क्रोध में परिवर्तित हो सकती थी। बड़े चूहेमार के चेहरे पर सख़्ती देखकर वह कुछ डर गया।

"तुम इन्हें देख रहे हो?" बड़े चूहेमार ने चूहों के पहाड़ की तरफ़ इशारा करते हुए पूछा।

वह कह सकता था, "जी हुज़ूर।" लेकिन बड़े चूहेमार के सवाल में एक तीख़ापन था, एक व्यंग्य था, जिसे वह महसूस कर रहा था। इसलिए वह ख़ामोश रहा।

"तुमने चार दिन तक एक चूहा भी नहीं मारा। और अब एक साथ इतने सारे चूहे तुमने मेरे पास भेज दिए हैं। मैं इन्हें किस वक़्त मारूँगा?" बड़े चूहेमार का स्वर बहुत संयत था। वह ठहर-ठहरकर बहुत नपे-तुले अन्दाज़ में बोल रहा था। "क्या चूहेख़ाने में काम करने का यही तरीक़ा है?" बड़े चूहेमार ने उस पर एक भरपूर दृष्टि डाली।

वह क्या कह सकता था। अब उसकी समझ में आया कि बड़ा चूहेमार इतना परेशान क्यों दिखाई दे रहा था। जब उसने तमाम चूहों को मारकर उसके पास भेजने का आदेश दिया था तो शायद उसने इस पहलू पर ग़ौर नहीं किया था। बड़े चूहेमार ने यह सोचा ही नहीं था कि जो सज़ा उसे वह दे रहा है उसकी तल्ख़ी ख़ुद उसे भी चखनी होगी। आख़िर इन तमाम चूहों को मारकर वह उसे ही तो भेजेगा। शायद बड़ा चूहेमार मन-ही-मन अपनी मूर्खता पर पछता रहा था। लेकिन वह अपना पछतावा ज़ाहिर कैसे करे?

हालाँकि यह एक सीधी-सादी बात थी जो बड़े चूहेमार को आदेश देते वक़्त समझ लेनी चाहिए थी। उसने फ़ैसला जल्दबाज़ी में किया था और इसके तमाम पहलुओं पर उसने ग़ौर नहीं किया था। यह फ़ैसला ख़ुद उसके लिए एक मुसीबत बन गया था। यह सब सोचकर उसे झुँझलाहट और परेशानी हो रही थी। लेकिन छोटे चूहेमार के सामने वह यह सब कैसे ज़ाहिर करे। वह नहीं चाहता था कि छोटा चूहेमार यह महसूस करे कि बड़े चूहेमार ने ग़लत फ़ैसला किया है और अब वह इस फ़ैसले पर पछता रहा है। यही सब सोचकर उसने अपने ग़ुस्से को भी दबा रखा था।

"तुम जैसे चूहेमारों के कारण ही चूहेख़ाने के आदर्श पूरे नहीं होते।" बड़े चूहेमार ने अब उपदेशक का रूप ग्रहण कर लिया था। छोटे चूहेमारों की ग़फ़लत

से चूहेख़ाने को तो नुक़सान पहुँचता ही है, जनसमूह की तकलीफ़ भी बढ़ती है। मैं कितनी बार कह चुका हूँ कि ज़्यादा-से-ज़्यादा चूहे मारकर ही हम जनसमूह को फ़ायदा पहुँचा सकते हैं, उनके कष्टों का निवारण कर सकते हैं। लेकिन तुम लोगों के कानों पर जूँ तक नहीं रेंगती। क्या तुम्हें नहीं मालूम कि हम सब जनसमूह के प्रति जवाबदेह हैं? जनसमूह को पता चल जाए कि यहाँ कुछ ऐसे चूहेमार भी हैं जो चूहे नहीं मारते और हाथ-पर-हाथ धरे बैठे रहते हैं तो वह चूहेख़ाने के बारे में क्या सोचेगा। तुम जैसे चूहेमार ही चूहेख़ाने को बदनाम करते हैं। आइन्दा ऐसी लापरवाही की तो तुम्हें चूहेख़ाने से निकाल बाहर किया जाएगा। अब तुम जा सकते हो।"

बड़े चूहेमार को उसने झुककर सलाम किया और यह देखे बिना ही कि उसने उसे सलाम करते देखा भी है या नहीं, वह कमरे से बाहर आ गया। घबराहट में उसे यह भी याद न रहा कि वह अपने साथ कुछ ऐसे चूहे भी लाया था जिनके सम्बन्ध में बड़े चूहेमार से उसे चर्चा करनी थी। पर यह अच्छा ही हुआ। चर्चा के लिए उसे बड़े चूहेमार के पास और रुकना पड़ता और इस अर्से में बड़े चूहेमार को क्रोध आ सकता था। बड़े चूहेमार के मूड को देखते हुए उसके पास ज़्यादा रुकना किसी भी प्रकार से उचित नहीं था। इन चूहों के बारे में वह बड़े चूहेमार से फिर कभी चर्चा कर लेगा। उसने सोचा, बहुत बड़ी मुसीबत टल गई। एक-दो रोज़ में बड़ा चूहेमार सब कुछ भूल जाएगा। यह सोचकर उसे इत्मीनान-सा हुआ।

लेकिन उसका अनुमान सही नहीं निकला। उसी रोज़ उसे हुक्म मिला कि उसका तबादला मुहाफ़िज़ख़ाने में कर दिया गया है और अगले रोज़ से उसे वहीं काम करना है।

छह

मुहाफ़िज़ख़ाना चूहेख़ाने का ही एक हिस्सा था। यह चूहेख़ाने की इमारत के एक सिरे पर स्थित था। एक बहुत ही लम्बा-चौड़ा हॉल था जो उतना ही ऊँचा भी था।

हॉल में एक सिरे से दूसरे सिरे तक लोहे के शेल्फ़ थे, जिनकी ऊँचाई छत को छूती थी। लोहे की पतली दीवारों से बेशुमार ख़ानों में बँटे हुए ये शेल्फ़ देखने में मचान जैसे लगते थे। थोड़े-थोड़े फ़ासले पर लोहे की सीढ़ियाँ शेल्फ़ के किनारों से जुड़ी रखी थीं। इनके ज़रिये ऊँचे से ऊँचे शेल्फ़ तक पहुँचा जा सकता था। तमाम शेल्फ मरे हुए चूहों से भरे पड़े थे। जहाँ तक दृष्टि जाती थी चूहे ही चूहे दिखाई देते थे। चूहेख़ाने के ऐसे तमाम चूहे जो मारे जा चुके हों और जिनकी चूहेख़ाने में फ़िलहाल आवश्यकता न हो, मुहाफ़िज़ख़ाने में भेज दिए जाते थे। यहाँ उन्हें हिफ़ाज़त से रखने का बड़ा अच्छा इन्तज़ाम था।

मुहाफ़िज़ख़ाना क़ायम ही इसलिए किया गया था कि मरे हुए चूहों को सँभालकर रखने की उपयुक्त व्यवस्था की जा सके। चूहेख़ाने में तो चूहेमारों का वास्ता अधिकतर ज़िन्दा चूहों से ही रहता है। इसमें शक नहीं कि बड़े चूहेमारों के पास मरे हुए चूहे ही जाते हैं। लेकिन औपचारिक रूप से उन्हें मरा हुआ तभी माना जाता था जब बड़े चूहेमार उनकी मौत की पुष्टि कर देते थे। इस तरह जो चूहे मर जाते थे उन्हें चूहेख़ाने में रखने का नियम नहीं था। उन्हें तुरन्त मुहाफ़िज़ख़ाने भेज दिया जाता था। वहाँ इन्हें अच्छी तरह नहला-धुलाकर साफ़ किया जाता था, जिस तरह आदमी के शव को नहला-धुलाकर साफ़ करते हैं। लेकिन जहाँ आदमी के शव का अन्तिम संस्कार तुरन्त कर दिया जाता है, वहाँ मरे हुए चूहों के अन्तिम संस्कार में काफ़ी समय लगता था। इसलिए चूहों की लाशों को एक निश्चित अवधि तक सुरक्षित रखने के लिए उन पर तरह-तरह की दवाएँ और मसाले लगाए जाते थे। रोज़ ख़ास तरह का पाउडर उन पर छिड़का जाता था ताकि उनमें कीड़े न लगने पाएँ। मुहाफ़िज़ख़ाने में कई ख़िदमतगार इसी काम के लिए रखे गए थे कि रोज़ मरे हुए चूहों को उलट-पलटकर देखते रहें और जैसे ही किसी चूहे की लाश में कोई कीड़ा दिखाई दे या कोई और विकार नज़र आए, इसकी सूचना मुहाफ़िज़ को दे दें।

मुहाफ़िज़ मुहाफ़िज़ख़ाने का प्रधान था। मुहाफ़िज़ख़ाने में उसी का सिक्का चलता था। वैसे तो वह भी एक बड़ा चूहेमार था। लेकिन मुहाफ़िज़ख़ाने में काम करने की वजह से उसे मुहाफ़िज़ कहा जाता था। मुहाफ़िज़ ख़ुद भी रोज़ तमाम शेल्फ़ों का मुआयना करता और मरे हुए चूहों की हिफ़ाज़त के लिए ख़िदमतगारों

को ज़रूरी हिदायतें दिया करता था। मरे हुए चूहों के बारे में उसका ज्ञान ग़ज़ब का था। मुहाफ़िज़ख़ाने में मरे हुए चूहों के आने से लेकर उनके अन्तिम-संस्कार तक की तमाम बातें उसे कंठस्थ थीं।

चूहे की लाश को कितने अर्से तक सुरक्षित रखना है, इसका निर्णय मुहाफ़िज़ख़ाने में नहीं बल्कि चूहेख़ाने में होता था। हर लाश को सुरक्षित रखने की एक ख़ास अवधि होती थी। अवधि का निर्धारण चूहेख़ाने में मरे हुए चूहे के महत्त्व को ध्यान में रखते हुए किया जाता था। इसमें मुहाफ़िज़ का कोई हाथ नहीं था। यह काम चूहेख़ाने में छोटे चूहेमार ही करते थे। वे मरे हुए चूहों के सम्बन्ध में अपनी समझ के मुताबिक़ सुझाव देते थे कि इन्हें कितने अर्से तक सुरक्षित रखा जाए।

बड़े चूहेमार ख़ूब अच्छी तरह सोच-विचारकर सुरक्षित रखने की अवधि का निर्णय करते थे। बड़े चूहेमार की मंजूरी मिल जाने पर मरे हुए चूहे मुहाफ़िज़ख़ाने भेज दिए जाते थे। सुरक्षित रखने की अवधि को ध्यान में रखते हुए मुहाफ़िज़ निर्णय करता था कि चूहों की लाशों पर किस तरह की दवाएँ और मसाले लगाए जाएँ और उन्हें हिफ़ाज़त से रखने के लिए कौन-कौन से उपाय किए जाएँ। लाशों को सुरक्षित रखने की अवधि के लिहाज़ से दवाएँ और मसाले भी अलग-अलग प्रकार के थे। इसी तरह सुरक्षित रखने की अवधि को देखते हुए अलग-अलग तरीक़े और क़ायदे निर्धारित किए गए थे। जो लाशें अल्प काल के लिए सुरक्षित रखी जानी थीं उनके लिए एक तरह की दवाएँ, मसाले और नियम-क़ायदे थे। जो लाशें दीर्घकाल तक सुरक्षित रखी जानी थीं उनके लिए दूसरी तरह की दवाएँ, मसाले और नियम-क़ायदे थे। जो लाशें हमेशा-हमेशा के लिए सुरक्षित रखी जानी थीं उनके लिए और तरह की दवाएँ, मसाले और नियम-क़ायदे थे।

हमेशा-हमेशा के लिए सुरक्षित रखी जानेवाली लाशें सबसे कम थीं। लेकिन मुहाफ़िज़ को सबसे अधिक चिन्ता इनकी ही रहती थी। ये लाशें मुहाफ़िज़ख़ाने की सबसे कीमती सम्पत्ति थीं। इसलिए इनका ख़याल सबसे ज़्यादा करना पड़ता था। मुहाफ़िज़ दिन में कई बार ख़ुद आकर इन्हें उलट-पलटकर देखता। कहीं कीड़े तो नहीं लग रहे हैं? कोई लाश सड़-गल तो नहीं रही है? लाश में किसी तरह की कोई ख़राबी तो नहीं आ रही है? एक लाश भी सड़-गल जाए या और किसी प्रकार से

नष्ट हो जाए तो मुहाफ़िज़ के लेने के देने पड़ जाएँ। चूहेमार मर जाते थे—बड़े हों या छोटे। मुहाफ़िज़ भी मर जाता था। ये सभी नश्वर थे। लेकिन ये लाशें शाश्वत थीं—चूहेख़ाने की तरह। इनके नष्ट होने की कल्पना तक नहीं की जा सकती थी। इन्हें अनन्त काल तक सुरक्षित रहना था। ज़ाहिर है कि मुहाफ़िज़ख़ाने में इनका जितना भी ख़याल रखा जाता वह थोड़ा था।

दूसरी लाशों की यह स्थिति नहीं थी। देखभाल तो इनकी भी की जाती थी लेकिन उतनी नहीं। मुहाफ़िज़ख़ाने में लाशों की अहमियत का एक ही पैमाना था। उन्हें सुरक्षित रखने की अवधि क्या है? मुहाफ़िज़ को इससे बहस नहीं थी कि लाश किस चूहे की है। हो सकता है कि चूहा अपनी ज़िन्दगी में बहुत महत्त्वपूर्ण रहा हो। लेकिन मरने पर वह इतना महत्त्वपूर्ण न माना गया हो और उसकी लाश थोड़े समय तक ही सुरक्षित रखनी हो। मुहाफ़िज़ख़ाने का ताल्लुक़ उसकी उस हैसियत से था जो मरने पर उसे हासिल होती थी। मौत से पहले उसकी क्या हैसियत थी इससे मुहाफ़िज़ख़ाने को कोई सरोकार नहीं था।

मुहाफ़िज़ख़ाने में प्रतिदिन चूहागाड़ियों में लदकर हज़ारों लाशें आती थीं और लगभग इतनी ही लाशें अन्तिम संस्कार के लिए बाहर निकाली जाती थीं। यह क्रम रोज़ चलता रहता था। यह सिलसिला न होता तो पूरा चूहेख़ाना ही एक मुहाफ़िज़ख़ाना बन जाता। शायद चूहेख़ाना भी इतनी लाशों के लिए कम पड़ता। चूहेख़ाने को पता था कि जितने चूहे वह पैदा करता है और जितने चूहे वह मारता है उन सबकी गुंजाइश बड़े-से-बड़े भवन में भी नहीं निकल सकती। चूहे तो पैदा होते रहेंगे और वे मारे भी जाएँगे। ये दोनों काम न हों तो चूहेख़ाने का अस्तित्व कैसे बना रह सकता है।

पर यह भी ज़रूरी है कि मरे हुए तमाम चूहे अनन्त काल तक सुरक्षित न रखे जाएँ। इसी ज़रूरत को सामने रखते हुए चूहेख़ाने ने यह नियम बनाया था कि स्थायी महत्त्व के बहुत थोड़े से चूहों की लाशें ही अनन्त काल तक सुरक्षित रखी जाएँ। शेष चूहों की लाशों का एक ख़ास अर्से के बाद अन्तिम संस्कार कर दिया जाए। इस तरह रोज़ ही हज़ारों लाशें अन्तिम संस्कार के लिए छाँटी जाती थीं। इन्हें मुहाफ़िज़ख़ाने के बाहर आँगन में एक ऊँचे टीले की शक्ल में इकट्ठा किया जाता

और मिट्टी का तेल छिड़ककर आग लगा दी जाती। धधकती हुई आग में मरे हुए चूहों की हड्डियाँ चटखतीं, उनकी चमड़ी के जलने की बदबू पूरे वातावरण में फैल जाती और मुहाफ़िज़ख़ाने की बन्द चहारदीवारी के अन्दर तक घुस आती। यह बदबू इतनी तेज़ होती कि मुहाफ़िज़ख़ाने में बैठना मुश्किल हो जाता। फिर थोड़ी देर में सब कुछ ठीक हो जाता। तमाम लाशें जलकर भस्म हो जातीं और धीरे-धीरे बदबू भी फ़िज़ा में ग़ायब हो जाती। इन लाशों को जलाने से जो जगह ख़ाली होती उसमें नई लाशें भर दी जाती थीं।

चूहों के अन्तिम संस्कार की एकमात्र विधि यही थी। और किसी तरीक़े से उन्हें नष्ट करने का नियम नहीं था। इंसानों के अन्तिम संस्कार के नियम तो धर्म के अनुसार अलग-अलग हैं। कोई ज़मीन में गाड़ दिया जाता है, किसी का शव नदी में बहा दिया जाता है, किसी को जला देते हैं और किसी का शव खुले में छोड़ देते हैं ताकि गिद्ध उसका मांस नोच-नोचकर खाएँ। इनके अलावा इंसानों के अन्तिम संस्कार की जाने और कितनी रीतियाँ होंगी? सबकी उसे जानकारी कहाँ है। इंसानों के जितने धर्म हैं, उतने ही उनके अन्तिम संस्कार के तरीक़े हैं। लेकिन चूहेख़ाने के चूहों के अन्तिम संस्कार की एक ही रीति है—दाह-क्रिया। किसी और रीति से उनका अन्तिम संस्कार नहीं हो सकता। इंसान तो मरने के बाद भी एक नहीं होते। वह सोचता, इनसे अच्छे तो चूहेख़ाने के चूहे हैं जिनके अन्तिम संस्कार में कोई भेद नहीं होता।

चूहों की लाशों को हिफ़ाज़त से रखना और उनका अन्तिम संस्कार करना ही मुहाफ़िज़ख़ाने का काम नहीं था। मुहाफ़िज़ख़ाना एक दृष्टि से चूहेख़ाने का ज्ञान-कोश था। चूहे मारने में जब कभी किसी कठिन समस्या का सामना करना पड़ता तो मुहाफ़िज़ख़ाने से बड़ी सहायता मिलती थी। मुहाफ़िज़ख़ाने में जो लाशें रखी रहती थीं, उनकी ज़रूरत चूहेख़ाने को अक्सर पड़ती रहती थीं। नज़ीर के तौर पर इन लाशों का बड़ा मूल्य था।

चूहेख़ाने में जो चूहे छोटे चूहेमारों के पास आते थे उन्हें मारने में अक्सर इन लाशों की मदद लेनी पड़ती थी। इस तरह के ज़िन्दा चूहों को मारते समय पुराने चूहों की लाशों को सामने रखना आवश्यक माना जाता था। ये लाशें मुहाफ़िज़ख़ाने से हासिल की जाती थीं और काम हो जाने पर लौटा दी जाती थीं।

रोज़ सैकड़ों की संख्या में मरे हुए चूहे मुहाफ़िज़ख़ाने से चूहेख़ाने में भेजे जाते थे। क़ायदा यह था कि जिस चूहेमार को मरे हुए चूहे की ज़रूरत पड़ती वह एक माँग-पत्र भरकर मुहाफ़िज़ख़ाने भेज देता। इस माँग-पत्र पर चूहे का नम्बर दर्ज होता। चूहा चूहेमार को भेज दिया जाता और उसके स्थान पर माँग-पत्र रख दिया जाता। चूहा वापस मिलने पर माँग-पत्र वहाँ से हटा लिया जाता और चूहेमार को लौटा दिया जाता।

मरे हुए चूहों के माँग-पत्र पहले मुहाफ़िज़ के पास आते थे। मुहाफ़िज़ इन्हें उसके पास भेज देता। वह इन्हें एक रजिस्टर में दर्ज करता और ख़िदमतगार के हवाले कर देता। ख़िदमतगार मरा हुआ चूहा उसे लाकर देता। वह मरे हुए चूहे को अच्छी तरह देख लेता कि माँग-पत्र में जिस चूहे की माँग की गई है यह वही चूहा है या नहीं। इस सम्बन्ध में आश्वस्त हो जाने पर वह चूहे की लाश मुहाफ़िज़ को भेज देता। मुहाफ़िज़ इसे चूहेख़ाने भेज देता। लाशों की हिफ़ाज़त और उनके अन्तिम संस्कार में भी वह मुहाफ़िज़ की सहायता करता। मुहाफ़िज़ख़ाने में चूहे मारने का काम नहीं था। यहाँ सिर्फ़ मरे हुए चूहे थे जिन्हें मारने की ज़रूरत नहीं थी।

वैसे तो चूहेख़ाने के संगठन में मुहाफ़िज़ख़ाने का बड़ा महत्त्वपूर्ण स्थान था। चूहेख़ाने के नियमों में साफ़ कहा गया था कि मुहाफ़िज़ख़ाना चूहेख़ाने का ही एक अंग है। और यद्यपि मुहाफ़िज़ख़ाने में चूहे नहीं मारे जाते, फिर भी चूहे मारने के काम में मुहाफ़िज़ख़ाने का योगदान चूहे मारने से कम महत्त्व का नहीं है। लेकिन चूहेमारों की यह धारणा-सी बन गई थी कि मुहाफ़िज़ख़ाना दरअसल चूहेख़ाने का हिस्सा नहीं है और इसकी वह प्रतिष्ठा नहीं है जो चूहेख़ाने के दूसरे हिस्सों की है। मुहाफ़िज़ख़ाने में जो चूहेमार काम करते थे उनके बारे में भी आमतौर पर ऐसा ही ख़याल किया जाता था। जब किसी चूहेमार का मुहाफ़िज़ख़ाने में तबादला होता तो वह बहुत दुखी हो जाता। हालाँकि उसका रुतबा वही रहता था जो चूहेख़ाने में था, फिर भी उसे महसूस होता कि उसका रुतबा कुछ घट गया है। मुहाफ़िज़ख़ाना और वहाँ के चूहेमारों के बारे में हीनता और तुच्छता का एक एहसास पूरे वातावरण में व्याप्त था। इसकी प्रामाणिकता सन्दिग्ध तो कही जा सकती थी लेकिन इसके अस्तित्व से इनकार भी नहीं किया जा सकता था।

चूहेमारों का ख़याल था कि जब चूहेख़ाना किसी चूहेमार को कोई कड़ी सज़ा देना नहीं चाहता तो वह उसे मुहाफ़िज़ख़ाने में भेज देता है। यह ऐसी सज़ा थी जो सज़ा होते हुए भी सज़ा नहीं कही जा सकती थी। इसमें साँप भी मर जाता था और लाठी भी नहीं टूटती थी। लेकिन एक दृष्टि से यह मासूम-सी सज़ा किसी दूसरी कड़ी सज़ा से कहीं ज़्यादा तकलीफ़देह थी। दंडित चूहेमार अपने पक्ष में कुछ कह भी नहीं सकता था, क्योंकि वह यह साबित ही कैसे कर सकता था कि उसे कोई दंड दिया गया है। उसकी वही स्थिति होती थी जो साँप के मुँह में छछूँदर की होती है। न उगलते बनती है और न निगलते। वह न तो प्रतिरोध कर सकता था और न ही इस स्थिति को ख़ुशी से क़बूल कर सकता था। प्रतिरोध आख़िर वह किस चीज़ का करे। चूहेख़ाने से उसे यही जवाब मिलता कि वह सख़्त ग़लतफ़हमी का शिकार है और उसे यह बात अपने दिल से निकाल देनी चाहिए कि उसे कोई दंड दिया गया है और यह कि मुहाफ़िज़ख़ाना चूहेख़ाने का ही एक हिस्सा है और यहाँ भी उसे उसी तन्देही और मुस्तैदी से काम करना है जिसकी अपेक्षा चूहेख़ाने के दूसरे हिस्सों में काम करनेवाले चूहेमारों से की जाती है।

लेकिन वास्तविक स्थिति यह थी कि वह हमेशा ख़ुद को दंडित महसूस करता था। चूहेख़ाने के तमाम चूहेमारों की निगाहों में उसे अपने लिए एक तीखा व्यंग्य महसूस होता। ऐसी स्थिति में अपनी सफ़ाई पेश करना और अधिक हास्यास्पद होता। एक अजीब पाखंड-भरी स्थिति थी। चूहेख़ाना कहता कुछ था और उसका अर्थ कुछ और होता था। चूहेख़ाने को इससे कोई दिलचस्पी नहीं थी कि उसके शब्दों का सही अर्थ ग्रहण किया जाता है या नहीं। दरअसल चूहेख़ाना कोई व्यक्ति तो था नहीं कि वह अपनी सफ़ाई पेश कर सकता या लोगों को अपने शब्दों के ग़लत अर्थ ग्रहण करने से रोक सकता। उसका तो कोई चेहरा था ही नहीं। या अगर उसका कोई चेहरा था भी तो कोई एक चेहरा नहीं था। उसके अनगिनत चेहरे थे और सब एक-दूसरे में इस तरह गड्डमड्ड हो गए थे कि किसी एक चेहरे की कल्पना नहीं की जा सकती थी। मुहाफ़िज़ख़ाने को चूहेख़ाने का हिस्सा न मानने या उसे चूहेख़ाने का एक तुच्छ और महत्त्वहीन भाग मानने की असली वजह शायद यह थी कि यहाँ चूहे नहीं मारे जाते थे। इसलिए चूहेख़ाने का भाग होते हुए भी यह दरअसल चूहेख़ाना नहीं था, क्योंकि चूहेख़ाने का असली काम था चूहे मारना और

यह काम यहाँ नहीं होता था। इसी तरह जो चूहेमार यहाँ काम करते थे उन्हें भी चूहेमार कहना सही नहीं था, क्योंकि ये चूहे मारते ही नहीं थे।

कोई भी चूहेमार मुहाफ़िज़ख़ाने में काम करना नहीं चाहता था। उसका ख़याल था कि मुहाफ़िज़ख़ाने में तबादला हो जाने पर वह चूहेमारों की बिरादरी से ख़ारिज हो जाएगा। यह बहिष्कृति उसे पसन्द नहीं थी। चूहेमारों को चूहे मारने की कुछ ऐसी लत पड़ गई थी कि इसके बग़ैर वे रह नहीं सकते थे। दुनिया-भर का कष्ट और अपमान सहना उन्हें मंजूर था, लेकिन चूहे मारने का काम वे नहीं छोड़ सकते थे। उस सारी ऊब, गन्दगी और थकान के बावजूद, जो इस काम से जुड़ी हुई थी, उन्हें चूहे मारने में एक तरह का रस मिलता था, जो उन्हें और किसी काम में नहीं मिल सकता था। इसी कारण कोई चूहेमार चूहेख़ाने को छोड़ना नहीं चाहता था। वह आख़िरी साँस तक चूहेख़ाने में ही रहना चाहता था। वह जानता था कि चूहेख़ाने से निकलकर उसके जीवन का कोई अर्थ नहीं रह जाएगा। वास्तव में यह देखा भी गया था कि चूहेख़ाना छोड़ने के बाद चूहेमार बहुत कम अर्से तक ही जीवित रह पाते थे। चूहे न मार सकने के कारण उनकी जिजीविषा ही ख़त्म हो जाती थी। चूहे ही उन्हें सहारा दे सकते थे और जब यह सहारा उनसे छिन जाता तो वे तेज़ी से मौत की तरफ़ बढ़ने लगते थे।

लेकिन चूहेख़ाने के नियमों के अनुसार हर चूहेमार को एक ख़ास उम्र पर पहुँचकर चूहेख़ाना छोड़ना ही पड़ता था। जिस रोज़ चूहेख़ाना छोड़ने का परवाना उसे मिलता, मौत उसकी निगाहों में नाचने लगती। यह परवाना उसे मौत का परवाना नज़र आता। उसके आधे प्राण तो इस परवाने को देखकर ही निकल जाते। चूहेख़ाने से अलग होकर चूहेमार को अपना जीवन ख़ाली-ख़ाली लगता। यही ख़ालीपन एक रोज़ मौत की शक्ल में उनके जीवन का अन्त कर देता। लेकिन एक-न-एक रोज़ हर चूहेमार को चूहेख़ाने से जाना ही पड़ता था। चूहेख़ाने में एक निश्चित अवधि तक काम करने के बाद चूहेमारों को चूहेख़ाना छोड़ना ही पड़ता था। चूहेख़ाने का ख़याल था कि लम्बी मुद्दत तक चूहे मारते रहने के बाद चूहेमारों के दिमाग़ और जिस्म इस क़ाबिल नहीं रहते कि उनसे चूहे मारने का काम और कराया जा सके। इसलिए उन्हें चूहेख़ाने से अलग कर देना चाहिए और उनके स्थान पर नये जवान ख़ून को मौक़ा देना चाहिए।

चूहेख़ाना ऐसा सिर्फ़ अपने हित की दृष्टि से ही नहीं सोचता था। उसका ख़याल था कि चूहेमारों के हित की दृष्टि से भी यही उपयुक्त है। एक लम्बे अर्से तक चूहे मारने का गन्दा और उबाऊ काम करने के बाद उन्हें आराम की ज़रूरत है। उनसे आजीवन यह काम कराते रहना उन पर बड़ा ज़ुल्म होगा। चूहेख़ाने से अलग करने से पहले उनकी गुज़र-बसर के लिए वज़ीफ़े का इन्तज़ाम कर दिया जाता था। वज़ीफ़े की रक़म उतनी तो नहीं होती थी जितनी चूहेख़ाने में काम करते समय उन्हें मिलती थी। यह उससे बहुत कम होती थी। फिर भी उससे गुज़र-बसर हो सकती थी।

लेकिन यह कितनी अजीब बात थी कि चूहेख़ाना मानवीय कारणों से उन्हें जो आराम पहुँचाना चाहता था वही उनके लिए घातक सिद्ध होता था। यही आराम उनकी रातों की नींद हराम कर देता था, क्योंकि जब तक वे दिन में चूहे न मार लें तब तक रात में उन्हें नींद न आती थी। और चूहेख़ाने से अलग कर दिए जाने पर उन्हें चूहे कहाँ मिलते थे जो वे मार सकते। चूहेमारों को चूहे मारने के काम से कुछ ऐसा ही लगाव था। वे इसे किसी भी हालत में छोड़ने को तैयार नहीं थे। इसी ख़ातिर वे मुहाफ़िज़ख़ाने में भी आना नहीं चाहते थे, क्योंकि यहाँ भी चूहे मारने को नहीं मिलते थे। सिर्फ़ मरे हुए चूहों की देखभाल से उनका मन नहीं भरता था।

चूहेमारों की इस मनोवृत्ति पर पहले उसे बहुत हैरत होती थी। चूहेख़ाने में चूहे मारना तो एक विवशता थी। चूहेख़ाने में इससे बचा नहीं जा सकता था। लेकिन चूहेख़ाने से मुक्ति पा लेने के बाद भी चूहे मारने के लिए इतनी बेचैनी क्यों? और बहुत सारे काम हैं जो किए जा सकते हैं। क्या दुनिया में चूहे मारना ही एक काम रह गया है। लेकिन धीरे-धीरे चूहेमारों की मनोवृत्ति उसकी समझ में आने लगी थी। चूहेमार बेचारे भी आख़िर क्या करें? तीस-पैंतीस साल तक चूहे मारते रहने के बाद वे किसी और काम के लायक़ रहते ही नहीं थे। दरअसल कोई और काम करने की कल्पना तक वे नहीं कर सकते थे। ले-देकर चूहे मारना ही एक काम था जो वे कर सकते थे। सो चूहेख़ाना उन्हें यह काम करने नहीं देता था।

एक चूहेमार ने, जिसे वज़ीफ़ा देकर चूहेख़ाने से अलग कर दिया गया था एक बार उसने कहा था :

"पैंतीस साल तक मेरी दिनचर्या यह रही थी—सवेरे उठते ही चूहेख़ाना मुझ पर सवार हो जाता। जल्दी-जल्दी नित्य-कर्मों से निवृत्त होकर मैं चूहेख़ाने पहुँच जाता। दिन चूहे मारने में बीत जाता। रात में भी बहुत देर तक मैं चूहों के बारे में ही सोचता रहता और इन्हीं के बारे में सोचता हुआ सो जाता। चूहेमारों की बस्ती में ही रहता था। इसलिए पास-पड़ोस के लोगों से बातचीत भी होती थी तो चूहों के बारे में ही। यही मेरी ज़िन्दगी थी। और पैंतीस साल तक यह जीवन बिताने के बाद मुझे इस जीवन से कट जाने के लिए बाध्य कर दिया गया। जानते हो, चूहेख़ाने से अलग होने के अगले रोज़ मेरे साथ क्या हुआ? मैं सोकर उठा तो रोज़ की तरह चूहेख़ाना मेरे दिमाग़ पर सवार था। नित्य-कर्मों से निवृत्त होकर मैं रोज़ की तरह कपड़े पहनकर चूहेख़ाने जाने को तैयार हुआ। पत्नी मुझे आश्चर्य से देखती रही। उसकी हैरत-भरी निगाहों से भी मैं कुछ न समझ सका। जब मैं चलने को हुआ तो वह खिलखिलाकर हँस पड़ी। मैंने उसे घूरकर देखा। लेकिन वह हँसी के मारे और लोट-पोट हो गई। "तुम चूहेख़ाने जा रहे हो क्या? क्या वज़ीफ़ा मिलने के बाद भी जाना पड़ता है? उसने हँसते हुए कहा। मुझे लगा जैसे मैं एकाएक आसमान से ज़मीन पर आ गया हूँ। पत्नी ठीक ही तो कहती है। अब चूहेख़ाने से मेरा क्या रिश्ता? मैं निढाल-सा कुर्सी पर गिर गया। लेकिन अब मुझे क्या करना है, यह सवाल बड़े वेग से मेरे दिमाग़ से टकराया और मुझे महसूस हुआ कि इस सवाल का मैं जवाब नहीं दे सकता। मुझे दूर-दूर तक एक अजीब वीरानी का एहसास हुआ। मुझे लगा, मेरे जीवन का कोई अर्थ नहीं रह गया है, इसकी कोई दिशा नहीं है, इसका कोई क्रम नहीं है। एक शून्य था जो मेरे चारों ओर फैलता जा रहा था और इस अनन्त घेरे से मैं निकल नहीं सकता था।"

कुछ दिनों के बाद ही इस चूहेमार की मृत्यु की सूचना उसे मिली।

वज़ीफ़ा पाने के बाद सभी चूहेमारों की यही हालत होती थी। बड़े चूहेमार हों या छोटे चूहेमार—इस मामले में दोनों की एक-सी स्थिति थी। दोनों की ज़िन्दगी चूहों से इस तरह जुड़ी हुई थी कि उनके बग़ैर वे साँस तक नहीं ले सकते थे। चूहों के बग़ैर उनकी वही हालत होती थी जो पानी से अलग होकर मछली की हो जाती है। लेकिन इस समस्या का कोई हल नहीं था। चूहेमारों को चूहेख़ाने में अनन्त

काल तक रखना सम्भव नहीं था। कम उम्र वाले चूहेमार चाहते थे कि बूढ़े चूहेमार जल्दी-से-जल्दी वज़ीफ़ा लेकर चूहेख़ाने का पिंड छोड़ें, ताकि उन्हें आगे बढ़ने का मौक़ा मिल सके। उनका ख़याल था कि वे जब तक चूहेख़ाने में रहेंगे तब तक उनके मरने की नौबत ही नहीं आएगी। इस तरह उन्हें कभी भी आगे बढ़ने का अवसर नहीं मिल सकेगा। वे कहते, "इन बुड्ढों को देखो! मौत इनके दरवाज़ों पर दस्तक दे रही है। लेकिन हवस इनका साथ नहीं छोड़ती। ये चूहेख़ाने से चिपके रहना चाहते हैं।" हालाँकि ये बूढ़े चूहेमार मौत को भगाने के लिए ही चूहेख़ाने में रहना चाहते थे।

और दिलचस्प बात यह थी कि कम-उम्र वाले चूहेमार भी जब बूढ़े हो जाते तो उनका दृष्टिकोण एकाएक बदल जाता था और चूहेख़ाने से चिपके रहने के लिए वे भी एड़ी-चोटी का पसीना एक कर देते थे। कोई यह नहीं कहता था कि वह मौत को दूर रखने के लिए या और किसी स्वार्थ से चूहेख़ाने में रहना चाहता है। हालाँकि असली कारण यही होता था लेकिन इसे छिपाने के लिए और ही शब्दों का सहारा लिया जाता था। बूढ़े चूहेमार कहा करते, "दीर्घकाल तक चूहे मारने का हमारा अनुभव चूहेख़ाने के लिए बहुत लाभप्रद सिद्ध होगा। हमें अलग कर देने से चूहेख़ाने का बड़ा नुक़सान होगा।" जवान चूहेमारों का तर्क होता, "ये बुड्ढे चूहेमार सठिया गए हैं। ये चूहेख़ाने के लिए एक बोझ बन गए हैं। इन्हें जल्दी-से-जल्दी अलग कर देना चाहिए। इसी में चूहेख़ाने का फ़ायदा है।"

बूढ़े चूहेमारों को वज़ीफ़ा देकर चूहेख़ाने से अलग कर देना एक और दृष्टि से भी आवश्यक था। चूहेख़ाने के बाहर हज़ारों-लाखों युवक बेकार थे, जो दिन-रात चूहेमार बनने के स्वप्न देखते रहते थे। ये बड़ी ललचाई दृष्टि से चूहेख़ाने को देखते और ठंडी साँसें लेकर कहते, "क्या हमारे भाग्य भी कभी जागेंगे? काश, हम भी चूहेमार बन सकते।" चूहेख़ाना इन बेरोज़गार युवकों के प्रति अपना दायित्व स्वीकार करता था और इन्हें चूहेख़ाने में जगह देना चाहता था। लेकिन जगहें बहुत कम थीं और बेरोज़गारों की संख्या बहुत अधिक थी। सबके लिए चूहेख़ाने में कहाँ गुंजाइश निकल सकती थी। लेकिन अगर बूढ़े चूहेमारों को वज़ीफ़ा देकर चूहेख़ाने से अलग न किया जाए और उन्हें चूहेख़ाने में ही आजीवन रहने दिया जाए तो इन बेरोज़गार युवकों के लिए और भी कम गुंजाइश रह जाए। इसलिए चूहेख़ाने का

आग्रह था कि बूढ़े चूहेमारों को एक ख़ास उम्र के बाद वज़ीफ़ा देकर अलग कर दिया जाए।

चूहेमार वज़ीफ़ा के नाम से उसी तरह डरते थे, जिस तरह बच्चे भूत-प्रेत से डरते हैं। वज़ीफ़ा उनके लिए मौत का दूसरा नाम था। वे पूरी कोशिश करते थे कि किसी सूरत से वज़ीफ़ा के चंगुल से ख़ुद को बचा लें। परन्तु नियति की तरह वज़ीफ़ा उनके जीवन की अवश्यम्भावी परिणति था जिससे बचा नहीं जा सकता था। जिस तरह दीपक बुझने से पहले एक बार भड़क उठता है, उसी तरह ये भी वज़ीफ़ा लेने से पहले इसे रोकने के लिए सिर-धड़ की बाज़ी लगा देते थे।

लेकिन चूहेख़ाना इस मामले में बहुत कठोर था। कभी-कभार ही किसी चूहेमार को एकाध साल और चूहेख़ाने में रहने दिया जाता। ऐसी मिसालें अपवादस्वरूप होतीं और इनके आधार पर दूसरे चूहेमार अधिक समय तक चूहेख़ाने में रहने की माँग नहीं कर सकते थे। चूहेख़ाने को हमेशा-हमेशा के लिए छोड़ते समय चूहेमारों की आँखें छलक उठतीं। वे बड़ी हसरत से चूहेख़ाने की दीवारों पर नज़र डालते, जिस तरह कोई आदमी फाँसी पर चढ़ने से पहले अपने बाल-बच्चों पर नज़र डालता है। लेकिन चूहेख़ाने की दीवारें तो पत्थर की थीं। उन पर इसका क्या असर हो सकता था। कुछ दिनों तक चूहेख़ाने में इस चूहेमार की चर्चा होती रहती, फिर तमाम चूहेमार उसे इस तरह भूल जाते, जैसे वह कभी चूहेख़ाने में रहा ही न हो।

उसे तमाम चूहेमार एक सख़्त ग़लतफ़हमी के शिकार दिखाई देते थे। प्रत्येक चूहेमार का ख़याल था कि वह चूहों को जितने अच्छे तरीक़े से मारता है कोई दूसरा चूहेमार नहीं मार सकता। इसी कारण वे छुट्टियाँ भी नहीं लेते थे। हालाँकि चूहेख़ाना छुट्टी की सुविधाएँ देता था। लेकिन चूहेमार छुट्टी पर जाना नहीं चाहते थे। वे सोचते थे कि वे छुट्टी पर चले गए तो जो दूसरा चूहेमार उनकी जगह पर आएगा वह उनके चूहों की दुर्गत बनाकर रख देगा। असल में यह उनकी आत्म-प्रवंचना थी। ऐसा वे ख़ुद को धोखा देने के लिए सोचते थे। बात यह थी कि चूहे मारे बग़ैर वे रह नहीं सकते थे और ज़ाहिर है कि छुट्टियों में चूहे मारने को नहीं मिल सकते थे। इसके अलावा एक और डर था जो उन्हें छुट्टी पर जाने से रोकता था। वे छुट्टी पर चले

गए तो उनकी जगह पर जो दूसरा चूहेमार आएगा वह उनकी कारगुज़ारी की बहुत ही ग़लत तसवीर पेश कर सकता है। वह साबित कर सकता है कि पहले जितने भी चूहे मारे गए थे वे सब-के-सब ग़लत तरीक़े से मारे गए थे और दरअसल वे चूहे मरे ही नहीं थे। जब चूहे सही तरीक़े से मारे ही नहीं गए तो कैसे मान लिया जाए कि चूहे सचमुच मारे गए थे।

तमाम चूहेमार इस स्थिति से बहुत घबराते थे और इसीलिए उन्हें छुट्टी लेना मंजूर नहीं था। यह डर ख़ासतौर से छोटे चूहेमारों को ज़्यादा था। बड़े चूहेमारों के बारे में आमतौर पर कहा जाता था कि वे कान के कच्चे होते हैं और छोटे चूहेमार उनसे एक-दूसरे के ख़िलाफ़ जो कुछ कहते हैं उसे वे फ़ौरन सच मान लेते हैं। ये दाँव-पेच जब छोटे चूहेमारों की मौजूदगी में ही चलते हों तो उनकी अनुपस्थिति में तो इनका रूप और भी भयंकर हो सकता है। इस डर से कोई छुट्टी पर जाता ही नहीं था। हालाँकि चूहेख़ाने के नियमों में चूहेमारों के लिए छुट्टी की बड़ी अच्छी व्यवस्था थी। हर साल एक महीने की छुट्टी उन्हें पूरी तनख़्वाह के साथ मिलती थी। आराम से घर पर बैठो और ख़ूब ऐश करो। चूहे मारे बिना ही महीने भर का वेतन लो। इससे बड़ी सुविधा और क्या हो सकती है?

और यह व्यवस्था सिर्फ़ चूहेमारों के फ़ायदे को ध्यान में रखकर नहीं की गई थी। इसमें चूहेख़ाने का भी लाभ था। चूहेख़ाने का ख़याल था कि एक साल तक लगातार चूहेख़ाने के बन्द और घुटे हुए माहौल में चूहे मारते रहने के बाद चूहेमारों को कुछ दिन बाहर की खुली और ताज़ी हवा में आराम से जीने का मौक़ा मिलना चाहिए। इससे उनकी सेहत पर अच्छा असर पड़ेगा। चूहेख़ाने के लिए यह व्यवस्था इसलिए हितकर थी कि चूहेमार जब आराम और चैन की ज़िन्दगी गुज़ारकर दुबारा चूहेख़ाने में लौटेगा तो ज़्यादा मुस्तैदी से चूहे मार सकेगा।

लेकिन मुश्किल यह थी कि इस सुविधा का लाभ उठाने को कोई तैयार नहीं था। सबको चूहे मारने की ऐसी लत पड़ गई थी कि एक दिन भी चूहे मारे बिना रहना मुश्किल था। एक महीना तो बहुत होता है। फिर यह डर कि छुट्टी पर गए नहीं कि सारी कारगुज़ारी पर पानी फिर गया। लेकिन कोई भी चूहेमार यह मानने को तैयार नहीं था कि वह इस डर से या चूहे मारने की अपनी लत से मजबूर है। तमाम चूहेमार दिन-रात यही रोना रोते थे कि वे चूहों के बोझ से दबे जा रहे हैं

और उन्हें आराम की ज़रूरत है। लेकिन क्या करें। वे अपनी कर्तव्यपरायणता से मजबूर हैं। वे चूहेख़ाने का नमक खाते हैं और उसके साथ नमकहरामी नहीं कर सकते। अगर वे छुट्टी पर चले गए तो चूहेख़ाने का बहुत नुक़सान होगा और यह नुक़सान उनसे देखा नहीं जाएगा। हालाँकि चूहेख़ाना इसे कभी भी नमकहरामी नहीं समझता था।

चूहेख़ाना कोई आदमी तो था नहीं जो चीख़कर उनसे कहता कि "तुम ज़रूर छुट्टी लो। तुम्हारे छुट्टी पर जाने से मेरा कोई नुक़सान नहीं होगा।" चूहेख़ाने की वाणी तो उसके नियम-क़ायदे थे। और इन नियम-क़ायदों के अनुसार छुट्टी लेने की पूरी इजाज़त थी। चूहेख़ाने का नुक़सान भी क्या हो सकता था। उसे तो इस बात से मतलब था कि चूहे मारे जाते रहें। और इस काम के लिए चूहेमारों का कोई टोटा तो था नहीं। एक क्या सौ चूहेमार भी एक साथ छुट्टी पर चले जाएँ तो चूहे मारने के काम का कोई हर्ज न हो। ये सब तो छुट्टी न लेने के बहाने थे। मज़े की बात तो यह थी कि हर चूहेमार दूसरे चूहेमार को छुट्टी की सलाह देता था, लेकिन ख़ुद छुट्टी पर जाने को तैयार नहीं होता था।

एक अजीब पाखंड था, जिसके शिकार तमाम चूहेमार थे। एक बड़ा ही नकली, बनावटी और कृत्रिम दायरा था, जिसमें वे घूमते रहते थे और इस दायरे को सहज मानने का अभिनय वे दिन-रात करते रहते थे। उसने चूहेमारों की मनोवृत्तियों को जानने-समझने की बहुत कोशिश की थी। वह इसी निष्कर्ष पर पहुँचा था कि चूहेमारों का सारा आचरण प्रच्छन्न रूप से भय से ही नियंत्रित होता है—बड़े चूहेमारों का कम और छोटे चूहेमारों का बहुत अधिक। उनकी समस्त चेष्टाएँ या तो इसी भय का प्रकट रूप हैं, या इसे छिपाने का एक साधन। बड़े चूहेमार इस भय को ज़्यादा अच्छी तरह छिपा सकते हैं, क्योंकि उन्हें अपनी शक्ति का भी एहसास है। उनका वज़न तमाम छोटे चूहेमार महसूस करते हैं। इससे उनके अहं को जो तुष्टि मिलती है वह उनके भय को बिलकुल ख़त्म तो नहीं कर देती, लेकिन उसके दबाव को काफ़ी कम ज़रूर कर देती है। छोटे चूहेमारों का वज़न कोई महसूस नहीं करता। असल में उनका कोई वज़न ही नहीं है। उन्हें ख़ुद को विश्वास दिलाना पड़ता है कि उनका भी कोई वज़न है, चूहेख़ाने में उनकी भी कुछ अहमियत है,

जबकि वस्तुस्थिति यह नहीं होती। कल्पना को सत्य मान लेने का निरन्तर प्रयास उन्हें बड़ी हास्यास्पद स्थितियों में डाल देता है। लेकिन ये बेचारे भी क्या करें। इन्हें भी जीने का कुछ सहारा तो चाहिए।

बड़े चूहेमारों की स्थिति भी कुछ कम हास्यास्पद नहीं थी। यह और बात है कि ऊपर से उनके जीवन में जो आडम्बर और शान-शौकत दिखाई देती थी, वह उनकी ज़िन्दगी के हास्यास्पद पहलुओं पर पर्दा-सा डाल देती थी। चूहों का डर उनके दिल में भी बैठा हुआ था। हालाँकि वे ख़ुद को हमेशा यही विश्वास दिलाते रहते थे कि वे चूहों से नहीं डरते। लेकिन यह डर अन्दर-ही-अन्दर उन्हें सालता रहता था। फिर यह भय भी उनके मन की गहराई में बैठा रहता था कि चूहेख़ाने से निकलने के बाद उनका अंजाम क्या होगा? सारा आडम्बर और सारी शान-शौकत आनन-फ़ानन ग़ायब हो जाएगी। और तो और चूहों की शक्ल तक देखने को नहीं मिलेगी। वे इन सब बातों के बारे में सोचना नहीं चाहते थे। लेकिन ये विचार अनजाने तौर पर ही उनके मन में उठते और किसी आसन्न संकट की दहशत से उनका मन भर जाता।

सचमुच चूहेख़ाना छोड़ने के बाद बड़े चूहेमारों की स्थिति छोटे चूहेमारों से कहीं अधिक दयनीय हो जाती थी। अलाउद्दीन के महल की तरह उनका सारा वैभव एकाएक जाने कहाँ ग़ायब हो जाता। वज़ीफ़ा उसे एक रोलर की तरह लगता था जो छोटे और बड़े चूहेमारों को पीसकर एक जैसा कर देता था। एक बार उसने एक वज़ीफ़ा-भोगी बड़े चूहेमार को सड़क से गुज़रते देखा था। चूहेख़ाने में कभी उसका बड़ा दौर-दौरा था। छोटे चूहेमार उसके नाम से थर्राते थे। क्या शान थी इसकी और क्या रुतबा था। क़दम ज़मीन पर नहीं पड़ते थे। उसके सामने जाने के ख़याल से ही छोटे चूहेमारों की आधी जान सूख जाती थी। फिर भी उसके इर्द-गिर्द छोटे चूहेमारों की भीड़ लगी रहती थी। उसकी निकटता ख़तरों से घिरी थी। फिर भी छोटे चूहेमार जान जोखिम में डालकर उसके आगे हाथ बाँधे खड़े रहते थे। बड़ा चूहेमार लाख ज़ालिम सही, लेकिन छोटे चूहेमारों का कल्याण भी वही कर सकता था। इसलिए उसके पास जाना ही पड़ता था। बड़ा चूहेमार छोटे चूहेमार को कुछ समझता ही नहीं था। यों तो सभी बड़े चूहेमार छोटे चूहेमारों को बहुत हक़ीर और तुच्छ समझते थे। लेकिन यह दूसरे बड़े चूहेमारों से भी एक क़दम आगे था। यह

उन्हें चूहों जितना महत्त्व भी देने को तैयार नहीं था। यह छोटे चूहेमारों को कीड़े-मकोड़ों की तरह समझता था, जिन्हें पैरों-तले रौंदा जा सकता है। छोटे चूहेमार इसके सामने सर हथेली पर रखकर जाते थे।

वह जब कभी इस बड़े चूहेमार के बारे में सोचता, तो जाने क्यों उसे अलिफ़लैला का बादशाह 'शह्रयार' याद आ जाता। वह रोज़ एक नई औरत से शादी रचाता था और अगले रोज़ सवेरे उसे मौत के घाट उतार देता था। उसकी पत्नी ने उसके साथ विश्वासघात किया था और इसके परिणामस्वरूप वह समस्त स्त्री-जाति से ही घृणा करने लगा था। लेकिन आख़िरकार 'शह्रज़ाद' ने इस अत्याचारी और बेरहम बादशाह को एक हज़ार कहानियाँ सुनाकर जीत ही लिया था और वह उसकी चहेती मलिका बन बैठी थी। 'शह्रयार' की तरह ही इस बड़े चूहेमार को भी छोटे चूहेमारों की जाति से ही सख़्त नफ़रत थी। चूहेख़ाने में मशहूर था कि किसी छोटे चूहेमार ने इस बड़े चूहेमार के साथ कभी कोई बहुत बड़ा धोखा किया था। इसकी वजह से वह तमाम छोटे चूहेमारों का कट्टर दुश्मन बन गया था। फिर भी छोटे चूहेमार उसके इर्द-गिर्द मक्खियों की तरह भिनभिनाते रहते थे—इस उम्मीद में कि शायद वे भी 'शह्रज़ाद' की तरह उसका मन जीत सकें। लेकिन इनमें से कोई भी 'शह्रज़ाद' न बन सका। इस बड़े चूहेमार को लेकर छोटे चूहेमारों के मन में बड़ी कटु स्मृतियाँ थीं। उस रोज़ जब उसने बड़े चूहेमार को सड़क पर देखा तो पहली नज़र में वह उसे पहचान तक नहीं सका। क्या शक्ल हो गई थी उसकी। वह कमर से झुक गया था और छड़ी के सहारे चल रहा था। किसी महल के खँडहरों की तरह उसके चेहरे पर झुर्रियाँ ही शेष रह गई थीं। कौन कह सकता था कि यह वही बड़ा चूहेमार है जिसका आतंक पूरे चूहेख़ाने में फैला हुआ था।

"जानते हो यह कौन है? यह 'स' है। बड़ा चूहेमार जिसने छोटे चूहेमारों की नाक में दम कर रखा था।" उसके एक साथी छोटे चूहेमार ने उसे बताया था।

"अरे! यह 'स' है। क्या हालत हो गई है बेचारे की?" उसका मन दया से भर आया था।

"बेचारा! इसे बेचारा न कहो। बड़ा हरामी है यह। बड़ा ज़ुल्म किया है इसने छोटे चूहेमारों पर। अपने किए की सज़ा भुगत रहा है। कोई छोटा चूहेमार इसके यहाँ अब थूकने को भी नहीं जाता।" उसके साथी ने ग़ुस्से में कहा था।

लेकिन उसे अपने साथी की बात बहुत बुरी लगी थी। बड़ा चूहेमार पहले जैसा भी रहा हो, इस समय तो वह बड़ी दयनीय स्थिति में है। इस पर तो अब दया ही आ सकती है।

छोटे चूहेमारों की यह आदत उसे पसन्द नहीं थी कि बड़ा चूहेमार जब तक चूहेख़ाने में रहता वे उसके सामने दुम हिलाते रहते। लेकिन जब उसे वज़ीफ़ा मिल जाता तो उससे इस तरह अपना नाता तोड़ लेते जैसे वे उसे जानते तक न हों। छोटे चूहेमारों का तर्क था कि वे बड़े चूहेमार का आदर करते हैं, बड़े चूहेमार से डरते हैं और बड़े चूहेमार को ख़ुश करने के लिए वे आकाश के तारे भी तोड़कर ला सकते हैं। लेकिन जब बड़ा चूहेमार बड़ा चूहेमार ही न रहा तो वे उसका सम्मान क्यों करें। वज़ीफ़ा पाने के बाद तो कोई चूहेमार ही नहीं रहता—बड़े और छोटे का सवाल ही बेकार है। उसे छोटे चूहेमारों की यह दलील बहुत लचर लगती थी। वर्षों के सम्बन्ध इस तरह एकाएक तोड़े तो नहीं जा सकते। लेकिन होता यही था। चूहेख़ाने से वज़ीफ़ा मिला नहीं कि सारे रिश्ते एकाएक ख़त्म हो जाते थे।

वज़ीफ़ा एक तरह का स्टेशन था, जहाँ उतरकर आदमी दूसरे मुसाफ़िरों से हमेशा-हमेशा के लिए कट जाता था। चूहेख़ाने में सम्बन्धों का यही रूप था। इनके औचित्य-अनौचित्य पर बहस की जा सकती है, लेकिन इन्हें बदला नहीं जा सकता। इन सम्बन्धों में भावना या रागात्मकता का कोई दख़ल नहीं था। इसलिए तमाम चूहेमार—चाहे बड़े हों या छोटे—इन सम्बन्धों के एकाएक टूट जाने पर दुखी भी नहीं होते थे। चूहेख़ाना छोड़ते समय उन्हें इस बात का दुख नहीं होता था कि वे पुराने साथियों से बिछुड़ रहे हैं। यद्यपि विदाई भाषणों में वे कहते यही थे कि यह विछोह उनके लिए बहुत दुखदायी है। वक्ता और श्रोता दोनों ही इन शब्दों के खोखलेपन को अच्छी तरह जानते-समझते थे, फिर भी उन्हें ये शब्द कहने और सुनने पड़ते थे, क्योंकि चूहेख़ाने की यह भी एक परिपाटी थी।

दरअसल चूहेमारों का चूहेख़ाने में किसी चीज़ से अगर रागात्मक सम्बन्ध था तो महज़ चूहों से। उनकी जुदाई वे किसी हालत में बर्दाश्त नहीं कर सकते थे। चूहेख़ाने से वज़ीफ़ा लेते समय वे जो दुख प्रकट करते थे, वह वास्तव में साथी चूहेमारों से बिछुड़ने का दुख नहीं था, बल्कि इन्हीं चूहों से बिछुड़ने

का दुख था। इन चूहों के बग़ैर उन्हें अपनी ज़िन्दगी रेगिस्तान की तरह वीरान नज़र आती थी।

मुहाफ़िज़ख़ाने में काम करते उसे अब काफ़ी अर्सा हो चुका था। उसका जब यहाँ तबादला हुआ था तो और छोटे चूहेमारों की तरह उसे कोई अफ़सोस नहीं हुआ था। मुहाफ़िज़ख़ाने में तबादला हो जाने पर बहुत से छोटे चूहेमार उसके पास आए थे। उसे सान्त्वना देते हुए उन्होंने मगरमच्छ के आँसू भी बहाए थे। मगरमच्छ के आँसू बहाने में छोटे चूहेमारों का जवाब नहीं था। हालाँकि वे मन-ही-मन बहुत ख़ुश हो रहे थे कि चूहे मारने का आनन्द उसे अब नहीं मिल सकेगा। लेकिन उसे कोई अफ़सोस नहीं था। छोटा चूहेमार होते हुए भी उसका मिज़ाज और छोटे चूहेमारों से थोड़ा अलग था। चूहे वह भी मारता था और पूरी ईमानदारी और लगन से मारता रहा था। लेकिन उसकी आत्मा जैसे चूहे मारने पर उसे हमेशा लानत-मलामत करती आई थी। वह अपनी आत्मा की आवाज़ को हमेशा दबाता आया था। ऐसा न करता तो शायद 'ग' की तरह वह भी चूहेख़ाना कभी का छोड़ चुका होता।

उसने चूहेख़ाने में कुछ दिन गुज़ारने के बाद ही यह महसूस कर लिया था कि आत्मा को दबाकर रखे बिना चूहे मारना सम्भव नहीं है। लेकिन आत्मा की आवाज़ दबाई तो जा सकती है, उसे कुचला भी जा सकता है, लेकिन उसे बिलकुल ख़त्म नहीं किया जा सकता। शायद और चूहेमारों ने इसे बिलकुल ख़त्म कर दिया हो। लेकिन उसके साथ ऐसा नहीं था। कम-से-कम उसे ऐसा ही महसूस होता था। शायद यही कारण था कि चूहों से उसका वैसा लगाव नहीं हो सका था जैसा कि और चूहेमारों का था।

उसकी आत्मा अन्दर-ही-अन्दर जैसे उसके मन में इन चूहों के प्रति जुगुप्सा उत्पन्न करती रही थी। चूहों को मारने में उसे दुहरी थकान महसूस होती थी। एक थकान तो वह थी जो बड़ी हद तक शारीरिक थी और जिसे तमाम चूहेमार महसूस करते थे। लेकिन एक और थकान थी जो अन्दर-ही-अन्दर उसे घुन की तरह खाए जा रही थी। उसके अन्दर कुछ था जो उसे चूहे मारने से रोकता था। "इन चूहों को मारने से क्या फ़ायदा? तुम इस निरर्थक कार्य में क्यों लगे रहते हो? क्या तुम कभी इन बातों के बारे में सोचते हो?" इस तरह के प्रश्न बार-बार

अनजाने तौर पर और अनायास ही उसके मन में उठते। वह इन सवालों के जवाब ढूँढ़ने की कोशिश करता था। चूहों की सार्थकता और चूहे मारने की उपादेयता खोज निकालने की कोशिश में उसका दिमाग़ चूहेख़ाने की भूल-भूलैया का चक्कर काटने लगता। और जब वह इस भूल-भुलैया से लौटता तो उसका दिमाग़ खोखले आदर्शों के बोझ से दब-सा जाता। इन आदर्शों से उसके काम का क्या रिश्ता है? यह सवाल बार-बार उसे परेशान करता और उसे इसका कोई सन्तोषजनक उत्तर न मिल पाता।

उसने अपने चूहेमारों से भी मदद लेनी चाही। लेकिन उनके पास भी इन सवालों के जवाब नहीं थे। दरअसल ये सवाल उनके मन में न तो कभी उठते थे और न ही कभी उन्होंने इन पर सोचा था। वे उसके सवालों को हैरत से सुनते और फटी-फटी आँखों से उसे देखकर ख़ामोश रह जाते। लेकिन वह उनकी आँखों में उनके मनोभावों को पढ़ सकता था। "पागल तो नहीं हो गए? भला चूहेख़ाने में कोई ऐसे सवाल करता है? हमारा काम है चूहे मारना। चूहे मारने की क्या उपादेयता है? इसकी क्या सार्थकता है? इन प्रश्नों से हमारा क्या ताल्लुक़?" और तब उसे इन सवालों से दहशत-सी होने लगती। सचमुच उसे इन सवालों पर नहीं सोचना चाहिए।

लेकिन वह क्या करे? ये सवाल बड़े रहस्यमय ढंग से जाने किस चोर-दरवाज़े से उसके मन में घुस आते थे और उसे सताने लगते थे। वह इन्हें निकाल फेंकने की पूरी कोशिश करता, लेकिन ये जोंक की तरह उससे चिपटे रहते। चूहे मारते-मारते एकाएक ये सवाल उसे तंग करने लगते। "क्यों मारते हो हमें?" चूहे जैसे उससे सवाल करते। उसकी उँगलियाँ अपने आप रुक जातीं। 'मैं इन्हें क्यों मारता हूँ?' वह अपने आपसे सवाल करता। लेकिन यह चूहों के सवाल का जवाब नहीं था। सवाल का जवाब सवाल तो नहीं हो सकता। वह बड़े चूहेमारों के भाषणों और उपदेशों पर पूरी गम्भीरता से विचार करता। लेकिन ये भी उसे सन्तुष्ट नहीं कर पाते थे। और कुछ दिनों के बाद तो इन भाषणों और उपदेशों के बारे में सोचने-मात्र से ही उसे उबकाई-सी आने लगी थी।

हर तरह से निराश होकर आख़िरकार वह इस तर्क में शरण ढूँढ़ता कि चूहे मारने की कोई उपादेयता हो या न हो, चूहे मारना उसका कर्तव्य है और इस कर्तव्य

का निर्वाह उसे पूरी लगन से करते रहना चाहिए। इस तर्क से उसे कुछ शान्ति मिलती। लेकिन यह शान्ति भी बहुत क्षणिक होती। उसके अन्दर फिर खलबली-सी मचने लगती। उसे लगता, वह चूहे मारने के लिए पैदा नहीं हुआ था। फिर आख़िर वह क्या करना चाहता है? वह अपने आपसे सवाल करता। लेकिन इस सवाल का भी कोई स्पष्ट उत्तर उसके पास नहीं था। पुरानी बीती हुई घड़ियों के ढेर में से किसी बुझती हुई चिनगारी की तरह एक धुँधली-सी याद उसके दिमाग़ में चमकती कि वह कुछ स्वप्न देखा करता था। इन स्वप्नों की रेखाएँ भी अब स्पष्ट नहीं थीं। समय की धूल ने इनकी आकृतियाँ बहुत धुँधली कर दी थीं, लेकिन उसे अच्छी तरह याद था कि वह कुछ बनना चाहता था। वह क्या बनना चाहता था, इसका कोई साफ़ नक़्शा अब उसके दिमाग़ में नहीं रहा था। शायद यह नक़्शा उस वक़्त भी साफ़ नहीं था। बचपन के स्वप्न जैसे ऊटपटाँग और बेसिर-पैर के होते हैं, शायद वैसे ही स्वप्न उसके भी थे। लेकिन कभी भी उसने चूहे मारने का स्वप्न नहीं देखा था। उसने यह कभी नहीं सोचा था कि चूहे मारना उसकी नियति बनकर रह जाएगा।

दरअसल चूहेख़ाने में भी वह स्वप्न ही देखा करता था। चूहे मारते-मारते एकाएक वह किसी और दुनिया में पहुँच जाता, जहाँ न चूहे होते और न चूहेमार। शायद स्वप्न देखने की यह आदत ही तमाम मुसीबतों की जड़ थी।

दूसरे छोटे चूहेमार स्वप्न नहीं देखते थे। और अगर वे स्वप्न देखते भी थे तो इन स्वप्नों में भी उन्हें चूहेख़ाना ही दिखाई देता था। वे स्वप्नों में भी चूहेख़ाने से अपना रिश्ता नहीं तोड़ सकते थे। अगर कभी कोई चूहेमार यह स्वप्न देख लेता कि वह चूहेख़ाना छोड़कर जा रहा है तो रोते-रोते उसकी घिग्घी बँध जाती। चूहेमारों के सपने भी चूहेख़ाने के इर्द-गिर्द घूमते थे। मिसाल के तौर पर छोटे चूहेमार यह स्वप्न देखते कि वे बड़े चूहेमार बन गए हैं और मारे ख़ुशी के वे पागल हो जाते या वे यह स्वप्न देखते कि बड़ा चूहेमार उन्हें मुस्कराकर देख रहा है। ज़ाहिर है कि ये बड़े सुखद स्वप्न थे और छोटे चूहेमारों पर इनका नशा कई दिनों तक रहता। वे चूहेख़ाने में अपने इन स्वप्नों की चर्चा बहुत रस ले-लेकर करते। इसी तरह उनके डरावने स्वप्नों में भी किसी-न-किसी रूप में चूहेख़ाना ज़रूर मौजूद रहता। जैसे उन्हें कभी यह स्वप्न आता कि उन्होंने किसी महत्त्वपूर्ण

चूहे को ग़लत नियम से मार दिया है और बड़ा चूहेमार उन्हें आग्नेय नेत्रों से देख रहा है। ऐसे स्वप्नों का असर भी उन पर कई दिनों तक रहता और वे बहुत त्रस्त और दुखी दिखाई देते।

उसे उनकी हालत पर दया आती थी। बेचारे स्वप्न में भी चूहेख़ाना नहीं छोड़ सकते। इनके स्वप्नों के दायरे भी इनकी ज़िन्दगी की तरह कितने तंग और छोटे हैं, वह सोचता। लेकिन दूसरे ही क्षण उसे लगता कि उसका यह दयाभाव एक तरह का कवच है जिससे वह अपनी कमज़ोरियों को छुपाना चाहता है। शायद दया का पात्र वह ख़ुद है, जो इतना समय बीत जाने के बाद भी चूहेख़ाने के साँचे में ढल नहीं सका है। दूसरे चूहेमारों के लिए चूहेख़ाने की दुनिया एक सहज और जीती-जागती दुनिया है जिसमें वे कभी रोते हैं तो कभी हँसते हैं, कभी दुखी होते हैं तो कभी ख़ुश होते हैं और कभी निराश होते हैं तो कभी आशावान होते हैं। सहज और जीती-जागती दुनिया में जितनी भी स्थितियाँ हो सकती हैं उन सबसे ये चूहेमार गुज़रते हैं। उन्होंने चूहेख़ाने को पूरी तरह से स्वीकार कर लिया है और चूहेख़ाने की परिसीमाओं में ये एक सहज जीवन बिता रहे हैं। ये पूरे तीतर हैं या पूरे बटेर। उसकी तरह आधा तीतर आधा बटेर नहीं हैं। शायद आधा तीतर, आधा बटेर बनकर रहना और भी अधिक हास्यास्पद स्थिति है। इससे तो अच्छा है कि आदमी पूरा तीतर बन जाए या पूरा बटेर। वह जो इतना दुखी रहता है और चूहेख़ाने के बारे में दिन-रात सोचता रहता है, इसका कारण शायद उसका आधा तीतर, आधा बटेर होना ही है। वह न तो पूरा चूहेमार ही है और न पूरा 'ग'। यानी वह चूहेख़ाने के अन्दर भी है और चूहेख़ाने के बाहर भी। वह चूहे मारता है लेकिन इन चूहों से उसका कोई रागात्मक सम्बन्ध नहीं है। सचमुच उसकी स्थिति और छोटे चूहेमारों से कहीं अधिक दयनीय और उपहासजनक है।

लेकिन 'ग' की मौत ने जैसे एकाएक उसे बिलकुल बदल दिया था। चूहे मारने से उसे अब सचमुच घृणा हो गई थी। 'ग' की मौत के बाद कई रोज़ तक वह एक चूहा भी मार नहीं सका था। चूहों के प्रति ऐसी घोर वितृष्णा उसने पहले कभी अनुभव नहीं की थी। बड़े चूहेमार का आतंक न होता तो न जाने कब तक वह इसी तरह हाथ-पर-हाथ धरे बैठा रहता और एक चूहा भी न मारता। हालाँकि 'ग' की मौत में इन चूहों का कोई हाथ नहीं था। उसने चूहेख़ाना छोड़ने के बाद

आत्महत्या की थी। यह और बात थी कि 'ग' को चूहेख़ाने के बाहर भी चूहेख़ाने की व्यवस्था दिखाई देती थी। अगर सारी दुनिया ही एक चूहेख़ाना है तो फिर चूहेख़ाना ही क्या बुरा है? अगर चूहेख़ाने के बाहर भी चूहे मारे बग़ैर ज़िन्दा रहना मुश्किल है तो चूहेख़ाने में ही चूहे क्यों न मारे जाएँ? पर इस तर्क से भी उसके मन को शान्ति न मिलती।

चूहों के प्रति जो घृणा एक लम्बे अर्से से उसके मन में एकत्र होती रही थी, उसने अब ज्वालामुखी का रूप ग्रहण कर लिया था। उसे महसूस हो रहा था कि वह इसी तरह कुछ दिन और चूहे मारता रहा तो यह ज्वालामुखी फट पड़ेगा और उसके टुकड़े कर देगा। इसलिए जब मुहाफ़िज़ख़ाने में काम करने का आदेश उसे दिया गया तो उसे कुछ राहत-सी महसूस हुई थी। और चूहेमार मुहाफ़िज़ख़ाने के बारे में चाहे कुछ भी सोचते हों उसके ख़याल में मुहाफ़िज़ख़ाने का काम चूहे मारने के काम से ज़्यादा अच्छा था। वहाँ चूहे तो नहीं मारने पड़ेंगे। वह किसी तरह चूहे मारने के काम से मुक्ति पाना चाहता था और मुहाफ़िज़ख़ाने में यह मुक्ति उसे मिल गई थी। चूहेख़ाने के आतंक और षड्यंत्र से भरे वातावरण में मुहाफ़िज़ख़ाना उसे शरणागार की तरह लगा था।

मुहाफ़िज़ ठिंगने क़द का बहुत मोटा-ताज़ा आदमी था। क़द बहुत कम होने और मोटापे की वजह से उसकी लम्बाई और चौड़ाई में बहुत कम अन्तर दिखाई देता था। चौड़ाई लम्बाई से कुछ ज़्यादा ही होगी, कम नहीं। अपने इस विचित्र आकार के कारण वह एक मोटे चूहे की तरह नज़र आता था। वह एक बड़ा चूहेमार था और कई वर्षों से मुहाफ़िज़ख़ाने में काम कर रहा था। वह उन बड़े चूहेमारों में से नहीं था जो चूहेख़ाने में बड़े चूहेमार की हैसियत से ही दाख़िल होते हैं और इसी रूप में चूहेख़ाने से निकलते हैं। वह उन चूहेमारों में था जो चूहेख़ाने में छोटे चूहेमार के रूप में दाख़िल होते हैं और बड़े चूहेमार बनकर वहाँ से निकलते हैं।

छोटे चूहेमारों की दृष्टि से यह बड़ा सफल जीवन था। छोटा चूहेमार बड़ा चूहेमार बन जाए, इससे बड़ी बात और क्या हो सकती है? इस तरह के बड़े चूहेमारों की अपनी चारित्रिक विशेषताएँ थीं जो उन्हें दूसरे बड़े चूहेमारों से अलग करती थीं। चूहेख़ाना इन्हें बड़ा चूहेमार ही मानता था और इन्हें ऐसी तमाम सुविधाएँ

देता था जो बड़े चूहेमार को मिलनी चाहिए। लेकिन दूसरे बड़े चूहेमार इन्हें अपने वर्ग का चूहेमार मानने को तैयार नहीं थे। वे यह तो नहीं कह सकते थे कि वे बड़े चूहेमार हैं ही नहीं। यह कहने का साफ़ मतलब यह था कि चूहेख़ाने के फ़ैसले को वे सही नहीं मानते। यह हिम्मत उनमें नहीं थी। चूहेमार—छोटे हों या बड़े—चूहेख़ाने के फ़ैसले के ख़िलाफ़ कुछ कहने का साहस उनमें नहीं था। फिर भी वे इनसे मिलने-जुलने के मामले में एक तरह का अलगाव बरतते थे। चूहेख़ाने की बैठकों और सभा-समारोहों में तो उन्हें इनसे मिलना ही पड़ता था और बातचीत भी करनी पड़ती थी। फिर भी एक ख़ास हद से वे आगे नहीं बढ़ते थे। और अपनी अन्तरंग सभाओं में तो वे इन्हें कभी घुसने ही नहीं देते थे। यहाँ वे दिल खोलकर इनका मज़ाक़ उड़ाते और चूहेख़ाने की मूर्खता पर रोष प्रकट करते। जिसने इन मसख़रों को उनकी पंक्ति में ला खड़ा किया है वे इन्हें नक़ली बड़े चूहेमार कहते थे, क्योंकि असली बड़े चूहेमार तो वे ख़ुद थे। उनका बस चलता तो वे इन्हें छोटा चूहेमार ही समझते रहते और इनके साथ वैसा ही बरताव करते रहते जैसा वे छोटे चूहेमारों के साथ करते थे। लेकिन वे चूहेख़ाने के नियम-क़ायदों से मजबूर थे। उन्हें ज़हर का यह घूँट पीना ही पड़ता था।

इसमें शक नहीं कि बड़े चूहेमार बहुत शक्तिशाली थे। लेकिन उन्हें निरंकुश नहीं कहा जा सकता था। बड़ा से बड़ा चूहेमार भी कहीं-न-कहीं ख़ुद को बहुत कमज़ोर महसूस करता था। चूहेख़ाने का तंत्र ही कुछ ऐसा था। चूहेख़ाना जहाँ बड़े चूहेमारों को बेइन्तहा शक्ति देता था, वहाँ उन पर ऐसा अंकुश भी रखता था कि वे ख़ुद को बहुत मजबूर महसूस करते थे। चूहेख़ाना इस मामले में उसे पंचतंत्र के उस ऋषि की तरह नज़र आता था जो चूहे को शेर में परिवर्तित तो कर सकता है लेकिन उसे फिर चूहा भी बना सकता है। सभी चूहेमार चूहेख़ाने की इस शक्ति को जानते थे और इसलिए चूहेख़ाने का डर उनके मन से कभी निकलता नहीं था।

जो चूहेमार छोटे चूहेमार से बड़े चूहेमार बनते थे वे ख़ुद भी दूसरे बड़े चूहेमारों के मुक़ाबले में अपने आपको बहुत दीन-हीन समझते थे। छोटे चूहेमार से बड़ा चूहेमार बनने में बड़ा लम्बा समय लगता था। ज़्यादातर छोटे चूहेमार तो ज़िन्दगी-भर छोटे

चूहेमार बने रहते थे। बड़ा चूहेमार बनने का स्वप्न तो सभी देखते थे, लेकिन इने-गिने छोटे चूहेमार ही बड़े चूहेमार बनने में सफल होते थे। बड़ा चूहेमार बनने के लिए उन्हें कठोर तपस्या करनी पड़ती थी। इस तपस्या में संकट की जाने कितनी स्थितियों से गुज़रना पड़ता था। पग-पग पर तपस्या के भंग होने का ख़तरा रहता था। पूर्ण आत्मसमर्पण के बिना यह तपस्या सफल नहीं हो सकती थी। लेकिन यह तपस्या वैसी नहीं थी जिसमें आराधक निरन्तर कठोर तपस्या के फलस्वरूप आराध्य से तादात्म्य प्राप्त कर लेता है और आराधक-आराध्य का भेद लुप्त हो जाता है। इस तपस्या में छोटे चूहेमारों को अपने आराध्य यानी बड़े चूहेमारों को यह विश्वास दिलाना पड़ता था कि वे छोटे चूहेमार पैदा हुए हैं और छोटे चूहेमार ही बने रहना चाहते हैं। बड़े चूहेमारों की बराबरी करने का ख़याल उनके मन में कभी नहीं आ सकता।

बड़े चूहेमार बड़े ही नाज़ुकमिज़ाज के लोग थे। कब किस बात पर वे छोटे चूहेमारों से नाराज़ हो जाएँ, इसके बारे में कुछ कहना मुश्किल था। छोटे चूहेमारों की वर्षों की तपस्या उनकी मामूली-सी ग़फ़लत या बड़े चूहेमारों की नाज़ुकमिज़ाजी की वजह से देखते ही देखते ख़ाक में मिल जाती थी। इस सिलसिले में उसे अक्सर शैतान की कहानी याद आ जाती थी। शैतान ने ख़ुदा की कितनी सेवा की थी। कैसा स्वामी-भक्त था वह। और ख़ुदा भी उसे कितना चाहता था। लेकिन एक मामूली-सी भूल की वजह से कैसी दुर्गति हो गई उसकी। आदम को सिजदा कर दिया होता तो काहे को यह हालत होती उसकी। जन्नत में मज़े से ऐश करता रहता। इसी तरह चूहेख़ाने में भी कोई मामूली-सी भूल ज़िन्दगी-भर का पछतावा बन जाती थी। बड़े चूहेमार की नाराज़गी से छोटे चूहेमार की वही हालत हो जाती थी जो जन्नत से निकाले गए शैतान की हो गई थी।

चूहेख़ाने का तंत्र उसे अक्सर ख़ुदा के तंत्र की तरह रहस्यमय लगता जहाँ सब कुछ अनिश्चित होता है। कोई नहीं कह सकता था कि कल क्या होगा? इसी ख़ातिर छोटे चूहेमार आपस की बातचीत में अक्सर बड़े चूहेमारों को ख़ुदा कहा करते थे। वे तो यहाँ तक कहते कि "ख़ुदा को मुट्ठी में करना फिर भी आसान है। बड़े चूहेमार को हमेशा ख़ुश रखना कहीं ज़्यादा मुश्किल है।" उनकी इन बातों में बज़ाहिर

व्यंग्य का पुट नज़र आता था। लेकिन दरअसल वे बड़े चूहेमार को ख़ुदा से भी बड़ा समझते थे।

बहुत थोड़े-से छोटे चूहेमार ही इस अग्नि-परीक्षा में सफल होते थे और बड़े चूहेमार बन जाते थे। लेकिन बड़े चूहेमार बन जाने पर उन्हें एक और ही समस्या का सामना करना पड़ता। बड़े चूहेमारों की तरह आचरण करने में उन्हें बड़ी कठिनाई होती। एक लम्बे अर्से तक वे छोटे चूहेमार रहे थे। एकाएक अपने तौर-तरीक़ों को छोड़ना उनके लिए नामुमकिन हो जाता। वास्तव में वे बड़े चूहेमार बन जाने पर भी पूरी तरह से बड़े चूहेमार नहीं हो पाते थे। वे बड़े चूहेमारों की तरह व्यवहार करने की पूरी कोशिश करते थे लेकिन प्रयासजन्य होने के कारण उनका आचरण सहज न होता। उसमें वह बात ही पैदा नहीं होती थी जो बड़े चूहेमारों के आचरण की विशेषता थी। दरअसल इस तरह के बड़े चूहेमार न तो बड़े चूहेमार थे और न छोटे चूहेमार। ये इन दोनों के बीच की कोई चीज़ थे। जिस तरह पुरुष और स्त्री के बीच एक जाति हिजड़ों की भी होती है, जो न तो पुरुष होते हैं और न स्त्री।

इन हिजड़ेनुमा बड़े चूहेमारों के बारे में चूहेख़ाने में तरह-तरह के लतीफ़े मशहूर थे। ऐसे ही एक बड़े चूहेमार का क़िस्सा है कि वह बड़े चूहेमारों की किसी बैठक में बैठा था। किसी बड़े चूहेमार ने उससे कोई बात कही। वह झट-से बोल पड़ा, "हुज़ूर ने सही फ़रमाया।" हालाँकि दोनों एक ही दर्जे के बड़े चूहेमार थे और 'हुज़ूर' जैसे आदर-सूचक शब्दों का व्यवहार केवल छोटे चूहेमार बड़े चूहेमारों के लिए करते थे। कोई बड़ा चूहेमार अपने समकक्ष बड़े चूहेमार को 'हुज़ूर' कहकर सम्बोधित नहीं करता था। लेकिन 'हुज़ूर' कहनेवाला बड़ा चूहेमार अपनी आदत से मजबूर था। वह भूल गया कि वह अब छोटा चूहेमार नहीं रहा, बल्कि बड़ा चूहेमार बन चुका है। उसे अपनी ग़लती का एहसास उस वक़्त हुआ जब तीर कमान से निकल चुका था। दूसरा बड़ा चूहेमार, जो असली बड़ा चूहेमार था और जिसे हुज़ूर कहा गया था, मुस्कराकर रह गया। उसने यह घटना बड़े चूहेमारों की अन्तरंग सभा में ज़रूर सुनाई होगी और तमाम बड़े चूहेमार इसे सुनकर ख़ूब हँसे होंगे।

इस तरह की न जाने कितनी कहानियाँ चूहेख़ाने में सुनाई जाती थीं। ये बड़े चूहेमार दरअसल अन्दर से छोटे चूहेमार ही थे और अक्सर उनके अन्दर का छोटा

चूहेमार ऊपर आ जाता था। अपने जातिगत संस्कारों से मुक्त होना उनके लिए सचमुच बहुत कठिन था। इस सिलसिले में उसे वह कहानी याद आ जाती जिसमें एक चुहिया रूपवती युवती में परिवर्तित हो जाने के बाद भी चूहे को ही वर-रूप में स्वीकार करती है। छोटे चूहेमार बड़े चूहेमार बन जाने पर भी अपने जातिगत संस्कारों के प्रभाव से मुक्त नहीं हो सकते थे।

मुहाफ़िज़ ऐसा ही एक बड़ा चूहेमार था। वह पूरी कोशिश करता था कि सिर से पैर तक बड़ा ही चूहेमार दिखाई दे और छोटे चूहेमार का कोई भी लक्षण उसमें दिखाई न दे। फिर भी उसके अन्दर बैठा हुआ छोटा चूहेमार ऊपर आ ही जाता था।

मुहाफ़िज़ख़ाने में वह जिस रोज़ पहुँचा उसी रोज़ मुहाफ़िज़ ने एक लम्बा भाषण दिया था। वह इस भाषण के लिए तैयार था। बड़े चूहेमार आएदिन भाषण और उपदेश देते ही रहते थे। उस रोज़ तो यह बहुत आवश्यक भी था क्योंकि मुहाफ़िज़ख़ाने में यह उसका पहला दिन था और उसे क्या करना है, इसकी हिदायत मुहाफ़िज़ को देनी ही थी।

मुहाफ़िज़ ने बड़े विस्तार से चूहों की लाशों की उपादेयता और महत्त्व के बारे में बताया था और इस बात पर ज़ोर दिया था कि इन लाशों की हिफ़ाज़त उसे पूरी मुस्तैदी से करनी है। उसने उसे चेतावनी भी दी थी कि मुहाफ़िज़ख़ाने में उसका तबादला इस बात का सबूत था कि चूहे मारने में उसने कुछ लापरवाही बरती है और यद्यपि चूहेख़ाने ने उसे कोई सज़ा नहीं दी है, फिर भी उसे यह बात महसूस करनी चाहिए कि उसके आचरण में सुधार की आवश्यकता है। यदि उसने अपने आचरण को नहीं सुधारा और उस मुस्तैदी और कर्तव्यपरायणता का परिचय नहीं दिया जिसकी आशा छोटे चूहेमारों से की जाती है तो उसे चूहेख़ाने की नाराज़गी का सामना करने के लिए तैयार रहना चाहिए! चूहेख़ाने की नाराज़गी का मतलब है कि उसे चूहेख़ाने से निकाला भी जा सकता है।

बहुत देर तक बड़े चूहेमार की तरह बोलते-बोलते एकाएक मुहाफ़िज़ जैसे अन्दर से टूट गया था। बड़े चूहेमार का मुखौटा जैसे इतने लम्बे अभिनय का बोझ अब सहन नहीं कर पा रहा था।

"भाई, बड़े चूहेमारों को कभी नाराज़ नहीं करना चाहिए। यह सबसे महत्त्वपूर्ण मंत्र है। इसके बग़ैर छोटे चूहेमारों की कोई गति नहीं है।" मुहाफ़िज़ का स्वर एकाएक बदल गया था। लगता ही नहीं था कि यह वही बड़ा चूहेमार है जो कुछ क्षण पहले उससे इतनी रुखाई से बातें कर रहा था। मुहाफ़िज़ के बदले हुए स्वर पर उसे कुछ आश्चर्य-सा हुआ था। फिर उसने मान लिया था कि इसका कारण छोटे चूहेमार के संस्कार हैं, जो मुहाफ़िज़ से अलग नहीं हो सके हैं।

"मैंने बड़े चूहेमार को नाराज़ नहीं किया। मैंने तो आदेश का पालन ही किया था और तीन-चार दिनों से पड़े हुए चूहे चन्द घंटों के भीतर मारकर बड़े चूहेमार के पास भेज दिए थे।" उसने मुहाफ़िज़ से कहा था।

"तुम अब भी अपनी ग़लती को महसूस नहीं करते। तुमने दुहरी ग़लती की थी। तीन-चार दिन तक तुमने चूहे नहीं मारे। यह बहुत बड़ी ग़लती थी। दूसरी ग़लती तुमने यह की कि इतने सारे चूहे मारकर एक साथ बड़े चूहेमार के पास भेज दिए।"

"लेकिन बड़े चूहेमार का यही आदेश था। मैं क्या कर सकता था।" उसने मुहाफ़िज़ से कहा।

"तुम अब भी अपनी ग़लती को महसूस नहीं करते। आश्चर्य है अब तक चूहेख़ाने में तुम्हारी गुज़र किस तरह हो गई? अरे भाई! बड़े चूहेमार तो तरह-तरह के आदेश देते ही रहते हैं। अक्सर ये आदेश ख़ुद उनके लिए तकलीफ़देह होते हैं। छोटे चूहेमारों का फ़र्ज़ है कि वे इन आदेशों का अक्षरश: पालन करने से पहले सोच लें कि कहीं इनके पालन से बड़े चूहेमारों को कोई असुविधा तो नहीं होगी। आदेश का पालन तो होना ही चाहिए। लेकिन आदेशों का पालन इस तरह होना चाहिए कि बड़े चूहेमारों को जरा भी असुविधा न हो। तुमने इतने सारे चूहे एक साथ बड़े चूहेमार के पास भेज दिए। उसे असुविधा नहीं होगी तो क्या होगी। बेवकूफ़-से-बेवकूफ़ छोटा चूहेमार भी ऐसी ग़लती नहीं करेगा। यह बड़े चूहेमार की भलमनसाहत थी कि उसने तुम्हें कोई कड़ी सज़ा नहीं दी और मुहाफ़िज़ख़ाने भेजने पर ही मामला रफ़ा-दफ़ा हो गया। ख़ैर, अब जो हो गया सो हो गया। भविष्य में तुम्हें बहुत सावधान रहना है।"

मुहाफ़िज़ ख़ुद बहुत दुखी था। वह बड़ा चूहेमार था। लेकिन उसे मुहाफ़िज़ख़ाने में डाल दिया गया था, जहाँ चूहे मारने का कोई काम नहीं था। यहाँ उसका मन

ज़रा भी नहीं लगता था। मुहाफ़िज़ख़ाने का वातावरण बहुत शान्त था—श्मशान की तरह शान्त और निःशब्द। यहाँ चूहों की भागदौड़ नहीं थी। मुहाफ़िज़ अपने मातहतों के सामने चूहों की लाशों की देखभाल के महत्त्व के बारे में पूरी गम्भीरता से बोलता था। लेकिन कभी-कभी उसके मन की वीरानी उसकी ज़बान पर आ ही जाती थी।

"मैं हमेशा ज़िन्दा चूहों को मारता रहा हूँ। चूहों को मारने में मुझे जो तृप्ति मिलती थी वह इन मरे हुए चूहों को सँभालकर रखने में नहीं मिलती। लगता है, मैं भी एक लाश बनकर रह गया हूँ।" एक बार मरे हुए चूहों का मुआयना करते हुए ये शब्द उसके मुँह से निकल पड़े थे। फिर जैसे अपनी ग़लती को महसूस करते हुए बोला था, "लेकिन यह भी तो बहुत महत्त्वपूर्ण काम है। मुहाफ़िज़ख़ाना ठीक ढंग से न चले तो चूहेख़ाना ठप होकर रह जाए।"

आरम्भ में उसे मुहाफ़िज़ख़ाना बहुत अच्छा लगा था। जिस कारण से दूसरे चूहेमार मुहाफ़िज़ख़ाने में काम करना पसन्द नहीं करते थे, उसी कारण से मुहाफ़िज़ख़ाना उसे अच्छा लगता था। वह चूहे मारते-मारते ऊब चुका था। दूसरे चूहेमारों की तरह उसे चूहे मारने के काम से मोह भी नहीं था। यह उनका मोह ही तो था जो उन्हें चूहे मारने के काम से अलग होने नहीं देता था। मरे हुए चूहों की देखभाल का काम चूहे मारने के काम से कहीं अधिक सरल था। वैसे तो चूहे मारने का काम भी कुछ मुश्किल नहीं था। लेकिन इस काम में बराबर यह डर लगा रहता था कि कहीं कोई ग़लती न हो जाए।

ग़लती कभी-कभार ही होती थी। लेकिन ग़लती का डर निरन्तर बना ही रहता था। चूहों को पूरी सावधानी से नियमपूर्वक मारने के बाद भी यह डर मन से निकलता नहीं था। छोटे चूहेमारों की आदत थी कि चूहों को मारने के बाद भी वे उन्हें उलट-पलटकर कई बार देख लेते। वे यह इत्मीनान करना चाहते थे कि उन्होंने चूहों को सही क़ायदे से मारा है। फिर भी उन्हें इत्मीनान नहीं होता था। वे जितनी सावधानी बरतते थे उतना ही ज़्यादा डर उनके मन में पैदा होने लगता था। वे जितना ज़्यादा इत्मीनान करना चाहते उतनी ही ज़्यादा बेइत्मीनानी उनके मन में घर करने लगती थी। इस चक्रव्यूह से निकलना उनके लिए सम्भव नहीं था।

फिर भी चूहे मारना उन्हें पसन्द था और मुहाफ़िज़ख़ाने के नाम से वे काँप उठते थे। यह चक्रव्यूह उसे भी आक्रान्त करता था, लेकिन उतना ही जितना और चूहेमारों को। वह हमेशा ही यह महसूस करता आया था कि वह एक सीमा-रेखा पर खड़ा है, जहाँ वह चूहों से जुड़ा हुआ भी है और उनसे अलग भी है। उसे लगता था, वह चूहों में लिप्त भी है और किसी स्तर पर निर्लिप्त भी। दूसरे चूहेमारों की यह स्थिति नहीं थी। इसीलिए जब उसे मुहाफ़िज़ख़ाने में काम करने का आदेश मिला तो उसे कोई दुख नहीं हुआ। उसे मुहाफ़िज़ख़ाने में राहत महसूस हुई। चलो अच्छा हुआ, चूहे मारने के झमेले से मुक्ति मिली, उसने मन में सोचा था।

लेकिन कुछ अर्से के बाद ही उसे महसूस होने लगा कि मुहाफ़िज़ख़ाना भी चूहेख़ाने से कोई अलग चीज़ नहीं है। एक ऊपरी फ़र्क़ ज़रूर है जिससे यह धोखा होता है कि यह चूहेख़ाने से कोई अलग चीज़ है। यह सही है कि यहाँ चूहे नहीं मारे जाते जबकि चूहेख़ाने की कल्पना चूहे मारने के काम के बग़ैर सम्भव नहीं है। इस दृष्टि से यह सचमुच चूहेख़ाने से बिलकुल अलग नज़र आता है। लेकिन यह अन्तर सिर्फ़ सतही है, महज़ ऊपर-ऊपर का है। अन्दर से दोनों एक ही हैं। दोनों की प्रकृति और आत्मा में कोई अन्तर नहीं है। यह चूहेख़ाने का विस्तार मात्र है, उसका ही थोड़ा बदला हुआ रूप है।

चूहेख़ाने में अनगिनत चूहे पैदा होते हैं और अनगिनत चूहे मारे जाते हैं। ये तमाम चूहे मारने के बाद भी अगर चूहेख़ाने में पड़े रहने दिए जाएँ तो चूहेख़ाने में चूहेमारों के बैठने तक की जगह न रहे। और नए चूहे तो निरन्तर पैदा होते ही रहेंगे। फिर तो चूहेख़ाने का अजीब नक़्शा हो जाएगा। ज़िन्दा और मुर्दा चूहे एक-दूसरे में इस तरह गड्डमड्ड हो जाएँगे कि इन्हें एक-दूसरे से अलग करना मुश्किल हो जाएगा। एक अजीब अराजकता की स्थिति उत्पन्न हो जाएगी। इसीलिए चूहेख़ाने में मुहाफ़िज़ख़ाने की व्यवस्था थी। ज़िन्दा चूहे एक जगह रहें और मुर्दा चूहे दूसरी जगह रखे जाएँ।

वह सोचता, जाने इसका नाम 'मुहाफ़िज़ख़ाना' क्यों रखा गया। इसका नाम तो 'लाश घर' होना चाहिए था या 'शवागार'। लेकिन चूहेख़ाना सीधी-सादी बात को घुमा-फिराकर और सात पर्दों में छुपाकर कहने का आदी था। मज़े की बात यह

थी कि चूहेख़ाना जो कुछ कहता था उसके कई-कई अर्थ ग्रहण किए जा सकते थे और इससे भी मज़े की बात यह थी कि चूहेख़ाने के शब्दों की सहायता से ही इन तमाम अर्थों का खंडन भी किया जा सकता था।

मुहाफ़िज़ख़ाने में लाशों के अलावा और कुछ था ही नहीं। मुहाफ़िज़, वह ख़ुद और दो-तीन ख़िदमतगार लाशों के इस पहाड़ में खो-से गए थे। सुबह से शाम तक लाशों का ही ताँता बँधा रहता। लाशें मुहाफ़िज़ख़ाने में आतीं। लाशें मुहाफ़िज़ख़ाने से निकलतीं। लाशों की आमदरफ़्त का एक सिलसिला था जो कभी टूटता ही नहीं था। मुहाफ़िज़ ने एक बार घबराकर जो कहा था कि वह ख़ुद को लाश की तरह महसूस करता है तो शायद ग़लत नहीं कहा था। ये चूहे मरकर भी बेअसर नहीं होते थे। इनकी लाशें प्रेतात्माओं की तरह उसे आतंकित करने लगी थीं। यह तो चूहे मारने से भी अधिक भयंकर स्थिति थी।

पहले वह सोचता था, मरे हुए चूहों की देखभाल में कोई झंझट नहीं होगी। यहाँ वह शान्ति से काम कर सकेगा। कुछ दिनों तक उसे ऐसा लगा भी था। लेकिन मरे हुए चूहों के ये रूप भी होते हैं, यह उसने नहीं सोचा था। चूहे ज़िन्दा हों या मुर्दा, वे आतंकित और भयभीत किए बिना नहीं रह सकते। अब उसे ऐसा ही लगता था। लाशों के इर्द-गिर्द घूमते समय उसे इनकी शक्लें बड़ी ख़ौफ़नाक लगतीं जैसे उसे डराकर वहाँ से भगा देना चाहती हों। हालाँकि ये बड़ी मरियल लाशें थीं। जो चूहे अपनी ज़िन्दगी में इतने मरियल और बेजान हों उनकी लाशें क्या ख़ौफ़नाक होंगी। लेकिन जो लाशें पहली नज़र में बिलकुल बेजान लगती थीं वही लाशें दूसरी नज़र में भयावह और डरावनी लगती थीं।

यह बड़ी विचित्र स्थिति थी। और अब ये लाशें मुहाफ़िज़ख़ाने के बाहर भी उसका पीछा करने लगी थीं। सोते-जागते ये लाशें उसे तंग करतीं। ख़ौफ़नाक क़हक़हे लगाकर ये उससे जैसे कहतीं, "तुम हमसे कहाँ भाग सकते हो? हम तो तुम्हारे साये की तरह हैं। क्या तुम्हारा साया कभी तुमसे अलग हो सकता है?" उसकी समझ में कुछ न आता कि ये लाशें उससे क्या कहना चाहती हैं। उनके शब्दों का क्या अर्थ है? वे उससे क्या चाहती हैं? उसके दिमाग़ की नसें फटने लगतीं। उसे लगता, उसमें सोचने-समझने की शक्ति ख़त्म होती जा रही है।

वह विक्षिप्त-सा मुहाफ़िज़ख़ाने में घूमता रहता। वह बेचैनी से उस समय का इन्तज़ार करता रहता जब लाशें अन्तिम संस्कार के लिए बाहर ले जाई जातीं। इन लाशों को धधकते हुए शोलों में जलते देखकर उसे बड़ा सुख मिलता। वह इन्हें टकटकी बाँधकर देखता रहता और जब तक आख़िरी चिनगारी बची रहती, इसी तरह देखता रहता। लाशें देखते-ही-देखते राख का ढेर बन जातीं। राख के इस ढेर को देखकर उसे बड़ी राहत महसूस होती जैसे किसी दुश्मन को मटियामेट होते देखकर मन को एक शान्ति-सी मिलती है।

लेकिन यह शान्ति भी बहुत क्षणिक होती। मुहाफ़िज़ख़ाने में लौटने पर फिर लाशें उसके दिमाग़ पर हावी होने लगतीं। उसकी बहन को उसकी यह हालत देखकर चिन्ता होने लगी थी। वह उससे पूछती, "तुमने अपनी क्या हालत बना रखी है?" लेकिन वह उसे कुछ भी न बता पाता। फिर धीरे-धीरे यह विक्षिप्तता भी जैसे अपने आप कम होने लगी। वह लाशों का, उनकी भयावहता का, उनके डरावनेपन का जैसे अब आदी हो चुका था। वह यंत्रवत् मुहाफ़िज़ख़ाने में काम करता और घर लौट आता। वह जैसे बिलकुल जड़ हो गया था—चूहे की लाश की तरह। उसके मन में अब कोई विचार नहीं उठता था, कोई झुँझलाहट नहीं होती थी। किसी भी चीज़ को लेकर उसकी कोई प्रतिक्रिया नहीं होती थी। वह अन्दर से ख़ुद को एकदम सर्द महसूस करने लगा था। जैसे उसके दिमाग़ पर बर्फ़ की मोटी तह जम गई हो और वह कुछ सोच न सकता हो।

एक रोज़ जब वह चूहेख़ाने से आकर विचारहीन-सा बैठा रोटी खा रहा था तो एकाएक उसकी बहन उसे देखकर चीख़ उठी, "भैया, तुम रोटी किस तरह खा रहे हो, बिलकुल चूहों की तरह।"

उसकी बहन उसे फटी-फटी आँखों से देख रही थी। उसने अपने हाथ की रोटी को देखा। सचमुच वह चूहों की तरह रोटी कुतर-कुतरकर खा रहा था और रोटी के छोटे-छोटे टुकड़े नीचे प्लेट में गिर रहे थे। जैसे कोई ख़्वाब से चौंककर भागता है, वह सामने दीवार में लगे आईने की तरफ़ भागा। उसने आईने में अपनी शक्ल देखनी चाही। लेकिन वहाँ उसे अपनी शक्ल दिखाई नहीं दी। आईने में उसे एक चूहे की शक्ल दिखाई दी—बिलकुल मरियल और बेजान-सी, चूहेख़ाने के चूहे जैसी। उसके होंठों पर एक फीकी मुस्कराहट उभरी और तब किसी तीर की तरह

एक विचार उसके दिमाग़ पर जमी हुई बर्फ़ की मोटी तह को चीरता हुआ निकल गया, "उसकी यही नियति थी।"

वह सवेरे सोकर उठा तो पास के कमरे से सितार की आवाज़ आ रही थी। उसकी बहन रोज़ सवेरे सितार बजाया करती थी और इसकी मधुर ध्वनियाँ थोड़े समय के लिए उसे मुग्ध-सा कर देती थीं। यह आवाज़ उसे अपने बैंजो की याद दिलाती, जिसे बचपन के दिनों में वह बहुत शौक़ से बजाया करता था। इस आवाज़ से वक़्त का फ़ासला जैसे सिकुड़ जाता और थोड़ी देर के लिए वह उन सुनहरी वादियों में पहुँच जाता जिन्हें वह बहुत पीछे छोड़ आया था। शायद ये वादियाँ पहले सुनहरी नहीं थीं। चूहेख़ाने में आने के बाद ही इनमें सुनहरे रंग भरने शुरू हुए थे। वक़्त के साथ इनका सुनहरापन बढ़ता गया था। वक़्त की यही तो ख़ूबी है। वह बीत कर स्याह रंगों की स्याही को कम करता है और सुनहरेपन को बढ़ाता है।

उसकी बहन सितार बहुत अच्छा बजाती थी। सितार की आवाज़ में वह शोख़ी और चंचलता नहीं होती जो बैंजो की ध्वनियों में होती है। लेकिन सितार की आवाज़ में एक विशेष गाम्भीर्य है, एक ख़ास तरह का संयम है जो बैंजो के तारों से पैदा नहीं हो सकता। बैंजो की ध्वनियाँ तो जवानी की तरंग की तरह हैं जिनमें वेग अधिक है और गाम्भीर्य कम। एक ज़माना हो गया, उसने बैंजो नहीं बजाया। अब शायद बजा भी न सके। बैंजो की आवाज़ अब शायद उसे अच्छी भी न लगे। सितार की आवाज़ उसके कानों को कहीं ज़्यादा अच्छी लगती है। रोज़ सवेरे इस आवाज़ को सुनकर वह जैसे कुछ ऊपर उठ जाता है। उसे लगता है, चूहेख़ाने की दुनिया से अलग भी एक दुनिया है, जहाँ रहा जा सकता है। जहाँ चूहेख़ाने की चिन्ताओं की पहुँच नहीं है, जहाँ जीवन का एक अर्थ है, स्वच्छ और निर्मल, चूहेख़ाने के अर्थ से सर्वथा भिन्न। सितार की आवाज़ रोज़ कुछ देर के लिए उसे इसी दुनिया में पहुँचा देती। फिर इस आवाज़ की डूबती हुई लहरों के साथ यह दुनिया भी लुप्त होने लगती और अन्ततः उसकी नज़रों से ओझल हो जाती।

उसकी बहन ने अब सितार बजाना बन्द कर दिया था। सितार की आवाज़ अब नहीं आ रही थी। उसके दिमाग़ में रात की घटना फिर चक्कर काटने लगी थी।

वह बहुत रात गए तक इसके बारे में सोचता रहा था। फिर जाने कब नींद ने उसे अपनी बाँहों में दबोच लिया था और उसे मानसिक यातना से छुटकारा मिल गया था। और जब उसकी आँख खुली थी तो सितार की आवाज़ से उसे अपने कानों में रस घुलता महसूस हुआ था। अब यह आवाज़ भी ग़ायब हो चुकी थी और रात की दुखद घटना फिर उसके दिमाग़ पर हावी होने लगी थी।

उसे 'ग' के उस चित्र का ख़याल आया जिसमें चूहेमार चूहे की तरह दिखाई देता है। शुरू में यह चित्र उसे कितना बेतुका और वाहियात लगा था। लेकिन समय के साथ वह इस तसवीर की सचाई और वास्तविकता का ज़्यादा-से-ज़्यादा क़ायल होता गया था। ख़ुद उसे भी तमाम चूहेमार चूहे की तरह दिखाई देने लगे थे। लेकिन उसने यह नहीं सोचा था कि ख़ुद भी वह चूहे की तरह दिखने लगेगा। जाने उसकी आकृति में यह परिवर्तन कब से शुरू हुआ। या यह परिवर्तन एकाएक ही हो गया। सचमुच इन चूहों की संगत बहुत बुरी होती है। ये आदमी की शक्ल तक बदल डालते हैं। तौर-तरीक़ों का तो कहना ही क्या?

उसे याद आया कि बचपन में उसकी माँ उसे एक मुसलमान फ़क़ीर शाह दौला की कहानी सुनाती थी। शाह दौला के मज़ार पर चूहे बहुत थे। जाने क्यों चूहों को शाह दौला पर इतनी श्रद्धा थी। चूहों की एक भीड़ लगी रहती थी शाह दौला के मज़ार पर। शाह दौला के बारे में मशहूर था कि जिन औरतों के सन्तान नहीं होती थी वे उनकी दरगाह पर जाकर मन्नत माँगती थीं और उनकी मन्नत पूरी हो जाती थी। मन्नत माँगते समय ये शाह दौला से वायदा करती थीं कि वे अपना पहला बच्चा शाह दौला के मज़ार पर छोड़ जाएँगी। जब इनकी गोद हरी होती तो वायदे के मुताबिक़ ये औरतें अपना बच्चा शाह दौला के मज़ार पर छोड़ जातीं। यह बच्चा चूहों के संसर्ग में रहने के कारण चूहों की आकृति ग्रहण कर लेता था। उसे माँ की बातों पर विश्वास न आता। भला चूहों के साथ रहने की वजह से आदमी के बच्चे की शक्ल चूहों जैसी कैसे हो सकती है। लेकिन उसकी माँ को इन बातों पर बड़ा विश्वास था। उसकी साधुओं और फ़क़ीरों के प्रति बड़ी श्रद्धा थी। वह माँ की बातों का ख़ूब मज़ाक़ उड़ाया करता था।

लेकिन अब जैसे उसे ख़ुद इन बातों की सचाई पर यक़ीन होने लगा था। जब चूहेख़ाने में चूहों का संसर्ग चूहेमारों की शक्ल बदल सकता है तो शाह दौला के

मज़ार के चूहे भी बच्चे को ज़रूर अपने जैसा बना देते होंगे। चूहेख़ाना न हुआ शाह दौला का मज़ार हो गया, उसने मन में सोचा। जाने आज चूहेख़ाने में उसे देखकर तमाम चूहेमार क्या सोचेंगे? शायद उन्हें बहुत ख़ुशी होगी कि वह भी अब उन जैसा ही हो गया है।

लेकिन जब वह चूहेख़ाने में पहुँचा तो किसी भी चूहेमार ने कोई आश्चर्य प्रकट नहीं किया। उनके चेहरे पर कोई भाव उसे दिखाई नहीं दिया। उनके चेहरे भावहीन और सपाट थे—चूहों के चेहरे की तरह। चूहेमार भी बड़े अजीब लोग थे। बड़ी-से-बड़ी घटना भी अक्सर उनके चेहरे पर कोई असर पैदा नहीं करती थी। उसकी शक्ल चूहे की हो गई है, लेकिन कोई भी चूहेमार इस पर ध्यान नहीं दे रहा है। या तो इस घटना का उनके लिए कोई महत्त्व नहीं है या किसी ने अब तक उसका चेहरा देखा ही नहीं है। एक और कारण भी हो सकता है। हो सकता है कि उसके चेहरे में यह परिवर्तन धीरे-धीरे क्रमिक रूप से आया हो और चूहेमारों के लिए यह कोई ऐसी आकस्मिक घटना न हो कि उन्हें चौंका सके। शायद इसी कारण से उसकी बहन ने भी इस पर ध्यान न दिया हो। वह भी उसे चूहों की तरह खाते देखकर ही चौंकी थी, उसकी शक्ल देखकर नहीं। धीरे-धीरे होनेवाला परिवर्तन किसी को चौंकाता नहीं है। अक्सर तो यह एहसास भी नहीं होता कि कोई परिवर्तन हो रहा है। आदमी बच्चे से जवान होता है और जवान से बूढ़ा। लेकिन जो लोग उसे रोज़ देखते रहते हैं उन्हें यह महसूस ही नहीं होता कि वह कब बच्चे से जवान बना और कब जवान से बूढ़ा। लेकिन जब कोई किसी को दस साल बाद या पन्द्रह साल बाद देखता है तो वह चौंक जाता है और अचरज में पड़ जाता है। "यह आदमी कितना बदल गया है?" वह अपने मन में कहता है। लेकिन जो लोग उसे दस-पन्द्रह साल से बराबर देख रहे हैं उन्हें कोई तब्दीली महसूस नहीं होती। शायद उसके साथ भी ऐसा ही हुआ है। और आश्चर्य है कि ख़ुद उसने अपने चेहरे में पहले कोई परिवर्तन महसूस नहीं किया।

'ग' ने एक बार कहा था, "चूहेमार कब चूहे बन जाते हैं यह ख़ुद उन्हें मालूम नहीं होता। वे ज़िन्दगी-भर इस ग़लतफ़हमी में पड़े रह सकते हैं कि वे चूहे नहीं हैं। इसी तरह एक-दूसरे के बारे में भी ऐसी ही ग़लतफ़हमी में पड़े रहते हैं। चूहेख़ाने के वातावरण में इस परिवर्तन को देख पाना सम्भव नहीं होता। इसे समझने के लिए

इस माहौल से ऊपर उठना, चूहेख़ाने से कट जाना ज़रूरी है।" 'ग' शायद ठीक ही कहता था। चूहेख़ाना दृष्टि को भी अपने साँचे में ढाल लेता है। वहाँ दृष्टि स्वतंत्र नहीं रहती। वह वही कुछ देखती है जो चूहेख़ाना उसे दिखाना चाहता है। और वह जो 'ग' के चित्र में अभिव्यक्त सचाई को पहले महसूस नहीं कर सका था तो इसकी वजह यही थी कि उसकी दृष्टि चूहेख़ाने से ऊपर उठकर देखने में असमर्थ थी।

सात

चारों ओर गहरा अँधेरा था। उसे कुछ सुझाई नहीं दे रहा था। सितार की आवाज़ भी नहीं आ रही थी। रोज़ उठते ही सितार की आवाज़ उसके कानों में पहुँचती थी। उसकी बहन शायद अभी सो रही है। लगता है, आज उसकी आँख बहुत पहले खुल गई है। लेकिन आज उसे अपना शरीर इतना हल्का और छोटा-छोटा क्यों महसूस हो रहा है। ऐसा क्यों लग रहा है कि उसका बिस्तर एकाएक बहुत बड़ा हो गया है और इसके विशाल आकार ने उसे हड़प-सा लिया है। वह ख़ुद को इतना भारहीन-सा क्यों महसूस कर रहा है। उसने आँखें फाड़कर इधर-उधर देखने की कोशिश की। लेकिन कुछ दिखाई नहीं दे रहा था। उसने दोनों हाथों से अपने सिर को पकड़ना चाहा। उसे बहुत अचम्भा हुआ। हाथों और सिर का फ़ासला जैसे बहुत सिमट गया था। अपने हाथ और सिर भी उसे बहुत छोटा लग रहा था। ये एकाएक इतने छोटे क्यों लग रहे हैं? और हाथ उठाने में उसे इतनी कठिनाई क्यों महसूस हो रही है? उसने अपने हाथ बिस्तर पर फैलाने चाहे। लेकिन उसे बहुत तकलीफ़ महसूस हुई, जिस तरह टाँगों को एक साथ हद से ज़्यादा फैलाने में महसूस होती है।

उसे दहशत-सी होने लगी। किसी भयानक रोग ने जैसे एकाएक उसे दबोच लिया है। वह सहमा-सहमा-सा रेंगता हुआ बिस्तर के किनारे तक पहुँचा। उसने नीचे उतरने की कोशिश की, लेकिन इस कोशिश में वह नीचे धम्म से गिर पड़ा। उसके मुँह से एक चीख़ निकल गई। चीख़ की आवाज़ सुनकर उसकी बहन भागती हुई उसके पास पहुँची। उसकी बहन ने बत्ती जला दी। पहले उसकी नज़र बिस्तर

पर गई जो ख़ाली पड़ा था। उसने इधर-उधर देखा। "मैं यहाँ हूँ।" उसने सहमी हुई आवाज़ में बहन से कहा। उसकी आवाज़ सुनते ही उसकी बहन ने उसे देख लिया और उसके मुँह से एक चीख़ निकल गई।

"यह क्या हो गया भैया?" उसने दहशत से, इस दृश्य को सहन कर सकने की शक्ति न पाकर, अपना चेहरा दोनों हाथों में छिपा लिया।

वह फटी-फटी और आतंकित आँखों से अपनी बहन को देखता रहा। एकाएक यह सब क्या हो गया? कैसे हो गया? उसका दिमाग़ कुछ सोच नहीं पा रहा था। वह तो सचमुच एक चूहा बन गया है। सिर्फ़ चेहरा ही नहीं, सारा शरीर ही चूहे जैसा हो गया है। और तो और, चूहों की तरह उसके दुम भी निकल आई है, जिसका एक सिरा थोड़ा घूमकर देखने से उसे नज़र भी आ सकता है। उसकी बहन हाथों में चेहरे को छुपाए रोये जा रही थी। रोते-रोते उसकी हिचकियाँ बँध गई थीं। उसकी समझ में नहीं आ रहा था कि वह अपनी बहन से क्या कहे। वह ख़ुद इतना परेशान था कि बहन को सांत्वना देने के लिए उसे शब्द नहीं सूझ रहे थे। उसे बहन को समझाना ही पड़ेगा। उसे दिलासा वह नहीं देगा तो कौन देगा? वह बड़ा है। उसे विपत्ति का मुक़ाबला बहादुरी से करना चाहिए। वह ख़ुद ही हिम्मत हार बैठा तो उसकी बहन का क्या हाल हो जाएगा। वह मुहाफ़िज़ से कहेगा कि उसे चूहेख़ाने में रहने दिया जाए। वह इस हालत में भी चूहेख़ाने का काम कर सकता है। मुहाफ़िज़ख़ाने का काम तो और भी आसान है। मरे हुए चूहों की देखभाल वह अब भी कर सकता है। थोड़ा अभ्यास कर लेने से वह चूहे भी मार सकता है।

उसने अपने हाथों को, जिन्होंने अब अगली टाँगों का रूप ले लिया था, हिला-डुलाकर देखा। उसे कुछ आत्मविश्वास-सा होने लगा। वह इन टाँगों से हाथ का काम ले सकता है। बस थोड़ा अभ्यास करना होगा। चूहेख़ाना ज़रूर उसकी हालत पर तरस खाएगा और उसे चूहेख़ाने में रहने देगा। अगर चूहेख़ाने से अलग भी किया गया तो उसे कुछ वज़ीफ़ा तो मिलेगा ही। आमदनी ज़रूर घट जाएगी। लेकिन इससे बहन को पढ़ाने-लिखाने का ख़र्च तो निकल ही आएगा। थोड़े दिनों की बात है। बहन की शिक्षा पूरी हो जाने पर वह उसकी शादी कर देगा। इसके बाद उसे कोई चिन्ता नहीं रहेगी। यह सोचकर उसे थोड़ा सन्तोष हुआ। उसकी बहन अभी तक रो रही थी। उसकी हिचकियाँ बन्द होने का नाम न लेती थीं।

"चिन्ता न करो। चूहेख़ाना मुझे निकालेगा नहीं। अगर निकाल भी दिया तो कुछ वज़ीफ़ा मिलेगा ही। उससे ख़र्च चल जाएगा।" उसने बहन को समझाने की कोशिश की।

लेकिन उसकी बहन पर इन शब्दों का जैसे कोई असर ही नहीं हुआ। वह चेहरे को दोनों हाथों में छिपाए उसी तरह रोये जा रही थी। वह उछलकर उसके पास पहुँचा। वह चाहता था कि उसकी पीठ को थपथपाकर उसे सांत्वना दे। लेकिन वह अब इतना छोटा था कि उसकी पीठ तक पहुँच नहीं सकता था। वह बहन के पैरों को अगली टाँगों से सहलाने लगा। उसकी बहन एकाएक उछलकर खड़ी हो गई।

"मुझे न छुओ। मुझे तुमसे डर लगता है।" उसकी बहन की आवाज़ से सचमुच भय प्रकट हो रहा था।

"पगली कहीं की। तू मुझसे डरती है, अपने भाई से!" उसने हँसकर कहा।

उसकी बहन फटी-फटी और भयाक्रान्त आँखों से उसे देख रही थी। उसकी हिचकियाँ अब रुक गई थीं। लेकिन आँखों में और गालों पर आँसुओं की बूँदें अब भी चमक रही थीं। वह ख़ुद भी अन्दर से बहुत व्याकुल था और आगे जो कुछ होनेवाला है उसका भय उसे साल रहा था। लेकिन बहन के ख़याल से वह स्वयं को संयत किए था। उसने बहन को आश्वासन तो दे दिया था और अपने मन को भी समझा दिया था कि चूहेख़ाना उसके लिए कुछ ज़रूर करेगा, लेकिन दरअसल उसे पक्का यक़ीन नहीं था कि उसे चूहेख़ाने में रहने दिया जाएगा या वज़ीफ़ा मिल जाएगा। वह चूहेख़ाने से अनुरोध ही तो कर सकता है। उससे दया की भीख ही तो माँग सकता है। उसे अपने पक्ष में निर्णय करने पर मजबूर तो नहीं कर सकता। जाने क्या निर्णय हो। यक़ीन से कुछ भी नहीं कहा जा सकता। चूहेख़ाने के बारे में कोई कुछ नहीं कह सकता। वह क्या फ़ैसला करे, कुछ कहा नहीं जा सकता। लेकिन अपनी ये आशंकाएँ वह बहन के सामने प्रकट नहीं कर सकता था। वह और दुखी होगी।

चूहेख़ाने को वह अब तक बहन की ख़ातिर ही बर्दाश्त करता आया है। बहन न होती तो 'ग' की तरह वह चूहेख़ाना कब का छोड़ चुका होता। और अब जबकि अपनी ज़िम्मेदारी से मुक्त होने में थोड़े ही दिन रह गए थे, उस पर मुसीबत का

यह पहाड़ टूट पड़ा है। उसकी शक्ल चूहे की हो गई थी। इसे उसने बर्दाश्त कर लिया था। चलो क्या हुआ जो चूहे की तरह चेहरा हो गया। सभी चूहेमारों की शक्ल ऐसी ही लगती है। लेकिन यह तो उसने ख़्वाब में भी नहीं सोचा था कि वह सचमुच एक चूहा बन जाएगा। हो सकता है कि चूहेख़ाना उसे चूहेमार मानने से ही इनकार कर दे। चूहेख़ाना कह सकता है कि "तुम कभी चूहेमार नहीं रहे। तुम तो चूहे हो और चूहे चूहेमार नहीं बन सकते।" ऐसी हालत में वह चूहेख़ाने को कैसे विश्वास दिलाएगा कि वह वास्तव में चूहेमार रहा है और हमेशा से वह चूहा नहीं था। ग़नीमत है कि वह चूहेमारों की तरह बोल सकता है। यदि उसकी बोली भी चूहों-जैसी हो जाती तो उसे और भी कठिनाई होती। कम-से-कम उसकी आवाज़ से तो उसके साथी चूहेमार उसे पहचान सकते हैं और उसके हक़ में गवाही दे सकते हैं। लेकिन इन छोटे चूहेमारों का क्या भरोसा। ये झूठी हमदर्दी दिखाने में तो आगे-आगे रहते हैं। पर वक़्त पड़ने पर इस तरह आँखें फेर लेते हैं जैसे कभी की जान-पहचान ही न हो।

लेकिन मुहाफ़िज़ उसकी ज़रूर सहायता करेगा। मुहाफ़िज़ख़ाने में तबादला होने पर उसने कितनी हमदर्दी से उसे समझाया-बुझाया था। उसके शब्दों में बनावट नहीं थी। वह उसके दुख-दर्द को ज़रूर समझेगा। उसकी मदद बहुत मायने रखती है। आख़िर को वह बड़ा चूहेमार है। वह उसकी सिफ़ारिश कर दे तो चूहेख़ाना उसकी बात ज़रूर मान लेगा। वह मुहाफ़िज़ से कहेगा, "आप मुझे मौक़ा दीजिए। मैं मुहाफ़िज़ख़ाने में मरे हुए चूहों की देखभाल ठीक ढंग से न कर सकूँ तो बेशक मुझे आप चूहेख़ाने से निकाल दें। मैं आपको विश्वास दिलाता हूँ कि मैं पहले से भी अधिक लगन से मरे हुए चूहों की देखभाल करूँगा। आपको कभी शिकायत का मौक़ा नहीं दूँगा। कुछ दिनों के अभ्यास से मैं चूहे भी मार सकूँगा। मुझे आज़माकर तो देखिए।" मुहाफ़िज़ उसे देखकर पहले तो आश्चर्यचकित रह जाएगा, फिर उसे दुख होगा और जब वह उसकी प्रार्थना सुनेगा तो उसकी पीठ थपथपाते हुए कहेगा, "शाबाश! तुम बड़ी हिम्मत का सबूत दे रहे हो। तुम्हारी दिलेरी देखकर मैं बहुत ख़ुश हूँ। मैं ज़रूर तुम्हारी सिफ़ारिश करूँगा।"

यह सब सोचकर उसे लगा कि वह व्यर्थ ही इतना निराश हो रहा था। इसमें शक नहीं कि उसे बहुत बड़े संकट का सामना करना है। लेकिन वह इससे उबर

सकता है। चारों ओर फैले हुए अन्धकार में प्रकाश की एक किरण भी उसे दिखाई दे रही है। नहीं, वह 'ग' की तरह आत्महत्या नहीं करेगा। वह उठकर इस विपत्ति का मुक़ाबला करेगा। अन्तत: उसकी जीत होगी। उसे पहली बार 'ग' एक कायर व्यक्ति लगा जो प्रतिकूल परिस्थितियों से हार मान बैठा था। उससे कहीं ज़्यादा दिलेर तो सोनिया है जिसे अत्यधिक विषम परिस्थितियाँ भी पराजित नहीं कर सकीं। लेकिन उसकी बहन बहुत भयभीत हो गई है। उसको दिलासा देना, ढाढ़स बँधाना बहुत ज़रूरी है।

उसकी बहन दूसरे कमरे में चली गई थी। वह दौड़ता हुआ दूसरे कमरे में पहुँचा। बहन ज़मीन पर औंधे मुँह लेटी हुई थी। वह फिर सिसक-सिसककर रो रही थी। वह अपनी अगली टाँगों से उसकी पीठ सहलाने लगा। उसकी बहन ने उसे मुड़कर देखा। रोते-रोते उसकी आँखें लाल हो गई थीं और चेहरा तमतमाया हुआ था। उसे अपनी बहन की आँखों में अजीब दर्द महसूस हुआ जिसे सहन कर पाना उसके लिए सम्भव नहीं हो रहा था। वह बहन को दिलासा देने के ख़याल से आया था। लेकिन जाने उसकी आँखों में ऐसा क्या था कि उसे अपना संकल्प, प्रकाश की वह किरण जो कुछ देर पहले उसे इतनी शक्ति दे रही थी, सब कुछ धुएँ की तरह उड़ता महसूस हुआ। उसे लगा कि वह इन आँखों का सामना नहीं कर सकता। उसने अपना मुँह बहन की पीठ पर रख दिया और फफक-फफककर रोने लगा।

चूहेख़ाना खुलने का समय हो गया था। वह आज ख़ासतौर पर जल्दी पहुँचना चाहता था। बहन ने उसके गले में घंटी डाल दी और वह चूहेख़ाने की तरफ़ चल पड़ा। अब वह घंटी ख़ुद नहीं पहन सकता। घंटी का वज़न भी उसे बहुत ज़्यादा महसूस हो रहा था। लगता था, उसकी गर्दन घंटी के बोझ से टूट जाएगी। दस साल से वह घंटी पहनता आया है। कभी उसे यह इतनी भारी महसूस नहीं हुई। चूहेख़ाने से आकर वह इसे इतनी आसानी से उतार फेंकता था कि इसे एक बोझ समझने की बात कभी भी उसके दिमाग़ में नहीं आई थी। और इसे पहनने में भी कोई कठिनाई नहीं होती थी। चूहेख़ाने जाते वक़्त घंटी गले में डाल ली जैसे फूलमाला गर्दन में डाल लेते हैं। चूहेख़ाने से आए तो उतारकर रख दी। यह काम भी मुश्किल हो सकता है, यह कभी उसने सोचा ही नहीं था। लेकिन यह काम सचमुच अब

बहुत मुश्किल हो गया था। मुश्किल ही नहीं, घंटी गले में ख़ुद डालना उसके लिए असम्भव हो गया था। उसने अगली टाँगों की मदद से घंटी पहनने की कोशिश की थी। लेकिन कामयाबी नहीं हो सकी। घंटी उसकी टाँगों की पकड़ में आकर छूट जाती थी। वह इन टाँगों से हाथ का काम लेना चाहता था। लेकिन अब ये टाँगें थीं, हाथ नहीं। ये हाथों की तरह भला कैसे काम कर सकती थीं?

वह घंटी पहनकर घर से बाहर निकला तो बहुत से चूहेमार चूहेख़ाने की तरफ़ जाते दिखाई दिए। सब उसे हैरान नज़रों से देख रहे थे। उसे चलने में बहुत तकलीफ़ महसूस हो रही थी। घंटी का बोझ उसे बहुत परेशान कर रहा था और तेज़ क़दमों से चलना उसके लिए सम्भव नहीं हो रहा था। गुज़रते हुए चूहेमारों की कौतूहल-भरी दृष्टि भी उसके लिए बाधक हो रही थी। जाने ये उसके बारे में क्या सोच रहे हों। उनकी नज़रों से बचने के लिए वह एक नए रास्ते पर हो लिया।

यह रास्ता भी चूहेख़ाने की तरफ़ जाता था, लेकिन जरा लम्बा था। फिर भी इस रास्ते पर चलना उसे अच्छा लगा। यहाँ कम-से-कम चूहेमारों की कौतूहल और उपहास-भरी नज़रों से तो वह स्वयं को बचा सकता था। यह रास्ता सुनसान था और आमतौर पर चूहेमार इस रास्ते पर नहीं चलते थे। लम्बा होने के अलावा इस रास्ते में एक गन्दा नाला भी आता था, जिसकी बदबू से नाक फटने लगती थी। वह ख़ुद भी कभी इस रास्ते से नहीं जाता था। लेकिन आज इसी रास्ते पर चलना उसे अच्छा लग रहा था। अकेला होने के कारण ठंडे दिल से कुछ सोच भी सकता था। चूहेख़ाने के सदर दरवाज़े पर उसे मुश्किल पेश आ सकती है। जाने पहरेदार उसे अन्दर घुसने देगा या नहीं। उसके गले में घंटी तो लटक रही है, लेकिन पहरेदार कह सकता है कि वह चूहेमार नहीं है, इसलिए उसे अन्दर नहीं घुसने दिया जा सकता। मुश्किल यह है कि वह चूहा होते हुए भी बिलकुल चूहेख़ाने के चूहे जैसा नहीं है। चूहेख़ाने के चूहे चल-फिर नहीं सकते। फिर भी वह पहरेदार से कह सकता है कि उसके गले में घंटी है इसलिए चूहेख़ाने में जाने का उसे पूरा अधिकार है। उसे इससे क्या मतलब कि घंटी चूहेमार ने पहन रखी है या चूहे ने। उसका काम तो सिर्फ़ यह देखना है कि चूहेख़ाने में जो जा रहा है—उसके गले में घंटी है या नहीं। अगर घंटी है तो उसकी ज़िम्मेदारी ख़त्म हो जाती है। अन्दर

जानेवाला चूहा है या चूहेमार, इस सवाल से पहरेदार का क्या ताल्लुक़। इसका फ़ैसला तो चूहेख़ाना करेगा।

लेकिन ये पहरेदार कमबख़्त भी बड़े क़ानूनची होते हैं। कहीं उसने उसे अन्दर जाने ही नहीं दिया तो वह क्या करेगा? तरह-तरह की कठिनाइयाँ उसके सामने आ रही थीं। इस समस्या पर तो उसने सोचा ही नहीं था। उसने यह तो सोच लिया था कि वह चूहेख़ाने पहुँचकर मुहाफ़िज़ से क्या कहेगा। लेकिन अगर वह चूहेख़ाने के अन्दर ही न जा सका तो मुहाफ़िज़ से मिलेगा किस तरह? उसे अपने आप पर झुँझलाहट होने लगी। वह बहुत जल्दी आशावान हो जाता है। समस्या के तमाम पहलुओं पर अच्छी तरह सोचे-विचारे बिना ही वह फ़ैसला कर लेता है। वह इतनी गम्भीर स्थिति से गुज़र रहा है, लेकिन इसकी गम्भीरता को जिस तरह महसूस करना चाहिए उस तरह वह महसूस नहीं कर रहा है। इसी कारण वह जल्दबाज़ी में फ़ैसला कर लेता है जो ज़ाहिर है कि सही नहीं हो सकता। मुहाफ़िज़ से वह क्या कहेगा? यह सवाल तो बाद का है। पहले तो उसे चूहेख़ाने के अन्दर जाने की तरकीब पर ग़ौर करना है। कैसी विचित्र स्थिति है। क्या उसने कभी सोचा था कि चूहेख़ाने के अन्दर जाना भी एक समस्या हो सकती है?

सचमुच आज से उसका एक नया जीवन शुरू हुआ है। इस जीवन की अपनी विशेष समस्याएँ हैं, इसकी अपनी परिसीमाएँ हैं। उसे इस जीवन के सन्दर्भ में ही सोचना है। पुराने जीवन के सन्दर्भ में सोचने से वह इस जीवन की समस्याओं को हल नहीं कर सकता। दोनों के सन्दर्भ अलग-अलग हैं। सबसे पहली समस्या चूहेख़ाने के अन्दर घुसने की है। कहीं पहरेदार ने उसे जाने न दिया तो मुहाफ़िज़ से वह कैसे मिल सकेगा। वह उसके घर जा सकता है। लेकिन इसके लिए उसे शाम तक इन्तज़ार करना पड़ेगा। उससे बड़ी ग़लती हो गई। उसे आज सवेरे ही मुहाफ़िज़ से उसके घर जाकर मिल लेना चाहिए था। घर में मिलना शायद अधिक अच्छा रहता। घर का वातावरण थोड़ा अनौपचारिक और सहज होता है। चूहेख़ाने में मुहाफ़िज़ जैसा बड़ा चूहेमार नज़र आता है वैसा शायद अपने घर में नज़र न आए। हो सकता है कि घर पर मिलने से वह उसकी बातें अधिक सहानुभूति से सुनता। घर पर उसकी बातें सुनने के लिए मुहाफ़िज़ के पास समय भी अधिक होता। मुहाफ़िज़ख़ाने में तो वह बहुत व्यस्त रहता है। मरे हुए चूहों की हज़ारों चिन्ताएँ उसे घेरे रहती हैं।

सचमुच उसने बड़ी ग़लती की। आश्चर्य है कि इतनी सीधी-सादी और मामूली-सी बात उसके दिमाग़ में पहले नहीं आई। उसने सोचा ही नहीं था कि चूहेख़ाने के अन्दर घुसने में कोई कठिनाई भी हो सकती है। अगर इस कठिनाई के बारे में उसने पहले सोचा होता तो वह ज़रूर ही मुहाफ़िज़ से उसके घर पर मिलने का फ़ैसला करता। लेकिन अब बहुत देर हो चुकी है। मुहाफ़िज़ अपने घर से निकल चुका होगा। हो सकता है कि वह चूहेख़ाने पहुँच चुका हो। शाम तक इन्तज़ार करते रहना व्यर्थ है। उसे किसी-न-किसी तरकीब से चूहेख़ाने में दाख़िल होना है। वह चूहेख़ाने से ग़ैरहाज़िर नहीं रह सकता। क़ायदे के मुताबिक़ ग़ैरहाज़िर रहने की सूचना उसे कल ही या आज सवेरे भेज देनी चाहिए थी। नहीं, वह शाम तक बेकार नहीं बैठ सकता। उसे जल्दी-से-जल्दी अपनी समस्या हल करनी है। एक-एक क्षण मूल्यवान है। वह जिस संकट में है उसे देखते हुए एक-एक पल उस पर भारी है। किसी-न-किसी सूरत से उसे चूहेख़ाने के अन्दर घुसना ही पड़ेगा।

चूहेख़ाने का सदर दरवाज़ा अब सामने दिखाई देने लगा था। उसने पीछे मुड़कर देखा। गन्दा नाला बहुत पीछे छूट चुका था। उसे कुछ आश्चर्य हुआ कि गन्दा नाला इतना पीछे रह गया और उसे बदबू का एहसास तक नहीं हुआ। शायद विचारों में डूबा होने के कारण उसने महसूस न किया हो। या कहीं ऐसा तो नहीं है कि चूहों की तरह उसमें अब बदबू का एहसास ही न रहा हो। यह सोचकर उसे अपनी हालत पर बड़ा तरस आया। सचमुच उसमें अब बदबू का एहसास बाक़ी नहीं रहा।

चूहेमारों की टोलियाँ सदर दरवाज़े में दाख़िल हो रही थीं। दस साल से वह रोज़ चूहेख़ाने में बेखटके दाख़िल होता आया था। लेकिन आज जैसे सब कुछ बदल गया है। कल और आज में कितना अन्तर आ गया है, उसने सोचा। चूहेख़ाने की इमारत आज उसे कुछ अधिक ही विशाल और भव्य दिखाई दी। चूहेख़ाने की इमारत तो वही थी। उसमें कोई परिवर्तन नहीं आया था। हाँ, वह ज़रूर कुछ और छोटा हो गया था—चूहेख़ाने की इमारत के मुक़ाबले में और भी छोटा।

वह कुछ देर तक एक तरफ़ खड़ा रहा। जब सब चूहेमार अन्दर चले गए तो वह सहमा-सहमा-सा सदर दरवाज़े के पास पहुँचा। सदर दरवाज़े पर रोज़ की तरह

आमने-सामने दो पहरेदार खड़े थे। उनके हाथों में नंगी तलवारें चमक रही थीं। वह रोज़ इन्हें देखता था। शुरू-शुरू में जब वह चूहेख़ाने में आया ही था, तो इन्हें देखकर डर जाया करता था। फिर धीरे-धीरे उसका यह भय दूर होता गया और कुछ दिनों के बाद तो अक्सर ऐसा होता कि वह इन्हें देखे बग़ैर ही सदर दरवाज़े में घुस जाता। जैसे ये मिट्टी के शेर हों, जिनसे डरने का सवाल ही पैदा नहीं होता। लेकिन आज एकाएक फिर वही पुराना भय उभर आया था। बीते हुए वर्षों ने जिस डर को इस तरह दबा दिया था कि उसका एहसास तक बाक़ी न रहा था, वह आज फिर उस पर हावी हो गया था। पहरेदारों के चेहरे उसे बहुत ख़ौफ़नाक लग रहे थे और उनके हाथों में चमकती हुई तलवारों से उसे दहशत महसूस हो रही थी। पहरेदारों ने उसे अब तक देखा नहीं था। दोनों फ़ुरसत के क्षणों का लाभ उठाते हुए एक-दूसरे से हँस-हँसकर बातें करने में मग्न थे। उसने साहस बटोरते हुए सदर दरवाज़े में घुस जाना चाहा। ठीक उसी क्षण एक पहरेदार की निगाह उस पर पड़ गई और उसने अपनी तलवार से उसका रास्ता रोक दिया।

"क्यों, कहाँ जाता है? तू हमें चकमा देना चाहता है?" पहरेदार ने तलवार की नोक उसकी पीठ पर रखते हुए कहा। वह चुभन से तिलमिला उठा। उसने अपने शरीर को थोड़ा सिकोड़ लिया ताकि तलवार की चुभन कुछ कम महसूस हो और सिर हिलाकर घंटी बजाने लगा। शायद पहरेदार की निगाह उसकी घंटी पर न गई हो और इसलिए उसे अन्दर न जाने दे रहा हो। लेकिन उसका ख़याल ग़लत था। पहरेदार ने उसकी घंटी देख ली थी। फिर भी वह उसे अन्दर जाने की इजाज़त देने को तैयार नहीं था।

"चल भाग यहाँ से। बड़ा आया चूहेमार की तरह घंटी पहनकर। हमारी आँखों में धूल झोंकना चाहता है। ख़बरदार जो इधर का रुख़ किया।" यह कहकर पहरेदार ने तलवार पर उसे उठा लिया और एक झटके के साथ उछालकर सदर दरवाज़े के बाहर बहुत दूर फेंक दिया।

वह बहुत देर तक ज़मीन पर बेसुध पड़ा रहा। जब उसे होश आया तो उसका सारा शरीर फोड़े की तरह दुख रहा था। घंटी उसकी गर्दन में अब भी लटक रही थी। उसने सदर दरवाज़े पर एक निगाह डाली। दोनों पहरेदार उसकी तरफ़ ही देख रहे थे और हँस रहे थे। सदर दरवाज़े से चूहेख़ाने में जाना असम्भव है, उसने सोचा।

कोई और तरकीब सोचनी पड़ेगी। लेकिन शरीर में इतना शदीद दर्द था कि उठना मुश्किल था। ऐसी हालत में तो वह दो क़दम भी नहीं चल सकता। वह कुछ देर तक आँखें बन्द किए लेटा रहा। इस तरह लेटे रहने से उसे कुछ आराम महसूस हुआ। जब पीड़ा काफ़ी कम हो गई तो वहाँ से चल पड़ा। सदर दरवाज़े से जितना दूर वह हट जाए उतना ही अच्छा है। एकाएक उसे ख़याल आया कि चूहेख़ाने के पिछवाड़े में एक मोरी है जिससे चूहेख़ाने का गन्दा पानी बाहर निकलता है। वह मोरी चूहेख़ाने के अन्दर तक चली गई है। शायद इस मोरी के रास्ते वह चूहेख़ाने के अन्दर पहुँच सके। उसे अपनी सूझ पर हैरत-सी हुई। उसकी बुद्धि अब चूहों जैसी हो रही है। कल तक इस तरह की बात वह सोच भी नहीं सकता था।

वह चूहेख़ाने का चक्कर काटकर पिछवाड़े पहुँचा। मोरी में इस समय पानी नहीं था। यह अच्छा हुआ वरना मोरी में से गुज़रना और भी मुश्किल हो जाता। मोरी तंग थी, लेकिन वह उसमें समा सकता था। वह मोरी के अन्दर घुसा। अभी थोड़ा ही आगे बढ़ा था कि दुर्गन्ध का एक तेज़ भभका उसे अपने नथुनों में घुसता महसूस हुआ। उसे मतली-सी आने लगी। आगे बढ़ने में उसे बहुत कठिनाई महसूस हो रही थी। बदबू से उसका सिर चकरा रहा था। अन्दर बहुत घुटन थी। लगता था, ग़लाज़त-भरे किसी डिब्बे में उसे बन्द कर दिया गया है। लेकिन इस हालत में भी उसे यह सोचकर कुछ राहत-सी महसूस हुई कि बदबू का एहसास उसे अब भी होता है। कुछ देर पहले चूहेख़ाने की तरफ़ आते समय उसे लगा था जैसे वह इसका एहसास ही खो बैठा है।

मोरी अन्दर से बिलकुल अँधेरी थी और उसे कुछ सुझाई नहीं दे रहा था। फिर भी दीवारों को टटोलता हुआ और बदबू और घुटन को बर्दाश्त करता हुआ वह आगे बढ़ने लगा। अब उसे एक और ख़तरा महसूस हो रहा था कि कहीं पानी का रेला न आ जाए। ऐसा हुआ तो सारे किए-कराए पर पानी फिर जाएगा। उसे याद आया कि एक बार बहुत पहले उसने मोरी से पानी गिरते देखा था। पानी बड़े वेग से गिर रहा था। ऐसा कोई रेला आया तो वह मोरी के अन्दर टिक नहीं सकेगा। यह रेला उसे अपने साथ बहाकर मोरी के बाहर फेंक देगा। घंटी भी उसके लिए एक मुसीबत बन गई थी। इसके बोझ की वजह से वह तेज़ नहीं चल सकता था। वह बेकार ही घंटी पहनकर आया। जब चोरों की तरह ही चूहेख़ाने में घुसना था

तो घंटी की क्या ज़रूरत थी? लेकिन अब इस बोझ को उतार फेंकना भी मुमकिन नहीं था। वह ख़ुद न तो घंटी पहन सकता था और न ही उतार सकता था। घंटी की आवाज़ उसे अलग परेशान कर रही थी।

अब मोरी के अन्तिम छोर पर हल्का-सा उजाला दिखाई देने लगा था। उसे उम्मीद बँधी। यह उजाला चूहेख़ाने के बरामदे से आ रहा होगा। लेकिन मोरी के अन्तिम छोर पर पहुँचकर उसकी उम्मीदों पर जैसे ओस पड़ गई। लोहे की एक मज़बूत जाली चूहेख़ाने के बरामदे और मोरी के बीच दीवार की तरह खड़ी थी। उसने पूरी ताक़त से इस जाली को हटाना चाहा, लेकिन वह टस-से-मस न हुई। उसका शरीर थककर चूर-चूर हो गया था। वह बुरी तरह से हाँफ रहा था। अब वह क्या करे? इतने परिश्रम और संघर्ष के बाद आशा की जो किरण दिखाई दी थी वह देखते-ही-देखते लुप्त हो गई थी और घोर पराजय और निराशा का अन्धकार पीछे छोड़ गई थी।

अब यहाँ रुके रहने का कोई लाभ भी नहीं था। वह किसी तरह घिसटता हुआ मोरी के बाहर पहुँचा और मैदान में फैली हुई हरी दूब पर निढाल-सा गिर पड़ा। बहुत देर तक आँखें बन्द किए वह इसी तरह पड़ा रहा। समय की गुफाओं ने, जिनमें पुराने दृश्य दबे पड़े थे, जैसे अपने द्वार खोल दिए थे। जानी-पहचानी तसवीरें उसके सामने कुछ क्षणों के लिए थिरकतीं, फिर अँधेरी गुफाओं में ग़ायब हो जातीं। उसे अपने बाप का गरजता-चिंघाड़ता हुआ चेहरा नज़र आया। फिर माँ की रोती-सिसकती हुई सूरत दिखाई दी। बाप का चेहरा उसे बहुत आकर्षक लगा। वह किसी भी लिहाज़ से ख़ूबसूरत चेहरा नहीं था। लेकिन उसकी रेखाएँ बहुत ठोस, सुस्पष्ट और सुनिश्चित थीं। उसके बारे में किसी ग़लतफ़हमी का शिकार होना सम्भव नहीं था। वह जो कुछ था बिलकुल साफ़ दिख रहा था। उस पर कोई मुखौटा नहीं था। और माँ का चेहरा वैसा ही लिजलिजा था जैसा वह हमेशा नज़र आता था और जिसे देखकर उसके मन में वितृष्णा जागृत होने लगती थी। उसे लगा कि वह इस चेहरे से हमेशा नफ़रत करता आया है। इस नफ़रत को अपने आपसे छिपाने की वह हमेशा कोशिश करता रहता था। लेकिन इस कोशिश में अनजाने-तौर पर वह इस चेहरे का असर क़बूल करता रहा था। उसकी अपनी रेखाएँ एक-एक करके मिटती गई थीं और आख़िरकार इस चेहरे ने

अपनी अमिट रेखाएँ उसके चेहरे पर अंकित कर दी थीं। उसके अपने व्यक्तित्व में जो लिजलिजापन रहा है, जो दोहरा जीवन वह जीता रहा है, वह उसने अपनी माँ से ही तो लिया है। अत्याचारों को सहते रहना, अन्दर से प्रतिरोध की इच्छा होते हुए भी मन-ही-मन कुढ़ते रहना और कुछ न कह पाना—यह थी उसकी माँ। इस रूप से उसे सख़्त घृणा रही है। लेकिन यही उसका अपना रूप भी है। माँ ने उसे अपने साँचे में ही ढाला है। अनजाने तौर पर, न चाहते हुए भी वह इस साँचे में ढलता गया था। उसे लगा कि उसे बाप का रूप अधिक पसन्द रहा है। लेकिन यहाँ भी वह ढोंग ही रचता रहा है। वह मन में यही सोचता आया है कि उसका बाप घृणित था। इस मामले में भी उसने माँ का ही प्रभाव ग्रहण किया था। वास्तव में बाप का रूप कहीं अधिक आकर्षक रहा है। उसका जीवन कहीं अधिक भरपूर रहा था। वह दो स्तरों पर नहीं जीता था।

संकट की इस स्थिति में यह सब सोचकर उसे बड़ा अजीब-सा लगा। सचमुच संकट में ही आदमी स्वयं को समझ पाता है, ज़िन्दगी की बहुत-सी सचाइयों को देख पाता है। विपत्ति जीवन के कुछ अँधेरे कोनों को रोशन भी कर देती है। काश! वह बाप के साँचे में ढला होता तो आज उसकी यह स्थिति न होती। तब शायद चूहेख़ाने में आने की नौबत ही न आती या अगर आ भी गया होता तो 'ग' की तरह वह कभी का इसे छोड़ चुका होता। उसे अपने बाप और 'ग' की आत्मा में आश्चर्यजनक समानता दिखाई दी।

सचमुच 'ग' के भी कितने रूप हैं, उसने सोचा। चूहेमार उसे कुछ समझते थे, सोनिया कुछ और। और वह स्वयं जो कुछ उसके बारे में सोचता था वह इन दोनों से अलग था। जाने 'ग' ख़ुद अपने बारे में क्या सोचता था? लेकिन इतना निश्चित है कि चूहेख़ाने की दुनिया उसकी दुनिया नहीं बन सकती थी। वह उसकी तरह आधा तीतर आधा बटेर नहीं था। उसके ऐसे लोग चूहेख़ाना छोड़ने का सपना तो देख सकते हैं लेकिन उसे छोड़ नहीं सकते। और अब तो इन सपनों का भी कोई मतलब नहीं रहा। अब तो चूहेख़ाने के बाहर भी उसके जीवन का कोई अर्थ नहीं है। वह चूहेख़ाने में ही कुछ दिन और रह सके तो बड़ी बात है।

उसने चूहेख़ाने पर एक दृष्टि डाली। उसके ऊँचे गुम्बद पर उसे एक कबूतर बैठा नज़र आया। वह अपने डैने तौल रहा था और देखते-ही-देखते वह आकाश में

उड़ने लगा। उसकी नज़रें बहुत देर तक आकाश में कबूतर को उड़ते देखती रहीं। यहाँ तक कि वह आकाश के निस्सीम फैलाव में विलीन हो गया। काश! वह चूहा बनने के बजाय कबूतर होता। वह आकाश में स्वच्छन्द रूप से उड़ तो सकता था। वह कबूतर होता तो चूहेख़ाने में पहुँचना भी कितना आसान होता। पहरेदारों को ख़बर तक न होती और वह चूहेख़ाने के आँगन में चुपके से उतर जाता।

एकाएक उसकी नज़र चूहेख़ाने की दीवार में लगे लोहे के पाइप पर पड़ी। यह पाइप छत तक चला गया था। शायद वह इस पाइप के ज़रिये चूहेख़ाने की छत तक पहुँच सके। छत पर पहुँचने के बाद चूहेख़ाने में उतरना शायद कठिन न होगा। लेकिन पाइप बहुत ऊँचा था। क्या इसे चढ़कर वह पार कर सकेगा? कोशिश करने में क्या हर्ज है, उसने सोचा। लेकिन एक और ख़तरा हो सकता है। किसी ने उसे इस तरह चढ़ते देख लिया तो चूहेख़ाने से वह शिकायत कर सकता है। इस तरह चोरी-छिपे चूहेख़ाने में दाख़िल होना नियम के विरुद्ध है और चूहेख़ाना इसके लिए कड़ी सज़ा दे सकता है। उसका मामला तो और भी गम्भीर है। उसे कोई ऐसी हरकत नहीं करनी चाहिए जिसमें चूहेख़ाने की नाराज़गी मोल लेने का ख़तरा हो। उसे बहुत सँभल-सँभलकर फूँक-फूँककर क़दम रखना है। जरा-सी असावधानी से मामला चौपट हो सकता है।

लेकिन किसी सूरत से चूहेख़ाने के अन्दर पहुँचना भी तो बहुत ज़रूरी है। चूहेख़ाना खुले कई घंटे हो चुके हैं। मुहाफ़िज़ उस पर अलग नाराज़ हो रहा होगा कि ख़बर किए बग़ैर ही ग़ैरहाज़िर हो गया। उसे क्या मालूम कि वह किस विपत्ति में फँस गया है। वह तो यही समझ रहा होगा कि आराम करने के लिए घर पर बैठ गया है। हो सकता है कि वह उसकी शिकायत भी कर दे। नहीं, उसे मुहाफ़िज़ से जल्दी-से-जल्दी मिलना चाहिए। उसने चारों तरफ़ निगाह दौड़ाई। तमाम चूहेमार चूहेख़ाने में बन्द थे। बाहर कोई भी नहीं था। वैसे भी यह चूहेख़ाने का पिछवाड़ा था और पहरेदार इधर नहीं देख सकते थे। कोई इधर आता भी नहीं था। यह अच्छा मौक़ा है। उसे पाइप पर चढ़ने की कोशिश करनी चाहिए। ज़्यादा-से-ज़्यादा इस बात का ख़तरा हो सकता है कि कोई उसे चढ़ते देख न ले। इस ख़तरे की सम्भावना वैसे भी बहुत कम है। माना कि किसी ने देख भी लिया तो यह कहाँ ज़रूरी है कि वह चूहेख़ाने से शिकायत कर ही देगा। वह शिकायत

कर भी सकता है और नहीं भी। फिर भी कुछ न करने से, ख़तरा मोल लेकर कुछ करना ज़्यादा अच्छा है।

वह पाइप पर चढ़ने लगा। उसे बड़े सुखद आश्चर्य की अनुभूति हुई। उसे लगा कि वह चढ़ सकता है और चूहेख़ाने की छत तक पहुँच सकता है। लेकिन एक कठिनाई भी उसे हो रही थी। गले में घंटी होने की वज़ह से वह पाइप से पूरी तरह चिपट नहीं पा रहा था। उसने टाँगों से तो पाइप को मज़बूती से थाम रखा था। लेकिन घंटी उसके पेट में बुरी तरह चुभ रही थी। घंटी न होती तो वह ज़्यादा तेज़ी से चढ़ सकता था। उसे अपने आप पर बहुत क्रोध आया। यह घंटी उसके लिए बहुत बड़ी मुसीबत बन गई थी। उसने सोचा था कि घंटी से चूहेख़ाने में घुसने में सुविधा होगी। लेकिन उलटा ही नतीजा निकला था। जिस चीज़ से सहायता मिलने की उम्मीद थी वही बाधा बन गई थी। जीवन में अक्सर ऐसा ही होता है, उसने थोड़ा दार्शनिक होकर सोचा। यह घंटी अब किस काम की है जब उसके होते हुए वह खुले तौर पर चूहेख़ाने में जा भी नहीं सकता। इस घंटी की अब कोई उपयोगिता नहीं रही थी। वह इसे बेकार ही ढो रहा था। लेकिन चूहेख़ाने में इसकी ज़रूरत पड़ सकती है। अगर चूहेख़ाने में उसके प्रवेश पर कोई आपत्ति करे तो वह कह सकता है कि उसके गले में घंटी पड़ी है और इसलिए चूहेख़ाने में आने का उसे पूरा अधिकार है। कोई कुछ नहीं कह सकता कब कौन-सी चीज़ सहायक सिद्ध हो जाए और कौन-सी चीज़ बाधक। यह सोचकर उसे घंटी उतनी निरर्थक नहीं लगी जितनी कुछ क्षण पहले लगी थी। वह ऐसी स्थिति में है कि निश्चित रूप से किसी निर्णय पर पहुँचना उसके लिए सम्भव नहीं है। परिस्थितियाँ उसे किधर ले जाएँगी, कुछ कहा नहीं जा सकता।

चूहेख़ाने की छत पर पहुँचकर उसे लगा कि उसने कोई बहुत बड़ी बाज़ी जीत ली है। संघर्ष यहाँ ख़त्म नहीं होता था, बल्कि संघर्ष तो अभी शुरू ही हुआ था। संघर्ष के आरम्भ में ही उसे दुःसाध्य कठिनाइयों का सामना करना पड़ा था और कितने ही क्षण आए थे जब वह टूट-टूट गया था। फिर भी उसने हिम्मत नहीं हारी। लड़ाई बहुत लम्बी है और उसे अपना धैर्य बनाए रखना है। जाने ऐसी कितनी स्थितियाँ आएँगी जब उसे निराश होना पड़ सकता है। लेकिन उसे धीरज नहीं खोना है। जो सफलता उसे अभी मिली है उससे बहुत आशावान हो जाना भी सही नहीं

होगा। उसे और बड़ी कठिनाइयों का सामना करना पड़ सकता है। यह सफलता जो उसे मिली है, आगे की कठिनाइयों को देखते हुए बहुत मामूली है।

उसने चूहेख़ाने की लम्बी-चौड़ी छत पर एक दृष्टि डाली। चूहेख़ाने में काम करते उसे दस वर्ष हो गए थे। लेकिन चूहेख़ाने की छत पर वह कभी नहीं गया था। कभी छत पर जाने का ख़याल तक नहीं आया था। और इस समय यही छत चूहेख़ाने में जाने का उसके लिए एकमात्र मार्ग थी। अब उसे चूहेख़ाने के अन्दर पहुँचने की तरकीब सोचनी थी। छत की मुँडेर पर चढ़कर उसने नीचे झाँका। नीचे चूहेख़ाने का आँगन था, जो सुनसान पड़ा था। फिर भी आँगन को देखकर चूहेख़ाने की हलचल को वह महसूस कर सकता था। उसे बड़ी ख़ुशी महसूस हुई जैसे वह अपनी मंज़िल के बहुत क़रीब पहुँच चुका हो। लेकिन मंज़िल इतनी क़रीब नहीं थी, जितनी आँखों से दीखती थी। छत से आँगन तक का फ़ासला बहुत ज़्यादा था और इस फ़ासले को पार करना आसान नहीं था। उसके जी में आया कि एक छलाँग लगाकर वह नीचे पहुँच जाए। लेकिन दूसरे ही क्षण उसे अपनी मूर्खता का एहसास हो गया। इतनी ऊँचाई से छलाँग लगाना ख़तरनाक हो सकता है। आँगन का फ़र्श पुख़्ता है। सन्तुलन बिगड़ने से उसकी हड्डी-पसली एक हो सकती है। उसके गले में घंटी भी तो है। घंटी के बोझ की वजह से छलाँग लगाते समय उसका सन्तुलन बिगड़ सकता है और आँगन में गिरकर वह टुकड़े-टुकड़े हो सकता है। नहीं, वह इतनी बड़ी जोखिम मोल नहीं ले सकता। कोई और तरकीब सोचनी होगी।

एकाएक उसे ख़याल आया कि छत से नीचे उतरने के लिए चूहेख़ाने में ज़ीना ज़रूर होगा। शायद यह ज़ीना उसने बहुत पहले एक बार देखा भी था। उसे बड़ी ख़ुशी हुई। अब कोई दिक़्क़त नहीं थी। वह ज़ीने से नीचे उतरने लगा। ज़ीना बहुत घुमावदार था। बरसों से इस्तेमाल न होने की वजह से जीना धूल से अटा हुआ था। लगता था बहुत दिनों से इसे साफ़ नहीं किया गया। बड़ी सीलन और दुर्गन्ध थी। फिर भी छलाँग लगाकर नीचे उतरने के मुक़ाबले में यह रास्ता उसे बहुत ग़नीमत लगा। इसमें वैसा ख़तरा तो नहीं था।

ज़ीने के आख़िरी घुमाव में प्रवेश करते ही उसकी आशाओं पर फिर ओस पड़ गई। चूहेख़ाने और जीने के बीच एक दरवाज़ा था जो बन्द था। इस रास्ते से

चूहेख़ाने में जाना सम्भव नहीं था। अब वह क्या करे? फिर वह ज़ीने से उतरकर दरवाज़े के पास पहुँचा। उसने दरवाज़े का एक जायज़ा लिया। शायद दरवाज़े के दो पल्लों के बीच से जाने का कोई रास्ता निकल सके। लेकिन उसे निराशा हुई। दरवाज़ा इस तरह बन्द था कि दूसरी तरफ़ का हिस्सा दिखाई तक नहीं देता था। सारी मेहनत अकारथ गई। अब लौटकर छत पर चलना होगा और कोई और युक्ति सोचनी होगी।

वह लौटना ही चाहता था कि उसकी नज़र दरवाज़े के ऊपर गई जहाँ एक मोखा बना हुआ था। वह मोखा दरवाज़े से हाथ-भर की ऊँचाई पर था। यदि वह इस मोखे तक पहुँच जाए तो शायद चूहेख़ाने के अन्दर जाने का रास्ता निकल आए। लेकिन इस मोखे तक पहुँचना भी कोई आसान काम नहीं था। उछलकर मोखे तक पहुँचना सम्भव नहीं था। ऊँचाई बहुत ज़्यादा थी और इतनी ऊँची छलाँग वह नहीं लगा सकता था। मोखे तक पहुँचने की एक ही सूरत थी। पहले किसी तरह दरवाज़े के ऊपरी सिरे पर पहुँचे और वहाँ से मोखे तक एक छलाँग लगाए। मोखा बहुत बड़ा नहीं था, इसलिए छलाँग लगाने के बाद भी मोखे के अन्दर पहुँचना निश्चित नहीं था। अधिक सम्भावना इस बात की थी कि मोखे से टकराकर वह नीचे गिर पड़ेगा। दरवाज़े के ऊपरी सिरे तक पहुँचना अपेक्षाकृत आसान था। दरवाज़े में थोड़े-थोड़े फ़ासले पर लोहे के छड़ लगे हुए थे। इनकी सहायता से वह ऊपर तक जा सकता था। असली दिक़्क़त मोखे तक पहुँचने की थी। कोशिश करके देख लेने में क्या बुराई है, उसने सोचा। ज़्यादा-से-ज़्यादा यही होगा न कि वह गिर पड़ेगा और कुछ चोट लगेगी। यह भी तो हो सकता है कि वह मोखे तक पहुँच जाए और वहाँ से चूहेख़ाने में उतर सके।

वह दरवाज़े पर चढ़ने लगा। दरवाज़े के ऊपरी सिरे पर पहुँचकर उसने अपने शरीर को ख़ूब सिकोड़ लिया ताकि उछलकर मोखे में घुसने में कोई बाधा न हो। घंटी फिर उसके लिए एक रुकावट बन गई थी। घंटी न होती तो उसे उछलने में बड़ी आसानी होती। वह अब घंटी कभी नहीं पहनेगा, उसने मन में फ़ैसला कर लिया। वह चूहेख़ाने से अनुरोध करेगा कि उसकी विशेष परिस्थितियों को देखते हुए उसे घंटी न लटकाने की अनुमति दे दी जाए। चूहेख़ाना ज़रूर उसकी प्रार्थना स्वीकार कर लेगा। चूहेख़ाने को इसमें क्यों आपत्ति होने लगी। चूहेख़ाने में प्रवेश

करने के लिए उसे चूहेख़ाना कोई और निशानी दे सकता है। अगर घंटी लटकाना अनिवार्य ही माना जाए तो उसे कोई छोटी-सी घंटी दी जा सकती है। यह घंटी उसके शरीर के आकार को देखते हुए बहुत बड़ी है।

उसने मोखे पर आँखें जमाकर पूरी शक्ति से छलाँग लगा दी। इसके बाद उसे कुछ होश न रहा कि वह कहाँ पहुँच गया है। जब उसकी चेतना लौटी तो उसे सिर्फ़ इतना याद आया कि उसने मोखे तक पहुँचने के लिए एक छलाँग लगाई थी। लेकिन वह मोखे में नहीं। था। वह एक अँधेरे तहखाने के फ़र्श पर पड़ा था और दर्द से उसके शरीर में टीसें-सी उठ रही थीं। फिर किसी दुःस्वप्न की धुँधली स्मृति की तरह उसे ख़याल आया कि वह मोखे तक पहुँचा था और सन्तुलन बिगड़ जाने के कारण मोखे में उसके पैर टिक नहीं सके थे और वह नीचे गिर पड़ा था। यह अच्छा हुआ कि वह जीने की तरफ़ न गिरा। यह जीने का हिस्सा नहीं था। अँधेरा होने के बावजूद इतना वह देख सकता था, क्योंकि दरवाज़े पर एक बहुत बड़ा ताला पड़ा हुआ था जो पहले उसे दिखाई नहीं दिया था। इसमें शक नहीं कि यह चूहेख़ाने का तहख़ाना था और अब चूहेख़ाने में घुसना कोई समस्या नहीं रह गई थी। वास्तव में वह चूहेख़ाने के अन्दर ही था। लेकिन अब उसे चौकन्ना रहना है और बड़ी होशियारी से मुहाफ़िज़ख़ाने तक पहुँचना है। चूहेख़ाने में यहाँ-वहाँ पहरेदार खड़े रहते हैं। चूहेमार और ख़िदमतगार भी बरामदे में आते-जाते रहते हैं। इन सबकी निगाहों से बचना बहुत ज़रूरी है। हो सकता है कि उसके कायान्तरण की ख़बर अब तक चूहेख़ाने में फैल चुकी हो, शायद सब चूहेमार उसकी ही चर्चा कर रहे हों। किसी सूरत से वह मुहाफ़िज़ के पास पहुँच जाए। इस संकट में वही सहायता कर सकता है।

उसका शरीर अब भी फोड़े की तरह दुख रहा था। लेकिन वह ज़्यादा देर तक इस तरह पड़ा नहीं रह सकता। कुछ दूर चलकर उसे एक छोटा-सा ज़ीना मिला। ज़ीने के ऊपरी सिरे से रोशनी छन-छनकर नीचे आ रही थी। यह चूहेख़ाने का बरामदा होगा, उसने सोचा। उसका अनुमान ठीक था। जीना पार करते ही उसने ख़ुद को चूहेख़ाने के लम्बे-चौड़े शानदार बरामदे में पाया। उसके शरीर में ख़ुशी की एक लहर दौड़ गई। आख़िरकार चूहेख़ाने तक पहुँचने में वह कामयाब हो गया था। वह बड़ी सावधानी से बरामदे में आगे बढ़ने लगा। अभी वह दो-चार

क़दम ही गया था कि उसे कुछ चूहेमार बरामदे में जाते दिखाई दिए। वह डर से ज़ीने में जाकर छिप गया। जब चूहेमार नज़रों से ओझल हो गए तो वह फिर बरामदे में आ गया। दूर-दूर तक बरामदे में अब कोई दिखाई नहीं दे रहा था। वह बरामदे में काफ़ी आगे निकल गया तो उसे सामने से दो ख़िदमतगार एक चूहागाड़ी खींचकर लाते दिखाई दिए। वह बहुत डर गया। एकाएक उसकी दृष्टि पास रखे सफ़ेद टीनों पर पड़ी। ये टीन थोड़े-थोड़े फ़ासले पर चूहेख़ाने के बरामदे में थूक वग़ैरह फेंकने के लिए रखे रहते थे। वह टीन की ओट में छिप गया।

चूहागाड़ी कुछ दूरी पर जाकर रुक गई। फिर ख़िदमतगार एक कमरे में चले गए और वहाँ से मरे हुए चूहे ला-लाकर चूहागाड़ी में रखने लगे। उसे एक तरकीब सूझ गई। यह चूहागाड़ी मुहाफ़िज़ख़ाने में जा रही है। इसमें किसी शक की गुंजाइश नहीं थी। रोज़ ही मरे हुए चूहों से लदी जाने कितनी चूहागाड़ियाँ मुहाफ़िज़ख़ाने में आती थीं और मरे हुए चूहे उगलकर लौट जाती थीं। अभी मुहाफ़िज़ख़ाने तक बहुत लम्बा रास्ता उसे तय करना था और चूहेमारों या पहरेदारों की निगाहों से बचे रहना उसे मुश्किल नज़र आ रहा था। क्यों न वह चुपके से जाकर चूहागाड़ी में बैठ जाए। मरे हुए चूहों के ढेर में वह छिप-सा जाएगा और कोई उसे देख भी नहीं सकेगा। उसे यह तरकीब बहुत अच्छी लगी। वह बग़ैर किसी ख़तरे के मुहाफ़िज़ख़ाने पहुँच जाएगा।

चूहागाड़ी ज़्यादा ऊँची नहीं थी। इसमें दो डंडे लगे रहते थे जिन्हें दोनों हाथों से पकड़कर एक ख़िदमतगार गाड़ी को आगे खींचता था। दूसरा ख़िदमतगार पीछे से चूहागाड़ी को धकेलता था। चूहागाड़ी के अन्दर पहुँचना कुछ भी मुश्किल नहीं था। वह डंडों के सहारे उछलकर चूहागाड़ी में बैठ गया। ख़िदमतगार दोनों हाथों में मरे हुए चूहे भर-भरकर लाते थे और चूहागाड़ी में फेंकते जाते थे। बहुत देर तक यह सिलसिला चलता रहा। यहाँ तक कि मरे हुए चूहों के ढेर में वह खो-सा गया। उसके शरीर पर सैकड़ों लाशों का बोझ था और वह बहुत घुटन महसूस कर रहा था। लेकिन साथ ही सुरक्षा का एक एहसास भी था जिसने बोझ और घुटन के एहसास को कुछ दबा दिया था।

चूहागाड़ी आगे बढ़ती रही, और वह ज़िन्दगी के उतार-चढ़ाव के बारे में सोचता रहा। उसे पंचतंत्र की बहुत-सी कहानियाँ एक-एक करके याद आने लगीं

जिनमें पशु-पक्षियों का कायान्तरण हो जाता है। कोई ऐसी कहानी उसे याद नहीं आ सकी जिसमें मनुष्य पशु-पक्षी में परिवर्तित हो गया हो। उसे आश्चर्य हुआ कि पंचतत्र के लेखक की कल्पना भी ऐसी किसी घटना को अपनी पकड़ में न ले सकी। शायद उस समय चूहेख़ाने नहीं थे। उसे लगा कि बदले हुए सन्दर्भों में वह भी पंचतंत्र की कहानियों का एक पात्र है। पंचतंत्र का लेखक इस ज़माने में अपनी कहानियाँ लिखता तो उनमें आदमी चूहे ज़रूर बनते। एकाएक उसे भुशुंडि का ख़याल आया जो लोमश ऋषि के अभिशाप से कौआ बन गए थे और जिनके बारे में बहुत पहले उसने रामायण में पढ़ा था। काश! वह कौआ ही बन गया होता। तब वह स्वच्छ निर्मल आकाश में उड़ तो सकता था।

चूहागाड़ी मुहाफ़िज़ख़ाने के दरवाज़े पर पहुँचकर रुक गई। ख़िदमतगार मरे हुए चूहों को हाथों में भर-भरकर नीचे फ़र्श पर फेंकने लगे। मरे हुए चूहों का बोझ उसे निरन्तर घटता हुआ महसूस होने लगा। अब उसके ऊपर लाशों की एक-दो परतें ही रह गई थीं। ख़िदमतगार एक खेप और उतार लें तो वह भी कूदकर नीचे आ जाए, उसने सोचा। अब उसके ऊपर कोई लाश नहीं थी। ख़िदमतगार लाशों को देखे बग़ैर ही यंत्रवत् हाथों में भर-भरकर नीचे फेंकते जाते थे। उनकी नज़र अब तक उस पर नहीं पड़ी थी। हालाँकि वह बिलकुल साफ़ दिखाई दे रहा था। अब देर नहीं करनी चाहिए। यह सोचकर उसने एक छलाँग लगाई और गाड़ी के बाहर आ गया। ख़िदमतगार उसे अवाक् देखते रह गए। यह कैसा मुर्दा चूहा है जो इस तरह छलाँग लगा सकता है। चूहेख़ाने में ज़िन्दा चूहे भी इस तरह छलाँग नहीं लगा सकते, मुर्दा चूहों का तो ज़िक्र ही बेकार है। वह ख़िदमतगारों को हतप्रभ अवस्था में छोड़कर तेज़ी से मुहाफ़िज़ख़ाने के कमरे की तरफ़ भागा।

वह इतनी तेज़ी से दौड़ा था कि मुहाफ़िज़ख़ाने के पास पहुँचते-पहुँचते बुरी तरह हाँफने लगा था। उसका शरीर अब तक भी फोड़े की तरह दुख रहा था।

"हुज़ूर? मैं आ गया हूँ। हुज़ूर, मेरे साथ बहुत बड़ी दुर्घटना हो गई है। देखिए न, आज मैं सोकर उठा तो क्या देखता हूँ कि चूहा बन गया हूँ। लेकिन आप चिन्ता न करें। मैं मुहाफ़िज़ख़ाने का सब काम सन्तोषजनक रूप से कर सकता हूँ, जिस तरह पहले करता रहा हूँ। मैं चूहे भी मार सकता हूँ, बस थोड़ा-सा अभ्यास करना

होगा और इसमें भी मैं अधिक समय नहीं लगाऊँगा। इस विपत्ति में मुझे आपका ही सहारा है। मुझे मुहाफ़िज़ख़ाने में काम करने दिया जाए। मैं आज समय पर न आ सका, इसके लिए मुझे बहुत खेद है। लेकिन मेरा कोई दोष नहीं है! मुझे पहरेदारों ने आने नहीं दिया। मैं बड़ी कठिनाई से आप तक पहुँच सका हूँ। हुज़ूर, इस संकट में आप ही मेरी सहायता कर सकते हैं। मेरी एक छोटी बहन है। उसकी शिक्षा अधूरी है। मुझे उसका विवाह भी करना है। मुझे चूहेख़ाने से निकाल दिया गया तो हम सब भूखों मर जाएँगे। हुज़ूर भी मानेंगे कि मुझ पर जो विपत्ति आई है, वह मेरी अपनी लाई हुई नहीं है। इसमें मेरा कोई कसूर नहीं है। हुज़ूर बहुत दयालु हैं। तमाम छोटे चूहेमार हुज़ूर की बहुत तारीफ़ करते हैं।" वह पूरी ताक़त से जल्दी-जल्दी अपनी बातें मुहाफ़िज़ से कह डालना चाहता था। इस कोशिश में वह मुहाफ़िज़ की तरफ़ देख भी नहीं पाया था। उनका सारा ध्यान अपने शब्दों पर ही केन्द्रित था। हो सकता है कि मुहाफ़िज़ के चेहरे पर आए भाव को देखकर वह अपनी बातें ठीक ढंग से न कह सके। इस भय से भी उसे मुहाफ़िज़ से आँखें मिलाने का साहस नहीं हुआ था।

"ख़िदमतगार!" एकाएक मुहाफ़िज़ की गरज के साथ यह शब्द उसके कानों से टकराया।

अब उसने मुहाफ़िज़ की तरफ़ नज़र उठाकर देखा। मुहाफ़िज़ फटी-फटी आँखों से उसे देख रहा था। इन आँखों में आश्चर्य तो था लेकिन दया की कोई झलक उसे इनमें दिखाई नहीं दी। तो उसके शब्दों का मुहाफ़िज़ पर कोई असर नहीं हुआ था। उसे अपनी कोशिश जारी रखनी चाहिए। जब तक मुहाफ़िज़ का दिल नहीं पसीजता तब तक कुछ नहीं हो सकता। चूहेख़ाना भी मुहाफ़िज़ की सिफ़ारिश के बग़ैर कुछ नहीं कर सकता। मुहाफ़िज़ ने सहायता न की तो उसे चूहेख़ाने में रहने नहीं दिया जाएगा। और जाने वज़ीफ़ा भी मिले या नहीं। उसे और गिड़गिड़ाकर मुहाफ़िज़ से अपनी बात कहनी चाहिए।

"हुज़ूर, आपकी दया का ही सहारा है। हम लोग भूखों मर जाएँगे। हुज़ूर से दया की भीख माँगने आया हूँ।" उसने अपनी अगली टाँगों से हाथ जोड़ने की कोशिश की लेकिन उसे कामयाबी न हो सकी।

ख़िदमतगार सामने आकर खड़ा हो गया था और मुहाफ़िज़ के आदेश की प्रतीक्षा कर रहा था।

"इसे चूहेख़ाने के बाहर ले जाकर फेंक दो। जाने यह चूहा यहाँ कैसे आ गया?" मुहाफ़िज़ ने ख़िदमतगार को आदेश दिया।

यह आदेश सुनकर वह हक्का-बक्का रह गया। मुहाफ़िज़ ने उसकी बातें या तो सुनी ही नहीं थीं, या उसने जो कुछ कहा था उस पर मुहाफ़िज़ ने यक़ीन ही नहीं किया था। इसलिए पूरी शक्ति से चिल्लाकर उसने कहा, "हुज़ूर, ऐसा न कहें। मैं चूहा नहीं हूँ। दुर्भाग्य से मैं चूहे जैसा हो गया हूँ। मैं तो छोटा चूहेमार हूँ। आपकी मातहती में कई वर्षों से काम कर रहा हूँ। आपने मुझे पहचाना नहीं। मैं चूहे जैसा दिखाई ज़रूर देता हूँ, लेकिन मैं चूहा नहीं हूँ। आप मेरी आवाज़ तो पहचान सकते हैं। आप इस तरह चूहेख़ाने से मुझे न निकालें। मैंने चूहेख़ाने की दस साल तक सेवा की है। मुझ पर दया कीजिए।" वह भावावेश में बोलता गया।

लेकिन मुहाफ़िज़ जैसे पत्थर की मूर्ति था। वह उसी तरह उसे फटी-फटी आश्चर्य-भरी नज़र से देखता रहा। मुहाफ़िज़ को उसकी तमाम बातें शायद अनर्गल लग रही थीं। कहीं उसकी बोली भी तो नहीं बदल गई, उसने मन में सोचा। लेकिन उसने आज ही अपनी बहन से बात की थी। उसकी बोली चूहों जैसी होती तो क्या उसकी बहन उसकी बात समझ सकती थी? कहीं यह परिवर्तन उसके बाद तो नहीं आ गया? वह यह सोचकर काँप उठा। कहीं उसकी बोली भी चूहों जैसी हो गई तो वह किसी से अपने मन की बात भी नहीं कह सकेगा। नहीं, ऐसा नहीं हो सकता। वह साफ़ महसूस कर सकता है कि उसकी बोली चूहों जैसी नहीं है। मुहाफ़िज़ ने उसकी तमाम बातें सुनी और समझी हैं। लेकिन वह बहुत बेरहम है। इसलिए उसकी सहायता करना नहीं चाहता। उसने उसके बारे में जो धारणा बनाई थी वह ग़लत थी। छोटे चूहेमार के संस्कार उसमें कूट-कूटकर भरे हैं। ऊपर से एक मुखौटा ओढ़ रखा है बड़े चूहेमार का। इसलिए वह छोटे चूहेमार की सहायता करना नहीं चाहता। बल्कि उसे उसकी विपत्ति पर ख़ुशी हो रही होगी। छोटे चूहेमारों की यह तो पुरानी आदत है कि एक-दूसरे को पीड़ित देखकर वे मन-ही-मन बहुत ख़ुश होते हैं। लेकिन छोटे चूहेमार भी कम-से-कम ऊपर से तो हमदर्दी का दिखावा करते हैं। मुहाफ़िज़ में तो इतनी

मुरव्वत भी नहीं है। इसका दिल तो पत्थर का है। इससे बेकार ही वह इतनी उम्मीदें लगाए बैठा था।

उसने ख़िदमतगार के पंजे की मज़बूत गिरफ़्त अपने शरीर पर महसूस की। ख़िदमतगार ने, जो उसे बोलते देखकर कुछ क्षणों के लिए रुक गया था, मुहाफ़िज़ का इशारा पाकर उसे अपनी गिरफ़्त में ले लिया था।

वह पागलों की तरह चीख़ने लगा, "नहीं, नहीं, तुम मुझे निकाल नहीं सकते।" लेकिन ख़िदमतगार उसे हाथ में लेकर मुहाफ़िज़ के कमरे से निकल चुका था। एकाएक मुहाफ़िज़ की आवाज़ सुनकर ख़िदमतगार फिर अन्दर आ गया। मुहाफ़िज़ ने कहा, "देखो, इसकी घंटी उतार लेना। इसे चूहेख़ाने में जमा कराना होगा।"

"नहीं, तुम मेरी घंटी नहीं उतार सकते। यह घंटी मुझे चूहेख़ाने ने दी है। मैं इसे नहीं दे सकता।" वह पूरी शक्ति से चिल्लाया।

उसके प्रतिरोध के बावजूद ख़िदमतगार ने घंटी उतारकर मुहाफ़िज़ को दे दी।

कुछ कहना व्यर्थ है, उसने सोचा। थकान से उसका बुरा हाल हो रहा था। अब कुछ नहीं हो सकता। उसका मन निराशा से भर गया था। ख़िदमतगार उसे चूहेख़ाने के सदर दरवाज़े की तरफ़ ले जा रहा था। यह उसे चूहेख़ाने के बाहर ले जाकर फेंक देगा। फिर चूहेख़ाने के दरवाज़े उस पर हमेशा-हमेशा के लिए बन्द हो जाएँगे।

स्थितियाँ कितनी जल्दी बदल जाती हैं, वह आँखें बन्द करके सोचने लगा। कल तक यह ख़िदमतगार उसके इशारों पर नाचता था। उसकी मजाल नहीं थी कि उसकी किसी बात को टाल जाए। और आज वह उसी ख़िदमतगार के सामने इतना बेबस और मजबूर है।

उसे याद आया कि एक बार इसी ख़िदमतगार की उसने कितनी मदद की थी। अन्तिम संस्कार के लिए चूहों की लाशें छाँटने में इस ख़िदमतगार ने एक बार बहुत बड़ी ग़लती की थी। उसने ग़लती से कुछ ऐसी लाशें भी इनमें शामिल कर ली थीं, जिनका अन्तिम संस्कार अभी नहीं होना था। उसने ख़िदमतगार की ग़लती पकड़ ली थी। ख़िदमतगार ने बहुत गिड़गिड़ाकर उससे कहा था कि मुहाफ़िज़ से उसकी शिकायत न की जाए। उसका दिल पसीज गया था और उसने मुहाफ़िज़

तक इस मामले को जाने नहीं दिया था। यह बात मुहाफ़िज़ तक पहुँच जाती तो ख़िदमतगार की नौकरी पर बन आती। उसने बड़ी लापरवाही का सबूत दिया था। अगर ये लाशें दूसरी लाशों के साथ जला दी जातीं तो बड़ा अनर्थ हो जाता। हो सकता है कि चूहेख़ाने से अगले ही दिन इनमें से किसी लाश की माँग आ जाती। पूरे मुहाफ़िज़ख़ाने की ही बदनामी होती। और सबसे बड़ा इलज़ाम तो मुहाफ़िज़ पर आता कि उसकी निगरानी में मुहाफ़िज़ख़ाने का काम ठीक ढंग से नहीं चल रहा है। ज़ाहिर है कि मुहाफ़िज़ इस इलज़ाम को अपने सिर कभी नहीं लेता और वह इसे छोटे चूहेमार और ख़िदमतगार पर थोप देता। फिर भी उसकी बदनामी तो होती ही।

चूहेख़ाने में ऐसा ही होता था। ग़लती किसी एक की होती लेकिन उसकी लपेट में बहुत सारे लोग आ जाते थे। उसने ख़िदमतगार की ग़लती पकड़कर न सिर्फ़ ख़िदमतगार को ही एक बड़ी मुसीबत से बचा लिया था बल्कि पूरे मुहाफ़िज़ख़ाने को ही कलंकित होने से बचा लिया था। ख़िदमतगार को यह बात ज़रूर याद होगी। उसने उस समय कितनी कृतज्ञता प्रकट की थी। उसने कहा था कि वह उसका एहसान ज़िन्दगी-भर नहीं भूल सकता। क्यों न ख़िदमतगार से कहा जाए कि वह उसे चूहेख़ाने के बाहर न फेंके, बल्कि चूहेख़ाने के अन्दर ही रहने दे। चूहेख़ाने के अन्दर रहकर वह कोई और तरकीब सोच सकता है। यहाँ से निकल जाने पर दुबारा घुसना बहुत मुश्किल होगा। हो सकता है कि जिस रास्ते से वह चूहेख़ाने में घुसा है वहाँ भी पहरे बिठा दिए जाएँ।

"तुम्हें याद होगा, एक बार मैंने तुम्हारी बहुत सहायता की थी। तुमने मेरा बहुत एहसान माना था। तुम आज उस एहसान का बदला चुका सकते हो। मुझे चूहेख़ाने के अन्दर ही रहने दो। तुम्हारे सिर कोई इलज़ाम नहीं आएगा। तुम कह सकते हो कि मैंने चूहेख़ाने के बाहर फेंक दिया था। मैं दुबारा घुस आऊँ तो इसमें तुम्हारा क्या दोष हो सकता है। इतनी सहायता कर दो तो मैं तुम्हारा बहुत एहसान मानूँगा। मुझे पूरा विश्वास है कि चूहेख़ाना आज नहीं तो कल मेरी बात ज़रूर मान लेगा और मुझे छोटे चूहेमार के रूप में फिर से ले लिया जाएगा। तब मैं तुम्हारे एहसान का बदला ज़रूर चुका दूँगा।"

वह कुछ देर के लिए रुका और ख़िदमतगार की प्रतिक्रिया की प्रतीक्षा करने लगा।

ख़िदमतगार ने उसे इस तरह अपनी मुट्ठी में जकड़ रखा था कि वह हिल-डुल नहीं सकता था। वह नज़र उठाकर ख़िदमतगार का चेहरा भी नहीं देख सकता था। उसे कुछ पता नहीं चल रहा था कि उसके शब्दों ने ख़िदमतगार पर कोई असर डाला भी है या नहीं। ख़िदमतगार ख़ामोश था और सदर दरवाज़े की तरफ़ बढ़ता जा रहा था। सदर दरवाज़ा अब सामने दिखाई दे रहा था। कुछ क्षणों के अन्दर ही ख़िदमतगार सदर दरवाज़े के बाहर उसे फेंक देगा। उसे यह सोचकर बड़ी दहशत होने लगी।

"मैं हाथ जोड़ता हूँ। तुम्हारे पैरों पड़ता हूँ। मुझे चूहेख़ाने में रहने दो। मैं तुम्हारा एहसान कभी नहीं भूलूँगा।" उसने ख़िदमतगार से बहुत गिड़गिड़ाकर कहा।

इस तरह गिड़गिड़ाते हुए उसे घोर अपमान का एहसास भी हुआ। इस ख़िदमतगार की उसके सामने क्या हैसियत है। कल तक यह उसके सामने अपनी दुम हिलाता रहता था। उसके इशारों पर कठपुतली की तरह नाचता था। और इस समय उसे इस ख़िदमतगार से, इस मामूली हक़ीर कीड़े से इस तरह गिड़गिड़ाकर बात करनी पड़ रही है। वह बेइज़्ज़ती के एहसास से तिलमिला उठा। नहीं, वह इतना अपमान नहीं सह सकता। यह बेइज़्ज़ती उससे बर्दाश्त नहीं होगी। इससे तो मर जाना अच्छा है।

उसे एकाएक 'ग' का ख़याल आ गया। नहीं, वह कायर नहीं था। 'ग' बुजदिल नहीं हो सकता। जो बेइज़्ज़ती और अपमान के मुक़ाबले में मौत को चुनता है वह कायर नहीं हो सकता। वह ख़िदमतगार से अब कुछ नहीं कहेगा। वह इस ज़लील कीड़े से कोई बात नहीं कर सकता। उस पर मुसीबतों के चाहे कितने ही पहाड़ टूटें पर वह इससे ज़्यादा ख़ुद को नहीं गिरा सकता।

सदर दरवाज़े पर पहुँचकर ख़िदमतगार ने अपनी मुट्ठी हवा में बुलन्द की और एक झटके के साथ उसे बहुत दूर फेंक दिया।

वह बहुत समय तक अचेत पड़ा रहा। जब उसे होश आया तो उसने देखा कि चूहेख़ाना अँधेरे में डूब चुका है। चूहेख़ाने की दीवारों पर कहीं-कहीं बत्तियाँ

टिमटिमा रही थीं। चूहेख़ाना बन्द हो चुका था और तमाम चूहेमार अपने-अपने घर जा चुके थे। वह अर्धनिद्रा की-सी स्थिति में पड़ा हुआ चूहेख़ाने को देखता रहा। उसे लगा कि चूहेख़ाने से उसका रिश्ता हमेशा-हमेशा के लिए ख़त्म हो चुका है और वहाँ घुसने की तमाम कोशिशें निरर्थक हैं। चूहेख़ाने में रहते हुए उसने जाने कितनी बार चूहेख़ाने से निकल जाने के सुनहरे सपने देखे थे। और इस समय जबकि चूहेख़ाने से उसके तमाम रिश्ते टूट चुके थे, चूहेख़ाना उसे अपनी ओर पूरी शक्ति से खींच रहा था। लेकिन वह चूहेख़ाने नहीं जा सकता था। चूहेख़ाने में रहने की उत्कट इच्छा के बावजूद वह चूहेख़ाने में घुसने का अधिकार खो बैठा था।

यह कैसी विडम्बना है, वह सोचने लगा। चूहेख़ाना अँधेरे और टिमटिमाती हुई रोशनी की मिली-जुली फ़िज़ा में ज़िन्दगी की हल न हो सकनेवाली किसी गुत्थी की तरह पेचीदा और रहस्यमय दिखाई दे रहा था।

एकाएक जैसे नींद से चौंकते हुए उसे अपनी बहन का ख़याल आया। वह उसकी राह देखती होगी। उसने बहन को कितनी उम्मीदें दिलाई थीं। दिन-भर वह कोशिश करता रहा था। अपनी तरफ़ से उसने कोई कसर नहीं छोड़ी। लेकिन उसके सब प्रयत्न निष्फल रहे थे।

बहन का ख़याल आते ही उसे लगा कि चूहेख़ाना उसके जीवन की एक बहुत बड़ी आवश्यकता है। वह इसे छोड़ नहीं सकता। अब तक जो कुछ हुआ है उससे निराशा ज़रूर होती है। लेकिन उसे अपनी कोशिश जारी रखनी होगी। मुहाफ़िज़ का पत्थर-जैसा भावहीन चेहरा उसकी आँखों में घूम गया। पत्थर को पिघलना ही होगा, उसने सोचा। अभी घर जाना व्यर्थ है। वह अपनी बहन से क्या कह सकता है। उसे मुहाफ़िज़ के घर चलना चाहिए। उसे सवेरे ही मुहाफ़िज़ से उसके घर पर मिलना चाहिए था। चूहेख़ाने में तो वह सिर्फ़ एक बड़ा चूहेमार है और उसी रूप में व्यवहार कर सकता है। घर में उसका व्यक्तित्व थोड़ा अलग हो सकता है। चूहेख़ाने के वातावरण और घर के वातावरण में जो अन्तर है उसके कारण व्यवहार में भी अन्तर आ सकता है। वह मुहाफ़िज़ से अभी उसके घर जाकर मिल ले। हो सकता है कि उसका दिल पसीज जाए। उसका आश्वासन-भर काफ़ी है। तब वह ख़ुश-ख़ुश अपने घर लौट सकता है और बहन को ख़ुशख़बरी सुना सकता

है। उसे तुरन्त मुहाफ़िज़ के घर पहुँचना चाहिए। लेकिन मुहाफ़िज़ उससे मिलेगा भी या नहीं? उसे अपने आप पर झुँझलाहट होने लगी। व्यर्थ सोचते रहने की उसे आदत पड़ गई है। माना कि मुहाफ़िज़ ने उससे मिलने से इनकार कर दिया। इससे स्थिति में कोई परिवर्तन तो नहीं आ जाएगा। हद-से-हद यही होगा न कि स्थिति ज्यों-की-त्यों बनी रहेगी।

मुहाफ़िज़ का घर बड़े चूहेमारों की बस्ती में था। वह घर में मौजूद था। मुहाफ़िज़ को घर में देखकर उसे इत्मीनान हुआ।

आमतौर पर बड़े चूहेमारों की रातें भी बड़ी व्यस्तता में बीतती थीं। दिन में तो व्यस्तता चूहों के कारण रहती थी। रात में रँगरेलियों की वजह से वे बहुत मसरूफ़ रहते थे। मुहाफ़िज़ की गिनती ऐसे बड़े चूहेमारों में नहीं की जा सकती थी। बहुत लम्बे अर्से तक छोटा चूहेमार रहने के कारण रँगरेलियों में समय बिताने की उसकी आदत नहीं थी। उसका रहन-सहन भी बड़ी हद तक छोटे चूहेमारों जैसा था। बड़ा चूहेमार होने की वजह से बड़े चूहेमारों की बस्ती में मकान तो मिल गया था। लेकिन उसका मन दरअसल यहाँ लगता नहीं था। वह बड़े चूहेमारों के बीच ख़ुद को अजनबी महसूस करता था। उसकी अन्तरंग सभाओं में न तो उसे बुलाया जाता था और न ही उनमें सम्मिलित होने की उसकी इच्छा होती थी।

मुहाफ़िज़ चूहेख़ाने से आकर अपना सारा समय चूहेख़ाने के नियम-क़ायदों की पुस्तकें पढ़ने में बिताता था। चूहेख़ाने के नियम-क़ायदों की जानकारी के सिलसिले में पूरे चूहेख़ाने में उसकी धाक जमी हुई थी। किसी चूहेमार को किसी नियम या क़ायदे के बारे में थोड़ा भी संशय होता तो वह उससे आकर पूछता। मुहाफ़िज़ उसका संशय फ़ौरन दूर कर देता। अक्सर चूहेमार उसे मज़ाक़ में चूहेख़ाने की जीती-जागती नियम-पुस्तक कहा करते थे। उसने अपने घर में चूहेख़ाने के नियम-क़ायदों की ढेर सारी पुस्तकें जमा कर रखी थीं। वह रोज़ सवेरे और रात में इन्हें नियमित रूप से पढ़ता, जिस तरह कोई धर्मपरायण व्यक्ति धर्म-ग्रन्थ पढ़ता है। उसका ख़याल था कि चूहेख़ाने का कोई भी नियम अनावश्यक या व्यर्थ नहीं है। चूहेमारों को तमाम नियमों की जानकारी होनी चाहिए—उन नियमों की भी जो बिलकुल अनावश्यक लगें। कोई कुछ कह नहीं सकता कब कौन-सा

नियम अत्यधिक आवश्यक और महत्त्वपूर्ण बन जाए। इसलिए सब नियमों की जानकारी रखनी चाहिए।

बहुत-से चूहेमार सिर्फ़ उन्हीं नियमों और क़ायदों से अपना वास्ता रखते थे जिनसे रोज़ उनका काम पड़ता था। उसे यह रवैया पसन्द नहीं था। तमाम नियमों की जानकारी रखनी चाहिए ताकि एकाएक काम पड़ने पर नियमों की तलाश में इधर-उधर भागना न पड़े।

मुहाफ़िज़ को अपनी इस योग्यता पर बड़ा गर्व था। वह अक्सर कहा करता था कि उसकी कामयाबी का सबसे बड़ा राज़ यही है। इसी कारण उससे किसी काम में ग़लती नहीं होती। और अगर ग़लती हो भी जाए तो किसी-न-किसी नियम का सहारा लेकर वह साबित कर सकता है कि उसने कोई ग़लती नहीं की और उसने जो कुछ किया है वह बिलकुल ठीक है और नियम-सम्मत भी। लेकिन अगर नियमों की जानकारी ही न हो तो इनका सहारा कैसे लिया जा सकता है।

वह अक्सर कहा करता, "चूहेख़ाना नियमों का खेल नहीं तो और क्या है। चूहों को जैसे चाहो मारो। चाहे जो भी करो। सबका औचित्य चूहेख़ाने के किसी-न-किसी नियम से सिद्ध हो सकता है। हज़ारों-लाखों नियम हैं। कोई-न-कोई नियम आपकी सहायता ज़रूर करेगा। लेकिन नियम जानेंगे तभी तो उसकी दुहाई दे सकेंगे। जब आपको ख़ुद नियम का पता नहीं है तो उसका सहारा कैसे ले सकते हैं?"

मुहाफ़िज़ के घर की तरफ़ जाते हुए ये सब बातें उसके दिमाग़ में चक्कर काटती रही थीं। और कुछ नहीं तो मुहाफ़िज़ नियमों का इतना अच्छा ज्ञाता होने के नाते उसे कोई अच्छा मशविरा ही दे सकता है।

मुहाफ़िज़ कमरे में बैठा नियमों की कोई बहुत मोटी पुस्तक पढ़ने में व्यस्त था। जिस तरह वह किताब पर झुका हुआ था उससे लगता था कि किताब में उसे बहुत मज़ा आ रहा है। वह कुछ देर ख़ामोशी से खड़ा रहा। मुहाफ़िज़ उसकी तरफ़ देखे, तभी कुछ कहना उचित होगा। समय काटने के ख़याल से वह कमरे में इधर-इधर देखने लगा। सैकड़ों किताबें अलमारियों में सलीक़े से रखी थीं। ये तमाम किताबें चूहेख़ाने के नियम-क़ायदों से ही सम्बन्धित थीं, इसमें कुछ भी सन्देह नहीं था। ऐसी किताबें दूर से ही पहचानी जा सकती हैं।

एकाएक मुहाफ़िज़ को छींक आ गई। उसे अक्सर छींकें आती रहती थीं। उसका कहना था कि चूहेख़ाने के नियम-क़ायदों की पुस्तकें दिन-रात पढ़ते रहने के कारण उसे नज़ला हो गया था और अब यह इतना पुराना हो गया था कि इसके ठीक होने की कोई सम्भावना नहीं थी। मुहाफ़िज़ख़ाने में भी उसे अक्सर छींकें आती रहती थीं।

छींक आ जाने से आँखों का पानी उसकी ऐनक के शीशे पर आ गया था और नाक से गिरे हुए पानी के क़तरे उसके गालों, हाथों और किताब पर बिखर गए थे। उसने रूमाल से पहले ऐनक साफ़ की, फिर चेहरे और किताब को पोंछा। दुबारा ऐनक पहनने से पहले मुहाफ़िज़ ने मुड़कर देखा। वह इसी मौक़े की ताक में था। जैसे ही मुहाफ़िज़ की निगाह उस पर पड़ी उसने 'हुज़ूर' कहते हुए अपनी एक टाँग उठाकर सलाम करने की कोशिश की। मुहाफ़िज़ उसे देखकर मुस्कराया।

"तुम यहाँ भी आ गए।" मुहाफ़िज़ ने कहना शुरू किया, "मैं चूहेख़ाने से आकर तुम्हारे बारे में ही सोच रहा था। मैंने बहुत सोचा-विचारा, लेकिन तुम्हारी समस्या का कोई हल नहीं है। तुम चूहेख़ाने में नहीं रह सकते हो।"

"हुज़ूर सिफ़ारिश कर दें तो चूहेख़ाना ज़रूर मान जाएगा।" उसने बड़ी विनम्रता से कहा।

"मैं किस तरह सिफ़ारिश कर सकता हूँ। जो बात किसी नियम से सिद्ध नहीं हो सकती उसकी सिफ़ारिश मैं कैसे कर सकता हूँ? तुम्हारा कहना है कि तुम्हें छोटे चूहेमार के रूप में काम करने दिया जाए। किसी भी नियम से ऐसा नहीं हो सकता। ऐसा कोई नियम नहीं है जिसके अनुसार चूहों को छोटे चूहेमार के रूप में काम करने की अनुमति दी जा सके। मैंने सब नियम पढ़ लिये हैं। इस समय भी इसी ख़याल से यह किताब देख रहा था। शायद पहले कभी चूहेख़ाने में इस तरह की कोई घटना घटी हो। लेकिन नियमों में कहीं भी कोई उल्लेख नहीं है।"

मुहाफ़िज़ बड़ी नरमी से बोल रहा था। उसके लहजे से सहानुभूति भी प्रकट हो रही थी। चूहेख़ाने में उसने जैसा व्यवहार किया था और अब वह जिस तरह बातें कर रहा था दोनों में ज़मीन-आसमान का फ़र्क़ था। लेकिन इतना फ़र्क़ होते हुए

भी दरअसल दोनों में कोई फ़र्क़ नहीं था, क्योंकि दोनों से एक ही नतीजा निकलता था, "वह चूहेख़ाने में नहीं रह सकता।"

"लेकिन हुज़ूर! मुझे बिलकुल चूहा समझ लेना मेरे विचार में सही नहीं हो सकता। मैं छोटा चूहेमार हूँ और दुर्भाग्य से चूहे जैसा बन गया हूँ। अगर मैं इस स्थिति में भी छोटे चूहेमार का काम कर सकूँ तो चूहेख़ाने को मुझे रखने में क्या आपत्ति हो सकती है?"

मुहाफ़िज़ ख़ूब ज़ोर से हँसा। उसे यह हँसी बड़ी बेतुकी लगी। वह कितनी गम्भीरता से अपनी बात कह रहा है और इसे उसकी बात पर हँसी आ रही है। ख़ुद भी तो चूहे की तरह लगता है। यह ख़ुद क्या किसी चूहे से कम है। वह मन-ही-मन खौल रहा था। लेकिन मुहाफ़िज़ से कुछ कह नहीं सकता था।

"भाई, बात इतनी सीधी-सादी नहीं है, जितनी तुम समझ रहे हो। पहली दिक़्क़त तो यही है कि तुम यह साबित नहीं कर सकते कि तुम कभी छोटे चूहेमार रहे हो। और जब तुम यही साबित नहीं कर सकते तो चूहेख़ाने में तुम्हें रहने देने के प्रश्न पर विचार भी कैसे किया जा सकता है?" मुहाफ़िज़ ने कहा।

"क्या आपका कहना काफ़ी नहीं होगा कि यही वह अभागा चूहेमार है जो चूहे में परिवर्तित हो गया है। आप बड़े चूहेमार हैं। आप यह प्रमाणित कर दें तो चूहेख़ाना यह बात मान लेगा।" उसने कहा।

"लेकिन मैं यह कैसे प्रमाणित कर सकता हूँ?" मुहाफ़िज़ बोला।

"तो क्या आपको भी विश्वास नहीं कि मैं मुहाफ़िज़ख़ाने का छोटा चूहेमार हूँ?" उसने आश्चर्य से पूछा।

मुहाफ़िज़ फिर हँसने लगा। उसके पीले-गन्दे दाँत उसे इस समय कुछ ज़्यादा ही बदनुमा और भद्दे लगे।

"किसी बात का विश्वास करना एक बात है और उसे प्रमाणित करना अलग बात है। किसी बात को प्रमाणित करने के लिए नियम की अपेक्षाओं और सबूतों पर ध्यान देना ज़रूरी है। मेरे पास क्या सबूत है कि तुम सचमुच वही छोटे चूहेमार हो जो मेरी मातहती में काम कर रहा था। तुम्हारे चूहे में परिवर्तित हो जाने के सम्बन्ध में मैं क्या सबूत दे सकता हूँ। हालाँकि मुझे विश्वास है कि तुम छोटे चूहेमार हो। तुम जिस तरह बात कर रहे हो, उस तरह कोई छोटा चूहेमार ही बात

कर सकता है। चूहा इस तरह नहीं बोल सकता। तुम्हारी आवाज़ भी मुहाफ़िज़ख़ाने के छोटे चूहेमार से बहुत मिलती है। ये तमाम बातें तुम्हारे हक़ में जाती हैं, लेकिन ये पर्याप्त नहीं हैं। इनके आधार पर यह प्रमाणित नहीं किया जा सकता कि तुम पहले एक छोटे चूहेमार थे और अब चूहे में परिवर्तित हो गए हो। चूहेख़ाना भी यह बात कैसे स्वीकार कर सकता है जबकि ऐसी कोई घटना पहले कभी चूहेख़ाने में नहीं घटी।"

मुहाफ़िज़ समझाने-बुझाने के अन्दाज़ में बोल रहा था। लेकिन उसके लहजे से जहाँ हमदर्दी ज़ाहिर हो रही थी वहाँ यह भी स्पष्ट था कि वह अपने फ़ैसले पर अटल है और वह इसमें कोई परिवर्तन नहीं कर सकता। जब वह यह प्रमाणित करने को तैयार नहीं है कि वह छोटा चूहेमार है और अब चूहे में परिवर्तित हो गया है तो आगे कुछ और कहना व्यर्थ है। अब यह आशा नहीं की जा सकती कि छोटे चूहेमार के रूप में उसे चूहेख़ाने में काम करने दिया जाएगा। अब ज़्यादा-से-ज़्यादा यही उम्मीद की जा सकती है कि चूहेख़ाना उसकी हालत पर तरस खाकर उसके लिए कुछ वज़ीफ़ा मुकर्रर कर दे।

"हुज़ूर, कम-से-कम मुझे वज़ीफ़ा ही चूहेख़ाने से दिला दें।" उसने कहा।

मुहाफ़िज़ कुछ चिढ़कर बोला, "लगता है तुम्हारी बुद्धि भी अब चूहों जैसी हो गई है। इसमें भी तो वही अड़चन है। वज़ीफ़ा भी तो चूहेमारों को ही मिलता है न। चूहों को तो वज़ीफ़े नहीं मिलते। वज़ीफ़ा भी तभी मिल सकता है जब यह साबित हो जाए कि तुम छोटे चूहेमार रह चुके हो। और यह साबित हो जाए तो चूहेख़ाने में तुम्हारे छोटे चूहेमार के रूप में बने रहने की सम्भावना भी हो सकती है। फिर भी यक़ीन से नहीं कहा जा सकता कि चूहेख़ाना किसी चूहे को चूहेमार की हैसियत से रखना चाहेगा भी या नहीं। लेकिन असली दिक़्क़त तो यह साबित करने की है कि तुम छोटे चूहेमार रह चुके हो।"

"तो इसका मतलब यह हुआ कि दस साल तक मैंने चूहेख़ाने की जो सेवा की है उसका मुझे अब कोई लाभ नहीं मिल सकता। यानी चूहेख़ाने ने मुझे उसी तरह से निकालकर फेंक दिया, जिस तरह दूध से मक्खी को निकाल देते हैं। क्या मेरी सेवाओं का यही फल है?" उसके स्वर में बड़ी कटुता आ गई थी। वह बिलकुल

हताश हो चुका था और उसे मुहाफ़िज़ से या चूहेख़ाने से अब कोई उम्मीद नहीं रह गई थी।

"नहीं, ऐसी बात नहीं है। चूहेख़ाना किसी चूहेमार के प्रति निर्मम नहीं है। लेकिन चूहेख़ाने में हर काम किसी-न-किसी नियम के अनुसार होता है। बग़ैर नियम के या नियम के विरुद्ध कोई काम चूहेख़ाने में नहीं हो सकता। चूहेख़ाने में सवेरे ही यह ख़बर मुझे मिल गई थी कि कोई चूहा चूहेमार की तरह घंटी पहनकर सड़क पर घूमता दिखाई दिया है। किसी ने यह भी कहा कि एक चूहेमार चूहे में परिवर्तित हो गया है। तुम बहुत देर तक मुहाफ़िज़ख़ाने में नहीं आए तो मैंने चूहेख़ाने को ख़बर कर दी थी कि इस तरह की अफ़वाहें चूहेमारों में फैली हुई हैं। फिर तुम जब पहुँचे तो मुझे यक़ीन हो गया कि यह ख़बर सही है। इसकी रिपोर्ट भी मैंने चूहेख़ाने को भेज दी। शाम को चूहेख़ाने से चलते समय मुझे चूहेख़ाने का आदेश मिला जिसमें कहा गया था—'जो चूहा छोटे चूहेमार का ढोंग रच रहा है उसे हरगिज़ छोटा चूहेमार न समझा जाए और यह कि मुहाफ़िज़ख़ाने का छोटा चूहेमार भी चूहेख़ाने से ख़ारिज मान लिया जाए, क्योंकि बग़ैर कोई सूचना दिए वह चूहेख़ाने से ग़ायब है। न सिर्फ़ यह कि ग़ायब है बल्कि उसने अपनी घंटी एक चूहे को दे दी है, जो इस घंटी की सहायता से चूहेख़ाने में घुसने की अनधिकार चेष्टा कर रहा है। चूहेख़ाना इस मामले की तहक़ीक़ात कर रहा है। इस मामले से साज़िश की बू आती है। जब तक तहक़ीक़ात पूरी नहीं हो जाती तब तक छोटे चूहेमार को या उसका ढोंग रचनेवाले चूहे को चूहेख़ाने में घुसने न दिया जाए।' मुझे ये सब बातें तुमसे कहनी भी नहीं चाहिए थीं। लेकिन तुम्हारी हालत पर सचमुच मुझे बहुत तरस आता है। मैं यह बात तुमसे छिपाना चाहता था क्योंकि चूहेख़ाने ने इस सिलसिले में गुप्त आदेश दिए हैं, जिनकी चर्चा मुझे किसी से नहीं करनी चाहिए, और ख़ासतौर पर तुमसे तो बिलकुल नहीं करनी चाहिए। तुम समझ सकते हो कि मेरे हाथ किस तरह से बँधे हुए हैं और मैं चाहूँ तो भी तुम्हारी सहायता नहीं कर सकता। मुश्किल यह है कि तुम्हारे पक्ष में चूहेख़ाने के किसी भी नियम का सहारा नहीं लिया जा सकता।"

वह अवाक् मुहाफ़िज़ की बातें सुन रहा था। इसका मतलब तो यही हुआ न कि वह चूहेख़ाने से निकाला जा चुका है। और मुहाफ़िज़ ने इतनी बड़ी ख़बर अब तक

छिपाए रखी थी। उसे सिर्फ़ निकाला ही नहीं गया है, उसके ख़िलाफ़ तहक़ीक़ात भी की जा रही है। यानी इस विपत्ति में सहारा देने की बजाय उसकी मुसीबतों में और इज़ाफ़ा किया जा रहा है। अब उसे इसकी चिन्ता भी करनी है कि तहक़ीक़ात में कोई ऐसी-वैसी बात उसके सम्बन्ध में साबित न हो जाए जिससे और परेशानी का सामना करना पड़े। मुहाफ़िज़ ने यह बात बता दी तो अच्छा ही किया। वह सावधान रहेगा। तहक़ीक़ात का मामला बहुत उलझा हुआ और पेचीदा होता है। बहुत समय लग जाता है इसमें। जाने कब इसका निर्णय हो; और जब तक तहक़ीक़ात पूरी नहीं हो जाती और वह निर्दोष सिद्ध नहीं हो जाता तब तक उसे कोई उम्मीद नहीं रखनी चाहिए।

लेकिन यह सब उसके साथ क्रूरता से भरा मज़ाक़ नहीं तो और क्या है? चूहेख़ाना संकट में उसकी सहायता करने के बदले उस पर शुबहा कर रहा है। उसके दुर्भाग्य में उसे किसी षड्यंत्र की झलक दिखाई देती है। यह मज़ाक़ नहीं तो और क्या है?

"लेकिन हुज़ूर, आप सोचिए कि मेरे प्रति यह कितना बड़ा अन्याय है। मैंने दस साल तक चूहेख़ाने की सेवा की है। काल-चक्र ने मुझे इस दयनीय अवस्था में ला फेंका है। और चूहेख़ाना हमदर्दी के बजाय मुझे शक की निगाह से देखता है।" उसने कहा।

मुहाफ़िज़ ख़ूब ज़ोर से हँसा। यह कैसा बेरहम इंसान है जो मेरी बदनसीबों पर इस तरह हँसता है, उसने मन में सोचा। वह हतप्रभ-सा मुहाफ़िज़ को देखता रह गया।

"तुम चूहेख़ाने के दृष्टिकोण को समझ नहीं पा रहे हो।" मुहाफ़िज़ कहने लगा, "स्वार्थ ने तुम्हारी नज़र धुँधली कर दी है। चूहेख़ाने को ख़बर मिलती है कि एक छोटा चूहेमार काम पर नहीं आया। फिर ख़बर मिलती है कि एक चूहा छोटा चूहेमार होने का दावा कर रहा है। ऐसी स्थिति में अगर चूहेख़ाना शक करता है और सारे मामले में उसे किसी साज़िश की झलक नज़र आती है तो उसका ऐसा सोचना उचित ही है। अगर तुम यह साबित कर सको कि तुम सचमुच मुहाफ़िज़ख़ाने के छोटे चूहेमार हो तो चूहेख़ाने का रवैया बिलकुल बदल जाएगा। लेकिन ऐसे किसी सबूत के अभाव में चूहेख़ाना यह सब सोचता है तो उसे ग़लत नहीं कहा जा सकता।"

मुहाफ़िज़ से बहस करना बेकार था। अब उसे घर चलना चाहिए। बहन इन्तज़ार कर रही होगी। वह कमरे से निकल गया। मुहाफ़िज़ के शब्द उसे कुछ दूर तक सुनाई देते रहे, "तुम धीरज रखो। अगर तुम सचमुच छोटे चूहेमार हो और तहक़ीक़ात से यह बात साबित हो गई तो चूहेख़ाना तुम्हारे लिए ज़रूर कुछ करेगा। लेकिन इसके लिए चूहेख़ाने के नियम-क़ायदों में कुछ तरमीम करनी पड़ेगी। क्योंकि वर्तमान नियम-क़ायदों के मुताबिक़ कुछ नहीं किया जा सकता। और तरमीम करने में बहुत समय लग सकता है, क्योंकि इसमें तमाम पहलुओं पर सोच-विचार करना आवश्यक होगा। यह भी देखना होगा कि इस तरमीम से चूहेख़ाने की ज़िम्मेदारियाँ किस हद तक बढ़ जाएँगी। और इन सब बातों पर ग़ौर करने में समय लग सकता है। इसलिए तुम..."

मुहाफ़िज़ शायद अब भी बोले जा रहा हो। लेकिन उसके शब्द अब उस तक नहीं पहुँच रहे थे। वह सोचने लगा, यह कैसी विडम्बना है कि शरीर से वह चूहा दिखाई देता है, लेकिन उसके सोचने-समझने का ढंग पहले जैसा है। उसमें कोई परिवर्तन नहीं आया। सचमुच उसकी स्थिति काकभुशुंडि जैसी है। काकभुशुंडि की तरह उसके ज्ञानचक्षु भी खुले हुए हैं। काश वह कौआ ही बना होता और अगर चूहा ही बनना था तो काश चूहे के शरीर के साथ उसे चूहे का दिमाग़ भी मिला होता। तब उसकी स्थिति इतनी शोचनीय और हास्यास्पद न होती।

रास्ते में उसे कई चूहे मिले। वे उसकी ओर आत्मीयता से बढ़ते, फिर जैसे उसे अजनबी समझकर दूर हट जाते। सचमुच चूहे भी उसे पराया और ग़ैर मानते हैं। और आदमी भी उसे अपनी बिरादरी का नहीं समझते वह न तो आदमी है और न चूहा। उसे लगा कि यह कोई नई स्थिति नहीं है। वह सदा से ही ऐसा रहा है। पहले भी वह न तो पूरा चूहेमार था और न पूरा 'ग'।

वह घर पहुँचा तो आश्चर्यचकित रह गया। दरवाज़े पर चूहेख़ाने का ताला पड़ा हुआ था। मुहाफ़िज़ ने ठीक ही कहा था कि उसे चूहेख़ाने से निकाल दिया गया है। लेकिन उसने यह कल्पना भी नहीं की थी कि चूहेख़ाना इस तरह उसे बेघर भी कर देगा। जाने उसकी बहन कहाँ भटक रही होगी। शायद पड़ोसी छोटा चूहेमार

कुछ बता सके। उसने पड़ोसी को आवाज़ दी। पड़ोसी ने दरवाज़ा खोलकर उसे देखा तो कुछ डर-सा गया।

"चूहेख़ाने ने घर पर क़ब्ज़ा कर लिया है। तुम्हारी बहन कहीं चली गई है।" इतना कहकर जल्दी से उसने दरवाज़ा बन्द कर लिया।

पड़ोसी से कुछ और पूछना व्यर्थ था। उसे कुछ पता नहीं है। उसे बहन को ढूँढ़ना चाहिए। जाने वह कहाँ ख़ाक छान रही होगी। दिन-भर वह मारा-मारा फिरा था। उसकी टाँगें अब जवाब दे रही थीं। बहन की चिन्ता न होती तो वह यहीं पड़ा रहता। उसे अपने लिए अब घर की ज़रूरत भी क्या थी। उसका क्या है। वह कहीं भी सो सकता है। लेकिन उसकी बहन तो इस तरह नहीं रह सकती। उसके लिए कुछ इन्तज़ाम करना आवश्यक है। बहुत थका होने के बावजूद वह फिर चल पड़ा।

छोटे चूहेमारों के घर रोशनी से जगमगा रहे थे। दरवाज़ों और खिड़कियों से छनकर रोशनी बाहर पहुँच रही थी। इन घरों के अन्दर कैसी सुरक्षा है, कैसी शान्ति है, और कैसी निश्चिन्तता, उसने सोचा। इनके भीतर की फ़िज़ा कैसी गर्म और सुखद है—किसी युवती के स्वस्थ शरीर की तरह गर्म और सुखद। और बाहर शरीर को ठिठुरा देनेवाली सर्द हवाओं के झोंके हैं, असुरक्षा का शदीद एहसास है और मौत के ख़ौफ़नाक साये हैं।

वह सारे शहर में पागलों की तरह घूम रहा था। जो भी लड़की गुज़रती दिखाई देती उस पर उसे बहन का धोखा होता। वह बड़ी व्याकुलता से उसके पास पहुँचता। फिर निराश होकर आगे बढ़ जाता।

बाज़ार से गुज़रते हुए उसे उस लड़की का ख़याल आया जो सोनिया के घर से लौटते समय मिली थी। वह मिल जाए तो उससे कुछ बातचीत की जाए। उस लड़की ने चूहेख़ाने का जो नक़्शा खींचा था वह उसे बड़ा अजीब-सा लगा था। लेकिन इस समय उसे लगा कि वह लड़की चूहेख़ाने की असलियत को उससे ज़्यादा समझती थी। चूहेख़ाना कितना निर्मम हो सकता है, इसके बारे में अब उसे कोई सन्देह नहीं रह गया था। लेकिन वह लड़की कहीं नज़र नहीं आ रही थी।

बाज़ार में बड़ी चहल-पहल थी। रोशनी की जगमगाहट से रात पर दिन का धोखा होता था। जाने कितनी बार वह इस बाज़ार से गुज़रा था। लेकिन ऐसी अजनबीयत उसने कभी महसूस नहीं की थी। एकाकीपन की ऐसी तीव्र अनुभूति पहले कभी नहीं हुई थी। सब उसे छोड़कर चले गए थे। बस एक तनहाई थी और अजनबीयत का एहसास, जो निरन्तर उसका पीछा कर रहा था।

उसकी बहन जाने कहाँ मारी-मारी फिरती होगी। कोई घर नहीं जहाँ उसे पनाह मिल सके। कहीं वह उसे ढूँढ़ने चूहेख़ाने की तरफ़ न गई हो। लेकिन चूहेख़ाना तो बन्द है। वहाँ कोई उसे कुछ नहीं बता सकता। वह वहाँ इस समय नहीं हो सकती। हो सकता है कि हताश होकर किसी सुनसान जगह में बैठ गई हो। बहन के बारे में यह सब सोचकर उसका मन फिर बेचैन हो उठा। लेकिन वह मिल भी गई तो उसे रखेगा कहाँ?

एकाएक निराशा के अन्धकार में सोनिया का ख़याल बिजली की तरह उसके सामने चमक गया। वह बहन को सोनिया के घर में रख सकता है। वह ख़ुद भी वहाँ रह सकता है। सोनिया उसकी ज़रूर सहायता करेगी। उसने 'ग' के लिए क्या कुछ नहीं किया। इस आड़े वक़्त में वह उसे ज़रूर सहारा देगी। उसके मन में हुआ कि वह सीधे सोनिया के घर चला जाए। लेकिन अभी सोनिया के घर जाने का क्या लाभ है। पहले उसे बहन को ढूँढ़ना चाहिए। उसे लेकर ही वहाँ जाना ठीक रहेगा।

अब वह बाज़ार के अन्तिम छोर पर आ गया था। सामने एक बड़ी शानदार इमारत थी जो रोशनी में जगमगा रही थी। दरवाज़े पर रोशनी के अक्षरों में लिखा था :

'चित्र-प्रदर्शनी—'प' की चित्रकारिता में एक नया मोड़।'

'अरे! यह तो 'प' की तसवीरों की नुमाइश है। 'ग' को कितनी घृणा थी इस चित्रकार से। वह इसे चूहेमार कहा करता था। उसे याद आया कि वह 'ग' से 'प' की तसवीरों की कितनी तारीफ़ करता था—महज़ 'ग' को चिढ़ाने के लिए। उसने 'प' का नाम सुन रख था। वह एक प्रसिद्ध चित्रकार है। लेकिन अब तक 'प' की एक तसवीर भी नहीं देखी थी उसने। जाने इसकी तसवीरें कैसी होती हैं, उसने मन में सोचा। देखूँ तो सही, 'ग' इतनी निन्दा क्यों करता था उसकी। उसे 'ग' की यह आदत पसन्द नहीं थी। अपने सामने किसी भी चित्रकार को वह कुछ समझता ही

नहीं था। 'प' की तसवीरों में ज़रूर कोई ख़ास बात होगी। उसकी प्रतिष्ठा और ख्याति का कुछ आधार तो होगा ही।

वह नुमाइश के अन्दर चला गया। नुमाइश अब बन्द होनेवाली थी। ज़्यादातर लोग तसवीरें देखकर जा चुके थे। लेकिन कुछ लोग अब भी मौजूद थे और तसवीरें देख रहे थे। चारों तरफ़ दीवारों पर तरह-तरह की तसवीरें टँगी थीं। वह कुछ दूरी से ही तसवीरों को देख सकता था। और लोगों की तरह उसका क़द इतना ऊँचा नहीं था कि दीवारों के पास खड़ा होकर इन्हें देख सकता।

एकाएक उसकी नज़र सामने की एक तसवीर पर पड़ी और उसकी आँखें हैरत से खुली-की-खुली रह गईं। यह तो 'ग' का चित्र था—'चूहेमार।' 'ग' के पत्र की अन्तिम पंक्तियाँ उसके दिमाग़ में बिजली की तरह कौंध गईं। सारी स्थिति एकाएक जैसे स्पष्ट हो गई। 'ग' के चित्रों से 'प' नाम कमा रहा था।

यह कैसा अन्याय है। उसके मन में ज्वाला-सी भड़क उठी। वह पागलों की तरह चीख़ने लगा, "ये चित्र 'ग' के हैं। 'प' के नहीं। 'प' चोर है।"

नुमाइश में खलबली-सी मच गई। सब लोग आँखें फाड़-फाड़कर उसे देखने लगे। वह अब भी चीख़े जा रहा था, "मैं सच कहता हूँ, ये तमाम चित्र 'ग' के हैं। 'प' ऐसे चित्र नहीं बना सकता।"

और तब एक कर्कश स्वर उसके कानों से टकराया, "चुप ज़लील चूहे। चल मैं तुझे 'प' के पास ले चलता हूँ। वह तेरी ख़बर लेगा।"

एक सख़्त हाथ की गिरफ़्त उसने अपनी पीठ और गर्दन पर महसूस की। यह गिरफ़्त वैसी ही सख़्त थी जैसी मुहाफ़िज़ख़ाने के ख़िदमतगार की, जिसने उसे चूहेख़ाने के बाहर फेंक दिया था। लेकिन उसके मन में अब कोई भय नहीं था। उसे लग रहा था, अब कोई भी स्थिति उसे आतंकित नहीं कर सकती। चूहेख़ाने के मोह से मुक्त होकर वह जैसे तमाम स्थितियों से ऊपर उठ चुका था। यह ज़रूर 'प' का ख़िदमतगार होगा, उसने सोचा।

'प' एक बहुत बड़ी मेज़ के सामने बैठा था। सचमुच वह बहुत बड़ा चूहेमार दिखाई दे रहा था। 'ग' ठीक ही तो कहता था। इसे तो चूहेख़ाने में होना चाहिए

था। चूहेख़ाने के बाहर भी जाने कितने चूहेमार होंगे, उसने सोचा। ख़िदमतगार उसे 'प' के सामने मेज़ पर रखकर चला गया। 'प' कुछ देर तक टकटकी बाँधे उसे देखता रहा, जैसे कुछ कहने के पहले वह मन में शब्दों को तौल रहा हो। फिर वह रुक-रुककर कहने लगा :

"तो तुम 'ग' को जानते हो?"

"हाँ, वह मेरा मित्र था। वह बड़े अच्छे चित्र बनाता था। दरअसल जो प्रतिष्ठा तुम्हें मिली हुई है वह उसे मिलनी चाहिए थी।" उसने निर्भीक होकर कहा। उसे अपने आप पर आश्चर्य हुआ। इतनी निर्भीकता उसमें एकाएक कैसे आ गई थी?

'प' ज़ोर से हँसा। फिर कहने लगा, "तुम एक ज़लील चूहे हो। 'ग' भी एक ज़लील चूहा था। तुम प्रतिष्ठा का अर्थ नहीं समझते। तुम्हें क्या मालूम प्रतिष्ठा किस तरह मिलती है। मैंने 'ग' से कहा था। वह मेरी प्रतिष्ठा स्वीकार कर लेता तो उसे आत्महत्या न करनी पड़ती। मैं उसे आकाश की ऊँचाइयों पर पहुँचा देता। लेकिन वह तो एक ज़लील चूहा था। वह प्रतिष्ठा की बुलन्दी की क़ल्पना नहीं कर सकता था। और ये चित्र अगर 'ग' के नाम से प्रदर्शित किए जाते तो कोई इन पर थूकने को भी तैयार न होता। इनकी इतनी प्रशंसा इसलिए नहीं हो रही है कि वे वास्तव में बहुत अच्छे चित्र हैं, बल्कि इसलिए कि इन्हें 'प' ने बनाया है।"

"तुम झूठ बकते हो। तुम परले दर्जे के मक्कार हो। 'ग' के चित्रों से तुम इतना यश कमा रहे हो और तुम उसे ज़लील चूहा कहते हो। 'ग' चूहा नहीं था। वह एक कलाकार था और सचाई को देख सकता था। तुम ज़रूर चूहेमार हो। नहीं, नहीं! तुम चूहे हो। 'ग' ने तुम्हारी ही तसवीर तो बनाई है।"

वह भावावेश में 'प' के चेहरे की तरफ़ देखे बिना ही बोलता गया। और तब उसे लगा कि 'प' ने उसे दुम से पकड़ लिया है और उसे हवा में नचा रहा है। 'प' के ज़ोरदार क़हक़हे उसके कानों से बराबर टकरा रहे थे। कोने में आतिशदान के धधकते हुए शोले रह-रहकर उसकी आँखों में नाच उठते। फिर एक सन्नाटे की आवाज़ के साथ उसने महसूस किया कि शोलों ने उसे चारों ओर से घेर लिया है। शोलों की सुर्ख़ धधकती हुई ज़ुबानें उसके शरीर को चाट रही हैं। लेकिन इस घोर यंत्रणा के बीच में भी उसे महसूस हुआ जैसे सदियों से जमी हुई मैल की परतें

उसके मन और शरीर से उतरती चली जा रही हैं और अब वह अपनी आत्मा को देख सकता है जो आईने की तरह स्वच्छ और निर्मल है। उसे लगा कि सदियों का बोझ उसने अपने ऊपर से उतार फेंका है और अब वह सिर्फ़ 'ग' रह गया है जो मरकर भी अमर है।